UWE KLAUSNER

Pseudonym – das Shakespeare-Komplott

VIEL LÄRM UM NICHTS? London 1599. Bei einer Messerstecherei kommt ein stadtbekannter Schauspieler und Ex-Kumpan William Shakespeares ums Leben. Clayton Percival, Strafverteidiger am Kriminalgericht, nimmt die Ermittlungen auf. Schnell muss er feststellen, dass es sich hier nicht um einen Routinefall, sondern um eine Angelegenheit von höchster Brisanz handelt. Ein Vorfall, der sich binnen Kurzem zu einem handfesten Skandal mit unabsehbaren Folgen für die Londoner Theaterszene ausweiten könnte.

Wie gut, dass Percival angesichts der sich auftürmenden Schwierigkeiten ein ehemaliger Kommilitone zur Seite steht, der sein Dasein als Leichenbeschauer der City of London fristet. Leider gestaltet sich die Zusammenarbeit mit dem irischen Heißsporn namens Brendan O'Reilly nicht so reibungslos wie erhofft. Aber da Percival bei der Aufklärung des Falles auf den Rat eines Fachmanns nicht verzichten kann, rauft sich das ungleiche Paar zusammen.

Foto © Braune

Uwe Klausner, Jahrgang 1956, ist in Heidelberg geboren und aufgewachsen. Sein Studium der Geschichte und Anglistik absolvierte er in Mannheim und Heidelberg. Heute lebt er mit seiner Familie in Bad Mergentheim. Neben seiner Tätigkeit als Autor hat er bereits mehrere Theaterstücke verfasst.

UWE KLAUSNER

Pseudonym – das Shakespeare-Komplott

Ein Fall für Clayton Percival

GMEINER SPANNUNG

Bisherige Veröffentlichungen im Gmeiner-Verlag:
- Historische Romane -
Die Fährte der Wölfe (2015), Die Stunde der Gladiatoren (2013), Engel der Rache (2012), Die Bräute des Satans (2010), Pilger des Zorns (2009), Die Kiliansverschwörung (2009), Die Pforten der Hölle (2007)

- Kriminalromane -
Führerbefehl (2015), Walküre-Alarm (2014), Stasi-Konzern (2014), Eichmann-Syndikat (2012), Kennedy-Syndrom (2011), Bernstein-Connection (2011), Odessa-Komplott (2010), Walhalla-Code (2009)

Besuchen Sie uns im Internet:
www.gmeiner-verlag.de

Im Ehnried 5, 88605 Meßkirch
Telefon 07575/2095-0
info@gmeiner-verlag.de

1. Auflage 2016

Lektorat: Claudia Senghaas, Kirchardt
Herstellung: Julia Franze
Umschlaggestaltung: U.O.R.G. Lutz Eberle, Stuttgart
unter Verwendung eines Fotos von: © akg images
https://commons.wikimedia.org/wiki/File:1647_Long_view_of_London_From_Bankside_-_Wenceslaus_Hollar.jpg
und © lesslemon – Fotolia.com
und © licccka6 – Fotolia.com
Druck: GGP Media GmbH, Pößneck
Printed in Germany
ISBN 978-3-8392-1817-4

Im Gedenken an den Autor
von *Hamlet*, *Richard III.* und *Was ihr wollt*

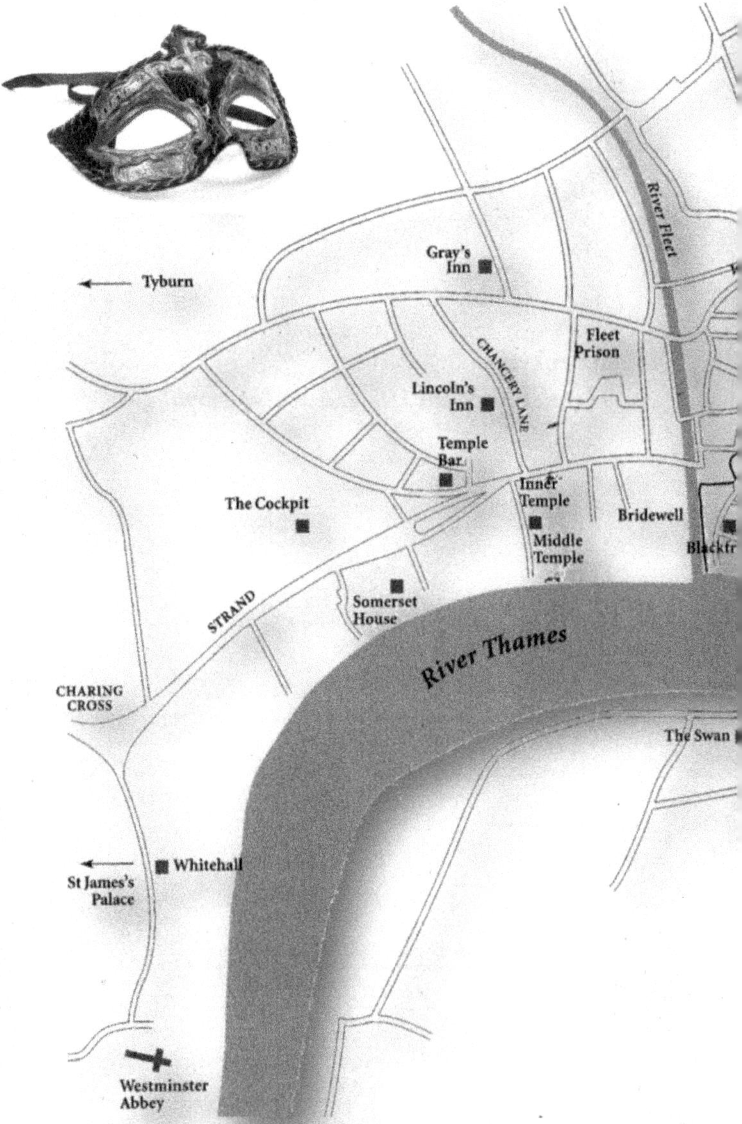
Gray's Inn
Tyburn
River Fleet
Fleet Prison
CHANCERY LANE
Lincoln's Inn
Temple Bar
Inner Temple
The Cockpit
Bridewell
Middle Temple
Somerset House
STRAND
River Thames
CHARING CROSS
The Swan
Whitehall
St James's Palace
Westminster Abbey

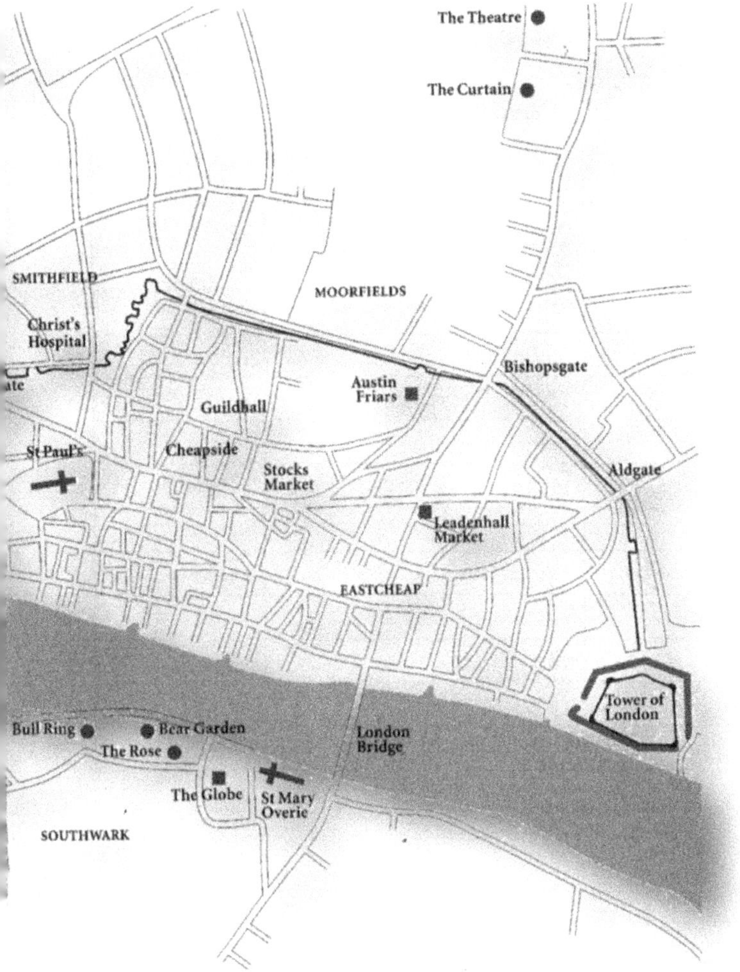
The Theatre
The Curtain
SMITHFIELD
MOORFIELDS
Christ's
Hospital
ate
Bishopsgate
Austin
Friars
Guildhall
St Paul's
Cheapside
Stocks
Market
Aldgate
Leadenhall
Market
EASTCHEAP
Tower of
London
Bull Ring
Bear Garden
The Rose
London
Bridge
The Globe
St Mary
Overie
SOUTHWARK

London 1599

TAGESEINTEILUNG

Beginn der	März und September von	bis
1.	06:00	07:00
2.	07:00	08:00
3.	08:00	09:00
4.	09:00	10:00
5.	10:00	11:00
6.	11:00	12:00
7.	12:00	13:00
8.	13:00	14:00
9.	14:00	15:00
10.	15:00	16:00
11.	16:00	17:00
12.	17:00	18:00
Stunde	Uhr	Uhr

WÄHRUNGSEINHEITEN

Goldmünzen		Silbermünzen **1 Pfund = 12 Schilling**	
Bezeichnung	Wert in Schilling	Bezeichnung	Wert in Pennies
Sovereign (23 ½ Karat)	30	1 Schilling	12
Sovereign (22 Karat)	20 **(= 1 Pfund)**	1 Sixpence (Tester)	6
Ryal (Rose Noble)	15	Groat	4
Half-Pound (Angel)	10	Threepence (thruppence)	3
Half-angel (Angelet)	5	Half-Groat	2
Half-crown (Quarter A.)	2 ½	One and a half penny	1 ½
		Penny	1
		Three-farthings	¾
		Halfpenny (haypnee)	½

Quelle: Richard Tames, *Shakespeare's London on Five Groats a Day*, London 2009, S. 10

LÖHNE UND PREISE

(d=Penny, s=Shilling)

Löhne	
7d	Tagesverdienst einer ungelernten Arbeitskraft (1560)
1s 2d	Tagesverdienst eines Zimmermanns oder Schreiners
10s	Monatsverdienst eines Lehrlings
£3	Jahresverdienst eines Hausmädchens
£5	Jahresverdienst eines Tuchmachers
£6	Jahresverdienst eines Hufschmieds / Metzgers
£10	Jahresverdienst eines Brauers
£10	Anwaltshonorar (Obergrenze)
£30	Jahresverdienst eines Chirurgen (St Bartholomew's Hospital)
£40	Ausbildungsgebühr pro Jahr an einer der Londoner Anwaltskammern (Inns of Court)
Preise	
8d	zwei Dutzend Eier
1s	Schuhe (mindere Qualität)
1s 3d	Helmbrünne
2s	Hemd (mindere Qualität)
7s	Mietpferd (sechs Tage)

8s	Sommerstiefel (gute Qualität)
2d	Eintrittspreis für die Galerie im Theater
zum Vergleich:	
£9,535	Ausgaben für die Garderobe der Königin pro Jahr: 9.535 Pfund [in Worten: neuntausendfünfhundertfünfunddreißig (!)]

Quelle: Liza Picard, *Elizabeth's London*, London 2004, S. 322f.

VORBEMERKUNG

Um die Authentizität zu wahren, wurde die englische Schreibweise bei **Ortsbezeichnungen, Eigennamen und feststehenden Begriffen** so weit als möglich beibehalten. Auch auf Anführungszeichen wurde in den genannten Fällen verzichtet.

Die **Titel** von wissenschaftlichen Werken, Dramen oder Gedichten etc. erscheinen dagegen in kursiver Schrift.

CHIFFRE

»Seele unserer Zeit! Unserer Bühnen Wonne, Huldigung und Herrlichkeit. Unser Shakespeare, erhebe Dich! ›Unser Shakespeare‹, denn er gehört doch uns allen, oder nicht? Der meistgespielte Dramatiker aller Zeiten, Autor von 37 Bühnenstücken, 154 Sonetten und mehrerer erzählender Dichtungen, gemeinhin bekannt als die ultimative Stimme der Humanität in der englischen Sprache. Und doch … Und doch wurde kein einziges Manuskript, gleich welcher Art, jemals gefunden, welches Shakespeares eigene Handschrift trägt. In vielen Hundert Jahren nicht ein Dokument. Geboren als Sohn eines Handschuhmachers, traf er zu einem unbekannten Zeitpunkt, gerüstet mit nichts als einer einfachen Schulbildung, in London ein, wo, wie es heißt, aus ihm ein Schauspieler wurde. Und zu guter Letzt ein Bühnenautor. Er starb im Alter von 52 Jahren und hinterließ eine Frau und zwei Töchter, die, wie Shakespeares eigener Vater, nachweislich Analphabeten waren. Unser Shakespeare ist eine Chiffre, ein Geist.«

»Soul of the Age! The applause, delight, the wonder of our stage!

Our Shakespeare, rise … Our Shakespeare … For he is all of ours, is he not? The most performed playwright of all time! The author of 37 plays, 154 sonnets, and several epic poems that are collectively known as the ultimate expressions of humanity in the English language. And yet … And yet … Not a single manuscript of any kind has ever been found written in Shakespeare's own hand. In four hundred years, not one document – be it poem, play, diary or even a simple letter. He was born the son of a glove-maker, and at some unknown time, armed with but an elementary school education, he went to London where, the story goes, he became an actor and eventually a playwright. He died at the age of 52, and was survived by his wife and two daughters who were, like Shakespeare's own father, irrefutably illiterate. Our Shakespeare is a cypher, a ghost.«

Aus: *Anonymous* (2011)
Regie: Roland Emmerich / Drehbuch: John Orloff

DRAMATIS PERSONAE

(in der Reihenfolge des Erscheinens)

Anne Hathaway (1556–1623), Ehefrau von William Shakespeare

Joost de Witte alias **Calvin Flanders**, Religionsflüchtling aus Flandern

Clayton Percival, Rechtsanwalt und Strafverteidiger

Anonymus

A. S., die »Dunkle Lady«

William Cecil, 1. Baron Burghley (1521–1598), führender Staatsmann während der Regierungszeit von Königin Elizabeth I. (1558–1603)

Margery, Percivals ehemalige Amme und Haushälterin

Esmeralda, Wahrsagerin

Brendan O'Reilly, Percivals Freund und Leitender Leichenbeschauer der City of London

William Shakespeare (1564–1616), Schauspieler bei den *Lord Chamberlain's Men* und Teilhaber am Globe-Theater

James Norton, Schauspieler und Rivale Shakespeares

Sharon Brady, Kassiererin im Globe-Theater

A. D. 1616

PROLOG

Wie hab ich hold und hell dich mir gedacht,
und du bist heiß wie Hölle, schwarz wie Nacht!

For I have sworn thee fair and thought thee bright,
Who art as black as hell, as dark as night.

Sonnet 147

I

POST MORTEM

Stratford-upon-Avon, 23. April 1616

William ist tot.

Du hast richtig gelesen, Schwester. Es ist zu Ende. Mein treusorgender Gemahl wurde zu Gott berufen. Der Medicus hat getan, was er konnte, doch es war umsonst. Der Tod, Schrecken aller Sünder, war stärker. Nun, da mein Gatte die irdische Welt hinter sich gelassen hat, gilt es, Rechenschaft abzulegen, und ich vertraue darauf, dass Gott ein gerechtes Urteil fällen wird.

Die Seelen der Aufrichtigen sind in des Allmächtigen Hand, und keine Qual kann sie berühren. So steht es in der Heiligen Schrift. Die Seelen der Unaufrichtigen indes irren schutzlos umher, und wenn die Zeit reif ist, werden sie für ihre Sünden büßen.

Es heißt, man solle die Toten ruhen lassen. Sei unbesorgt, das werde ich auch tun, sosehr es mich drängt, meinem Kummer Luft zu machen. Gleiches mit Gleichem zu vergelten, liegt jedoch nicht in meiner Natur, solange ich lebe, wird kein Wort der Klage über meine Lippen kommen. Das Dasein verläuft nicht immer so, wie wir Erdenbürger uns das wünschen, und je mehr wir damit hadern, desto dornenreicher der Pfad, auf dem wir unserem Ziel entgegenstreben.

Du weißt, wie schwer es mir fällt, über meine Gefühle zu sprechen. Und ich weiß, dass es niemanden gibt, der mich besser versteht als Du. Darum schreibe ich Dir diesen Brief, und darum ersuche ich Dich, ihn nach erfolgter Lektüre zu vernichten. Was darin geschrieben steht, liebe Schwester, ist ausschließlich für Dich bestimmt. Für Dich und niemanden sonst auf der Welt. Du allein warst immer da, wenn ich Dich gebraucht habe, die Treueste der Treuen, ohne die das Leben unerträglich gewesen wäre.

Ich wünschte, ich könnte dies auch über William sagen. Leider ist dem nicht so, auch wenn es den Anschein hatte, als seien wir füreinander geschaffen. Selbst jetzt, nach über 30 Ehejahren, kann ich mich noch genau erinnern, wie es war, als er mir den Hof machte. Dass ich mich blenden ließ, als er um mich warb, wurde mir auf schmerzhafte Weise bewusst. An der Tatsache, dass ich ein Kind unterm Herzen trug, führte indes kein Weg vorbei. Auch daran nicht, dass ich acht Jahre älter als der mit honigsüßer Zunge sprechende Verehrer war.

Allein, ich hatte mich in ihm getäuscht. Und musste für meine Torheit büßen. Tag für Tag, Jahr für Jahr, mein Lebtag lang. Wie sehr, weißt nur Du allein, und wenn es nach mir geht, möge es so bleiben.

Du weißt ja, William war nie da, wenn ich seiner Hilfe bedurfte. Und wenn er da war, kümmerte es ihn nicht, welche Sorgen auf mir lasteten. Andauernd war er mit den Gedanken woanders, und es gab Tage, an denen er mich wie Luft behandelte.

Aber was blieb mir anderes übrig. Als ältestes Kind eines Freisassen, der ein halbes Dutzend hungrige Mäuler zu stopfen hatte, wäre mein Weg vorgezeichnet gewesen, ob mit oder ohne Kind der Schande. Dank der Hilfe von

Vater Cuthbert, weiland Pfarrer in unserem Heimatort, hatten Du und ich zwar Lesen und Schreiben gelernt, ein Privileg, das nur den wenigsten zuteilwurde. Aber das war nur ein schwacher Trost für mich. Auch deshalb hoffte ich, mein Ungeborenes und ich würden es im Elternhaus meines Gatten besser haben. Immerhin war sein Vater Handschuhmacher und hatte es aufgrund seiner Tüchtigkeit bis zum Magistrat gebracht. Und das, obwohl er weder des Lesens noch des Schreibens mächtig war und sämtliche Dokumente mit einem Kreuz unterzeichnete. Besser ein Leben an der Seite von William, so schien es, als Mutter eines Kindes, die von ihrem Liebhaber im Stich gelassen worden war.

Weit gefehlt. Zum einen waren da nämlich Williams Geschwister, zwei ältere und fünf jüngere, also insgesamt sieben an der Zahl. Hinzu kamen seine Eltern, mein Gatte und ich sowie Susannah, unsere Tochter, die sechs Monate nach unserer Hochzeit das Licht der Welt erblickte. Zwölf Menschen unter einem Dach, die Zwillinge, welche ich drei Jahre nach meiner Hochzeit gebar, nicht mitgerechnet. Mit einer Ehe, wie ich sie mir erträumte, hatte dies nichts zu tun. Kein Tag, an dem es keine Streitereien gab, keine Stunde, während der ich nicht unter Beobachtung stand. Nicht einmal ein halbes Jahr war vergangen, als ich meinen Entschluss zutiefst bereute.

Und was tat William? Nichts. Anstatt sich um eine ehrbare Beschäftigung zu bemühen, ging er seinem Vater zur Hand, wenn Not am Mann war, handelte mit Wolle und betrieb Geldgeschäfte, wofür er eine ausgesprochene Begabung besaß. Die Tatsache, dass Zinsnehmen verboten war, schien ihn nicht im Geringsten zu kümmern. Ansonsten lebte er in den Tag hinein, half mal bei diesem, mal bei jenem Nachbarn in der Henley Street aus. Am liebsten hielt er sich jedoch im Wirtshaus auf, entweder im Swan oder im Bear, wie ich aus leidvoller Erfahrung zu berichten weiß. Wie oft ich die Tavernen in der Bridge Street aufgesucht habe, um ihn vom Trinken und vom Würfelspiel abzuhalten, weiß ich nicht mehr. Dass die Mühe letztendlich vergebens war, bereitete mir großen Kummer, und wenn ich in den Spiegel sah, fiel mein Blick auf das Konterfei einer verhärmten Frau.

An der Tatsache, dass er die King's New School vorzeitig verlassen musste, trug mein Gatte freilich keine Schuld. Der Grund war ein relativ simpler: John Shakespeare, immerhin Stadtrat, konnte das Schulgeld nicht mehr zahlen. Außerdem, so wurde hinter vorgehaltener Hand verbreitet, war er in undurchsichtige Geschäfte verwickelt, über die in Familienkreisen Stillschweigen bewahrt wurde. Sicher ist, dass mein Schwiegervater anno 1577 auf sämtliche Ämter und Ehren verzichtete und von da an nur noch als Handschuhmacher arbeitete. Über die Gründe dafür kann ich nur spekulieren. Gerüchte, er sei heimlicher Katholik gewesen, machten ebenso die Runde wie die Behauptung, Großvater John habe sich mit seinen Amtsgenossen überworfen. All das habe ich erst nach und nach erfahren, und als ich es erfuhr, war die Tür des Käfigs ins Schloss gefallen.

Lange Rede, kurzer Sinn: Von einem Familienleben, wie ich es mir vorgestellt hatte, konnte nicht die Rede sein. Zwölf Menschen unter einem Dach, die Lehrlinge meines Schwiegervaters nicht mitgezählt. Das war mehr, als ich ertragen konnte.

Doch damit nicht genug. Wie Du aus eigener Erfahrung weißt, wurde mir eine Vielzahl von Aufgaben aufgebürdet, solche, die ich mit Freuden versah, und andere, die mir immer mehr zur Last wurden. Dass meine Mutterpflichten an erster Stelle kamen, versteht sich natürlich von selbst. Aber das änderte nichts daran, dass ich mir mit der Zeit wie eine Dienstmagd vorkam, von morgens bis abends auf den Beinen, um meiner Schwiegermutter zur Hand zu gehen. Die Kinder ankleiden und versorgen, flicken und stopfen, Wäsche waschen und Mahlzeiten zubereiten, Wolle spinnen und Stoffe färben, Brot backen und Ale brauen, putzen und schrubben und mich darüber hinaus um den Garten und die Mahlzeiten für die beiden Lehrlinge kümmern. Wahrlich, um meine Rolle als Mädchen für alles war ich nicht zu beneiden, auch darum nicht, einen Mann wie William geehelicht zu haben.

Und dann, an einem Frühlingstag anno 1588, geschah es. William war verschwunden, gerade so, als habe sich der Erdboden aufgetan und ihn verschluckt.

Allein, dem war nicht so.

Monate später, im Herbst des gleichen Jahres, hielt ich einen Brief in der Hand, aus der Feder meines Gatten, wie die krakelige Schrift bewies. Freude stieg in mir auf, doch als ich ihn las, stockte mir der Atem. Er befinde sich in London, ließ mich mein ehrenwerter Gemahl wissen, und er habe vor, die Schauspielkunst zu erlernen. Schauspieler. Zuerst glaubte ich, meine Sinne spielten mir einen Streich. Aber dann las ich den Brief noch einmal von vorn, und da begriff ich, dass es William ernst damit war. Von meinem Gatten, der sich wie ein Dieb davongestohlen hatte, hatte ich ohnehin keine Hilfe zu erwarten. So furchtbar die Erkenntnis war, mir blieb nichts anderes übrig, als sie zu akzeptieren.

Schauspieler. Eine brotlose, wenn nicht gar in Verruf

stehende Kunst. Leute dieses Schlages waren fahrendes Volk, wurden geduldet, aber nicht respektiert. Und lebten von der Hand in den Mund. Von den Brotkrumen, die vom Tisch der Betuchten fielen.

Da saß ich nun, Gattin eines Bruders Leichtfuß, der keinen Gedanken daran verschwendete, wie wir unseren Lebensunterhalt bestreiten sollten. Schwiegertochter eines Mannes, der sich mit Mühe und Not über Wasser halten konnte. Und Tochter eines Freisassen, der mir die stolze Summe von sechs Pfund, 13 Schillingen und vier Pence hinterlassen hatte, auszuzahlen an dem Tag, wo ich in den Stand der Ehe treten würde. Eine Summe, die mein Gatte binnen kürzester Zeit verschleuderte.

Aber ich will mich nicht beklagen. Das Schicksal, dem wir auf Gedeih und Verderb ausgeliefert sind, hatte es so gefügt. Mir blieb nichts übrig, als das Beste daraus zu machen. Auch als William noch in Stratford weilte, hatte ich auf eigenen Beinen stehen müssen. Sehr viel würde sich folglich nicht ändern, außer dass ich mit dem Weggang meines Gatten eine Sorge weniger hatte. So gesehen hatte die Trennung durchaus Vorteile, auch wenn sie mir einen heftigen Stich versetzte. Einen Stich ins Herz, von dem ich mich ein Lebtag nicht mehr erholen würde.

Doch wenn ich geglaubt hatte, das Maß sei voll, wurde ich eines Besseren belehrt. Acht Jahre nach Williams Flucht, am 11. August des Jahres 1596, wurde mein geliebter Sohn zur letzten Ruhe gebettet, in Abwesenheit seines Vaters, der im vier Tagesreisen entfernten London in den Tag hinein lebte. Wie gesagt, William war nie da, wenn man ihn brauchte. Er war nicht da, als der Gram über den Tod von Hamnet mein Herz zerfraß, er ließ sich nicht blicken, als sein Vater anno 1601 dahingerafft wurde, er hielt es nicht für nötig, mir zu antworten, als ich ihn vom Tod seiner Mutter in Kenntnis setzte. Das war William Shakespeare, der ausgezogen war, die Bühnen der Theaterwelt zu erobern.

Schauspieler. Zu mehr taugte dieser leichtsinnige Patron auch nicht.

Moment, das stimmt nicht ganz. Ich tue William unrecht. Er war ein Mensch, der sich Gedanken über die Zukunft machte, über *seine* Zukunft, wie ich der Klarheit halber hinzufügen sollte. Ich weiß zwar nicht, woher er das Geld nahm, mit dem er neun Jahre nach seinem Verschwinden das Haus New Place erwarb, aber das ändert nichts daran, dass er 60 Pfund in die Hand des Besitzers wandern ließ. Und das war längst noch nicht alles. Am 1. Mai des Jahres 1602, knapp 20 Jahre nach unserer Hochzeit, kaufte er 127 Morgen Land, für wie viel Geld, konnte ich nicht in Erfahrung bringen. Es folgten das Cottage gegenüber von New Place und ein weiteres Cottage in Rowington, mehr als genug, sollte man meinen. Doch weit gefehlt. Meinem Gatten stand der Sinn nach mehr. Am 10. März 1603, etwas mehr als drei Jahre vor seinem Tod, kaufte er das Blackfriars Gatehouse in London. Und jetzt, geliebte Schwester, halte dich fest. Wie ich aus zuverlässiger Quelle weiß, betrug der Kaufpreis 140 Pfund, fast so viel, wie ein Handwerker während seines gesamten Lebens verdient.

Woher er das viele Geld hatte, fragst Du dich? Ehrlich gesagt, ich weiß es nicht. Was ich dagegen wusste, ist, dass ich für den Fall seines Ablebens nichts Gutes zu erwarten hatte.

Und so kam es auch. An jeden hat dieser Rosstäuscher in seinem Testament gedacht, nur nicht an mich. Zehn Pfund an die Armen der Stadt zur Linderung ihrer Not, nicht eben viel, aber besser als nichts. 30 Pfund an seine Schwester und an jeden ihrer Söhne fünf. 150 Pfund an Judith, seine zweitälteste Tochter – und drei Jahre später noch einmal, vorausgesetzt, sie oder einer ihrer Erben seien noch am Leben. Der größte Teil aber, wie sollte es anders sein, an unsere Älteste, oder, wie es das Testament ausdrückte, »den ganzen Rest von meinem beweglichen Hab und Gut, alles an Pachteinnahmen, Geschirr, Schmuck und Haushaltsgerät«.

Mit einer Ausnahme, aber dazu kommen wir noch.

Susannah und ihrem Mann, der mir stets ein Dorn im Auge war, hinterließ er auch New Place, die beiden Häuser in der Henley Street und seine Besitztümer in London. Den Grundbesitz, den er sich in den vergangenen Jahren unter den Nagel gerissen hatte, nicht zu vergessen. Möge die Familie Hall glücklich damit werden, und möge auch der männliche Nachwuchs, an den das Vermögen weitervererbt werden soll, seinen Nutzen daraus ziehen.

Und Francis Collins, sein Anwalt, einen möglichst hohen Gewinn.

Und ich? »Item gebe ich meiner Frau mein zweitbestes Bett mit der Bettstatt.« Das zweitbeste Bett, wie beschämend. Kein Geld, kein Land, kein Garnichts. Mehr als das wurmstichige Gestell war ich meinem Gatten also nicht wert. Wie schäbig, aber beileibe keine Überraschung.

Bleibt die Frage, liebe Schwester, wem er seine Manuskripte anvertraut hat. Antwort: Niemandem. Kein Wort darüber, weder im Testament, wo auch noch die kleinste Kleinigkeit geregelt wurde, noch in Form einer Verfügung oder Äußerung, die er auf seinem Sterbelager von sich gab.

Kein Wort, kein Hinweis, kein Garnichts.

Mehr als 30 Manuskripte, fein säuberlich einsortiert in

sündhaft teure Ledermappen. Komödien, Tragödien und Historienspiele – und zahlreiche Gedichte. So viele, dass man Tage bräuchte, um sie zu studieren.

Ein Schatz, für den Liebhaber ein Vermögen berappen würden. Und was tut der Autor? Nichts. Er ist ihm nicht einmal eine Erwähnung wert.

Merkwürdig, nicht?

Nun, so merkwürdig nun auch wieder nicht. Und weißt Du auch, warum? Weil die Manuskripte, die ich Seite für Seite durchgeblättert habe, von jemand anderem niedergeschrieben worden sind. Von wem und vor allem wann, kann ich Dir beim besten Willen nicht sagen.

Woher ich das wissen will, fragst Du? Ganz einfach, liebe Schwester: Ich kenne Williams Schrift.

Und ich kenne meinen Mann.

A. D. 1599

ERSTES BUCH

MASKERADE

Er war ein Mann, nehmt alles nur in allem,
Ich werde nimmer seinesgleichen sehn.

'A was a man, take him for all in all,
I shall not look upon his like again.

Hamlet I,2

II

CONFESSIO (I)

London, am 21. Tag des Monats September im 40. Regierungsjahr von Elisabeth, Tochter eines Bigamisten, dessen Name auf ewig mit Schande befleckt sein wird.

Beginn der Niederschrift: kurz nach Sonnenuntergang [19.30 h]

DENN SIEHE, wer Wind sät, der wird Sturm ernten. Und wer eine ruchlose Tat begeht, der wird für seine Untaten büßen. Davon bin ich jetzt, da mir die Häscher auf den Fersen sind, mehr denn je überzeugt. Anders als jene, die ihre Verbrechen leugnen, bekenne ich mich jedoch schuldig, in vollem Umfang, ohne mich aus der Verantwortung zu stehlen.

Wer sündigt, der tue Buße, und wer seine Mitmenschen hintergeht, wird der gerechten Strafe nicht entgehen. So will es das Gesetz und so verkündet es die Heilige Schrift. Steht doch geschrieben: Nicht mein, sondern Dein Wille geschehe, von nun an bis in alle Ewigkeit.

So sei es.

Und so gehe ich daran, die Konsequenzen aus meinen Schandtaten zu ziehen. So wisset denn, die ihr dies Schriftstück dereinst lesen werdet: An allem, was sich im Verlauf des heutigen Tages zugetragen hat, trage allein ich die Schuld, nur ich allein, nicht etwa mein Herr, in dessen Interesse ich zu handeln glaubte. Ich habe ihn hinters Licht geführt, ihn auf das Schmählichste hintergangen, Verrat geübt, der seinesgleichen sucht. Und ich habe ihn belogen, habe das in mich gesetzte Vertrauen missbraucht. An diesem Fazit, so niederschmetternd es auch klingen mag, führt kein Weg vorbei. Dass dies aus uneigennützigem Antrieb und Gründen geschah, die außer ihm oder mir kein Mensch ermessen kann, ändert nicht das Geringste an meiner Schuld. Ich habe gefehlt, nicht nur einmal, sondern mehrfach, voller Skrupel zwar, wiewohl entschlossen, vom Pfad der Sünde und der Niedertracht auch nicht um ein Jota abzuweichen. Steht doch geschrieben: »Ist weiterer Schaden entstanden, dann musst du geben: Leben für Leben, Auge für Auge, Zahn für Zahn, Hand für Hand, Fuß für Fuß, Brandmal für Brandmal, Wunde für Wunde, Strieme für Strieme.«

Bevor ich jedoch tue, was getan werden muss, sehe ich es als meine Pflicht, Rechenschaft abzulegen. Auf dass derjenige, in dessen Hände mein Schuldbekenntnis fällt, meine Beweggründe kennenlernen möge. Und auf dass der Eindruck, ich wolle mich von meinen Sünden reinwaschen, von vornherein vermieden werde. Ich hege nicht die Absicht, die Schuld auf andere abzuwälzen, noch habe ich im Sinn, falsches Zeugnis wider meinen Nächsten abzulegen. Ich habe gefehlt und bin entschlossen, die Konsequenzen zu ziehen, wenngleich nicht so, wie es sich für einen Christenmenschen geziemt.

Wer freiwillig aus dem Leben scheidet, begeht eine schwere Sünde. Dessen bin ich mir bewusst. Da ich jedoch keinen Ausweg weiß und mich vor nichts mehr ängstige, als vom Pöbel begafft und als Strafe für meine Missetaten wie ein Kadaver auf dem Schindanger verscharrt oder gepfählt, mit Erde bedeckt und vor den Toren der Stadt als warnendes Beispiel zur Schau gestellt zu werden, habe ich die einzige mir angemessen erscheinende Todesart gewählt. Eine Methode, die es mir ermöglicht, mein Dasein in Würde zu beenden.

Doch zuvor, wie angekündigt, die Beweggründe für mein Tun. Und, um des besseren Verständnisses willen, ein Rückblick auf mein nunmehr 49 Jahre währendes Leben. Ein Leben, das, so Gott will, noch vor Ablauf dieses Tages beendet sein wird.

Der Zufall wollte es, dass ich im gleichen Jahr wie mein Herr das irdische Jammertal betrat. Die einzige, wiewohl schicksalhafte Parallele, die unser beider Leben verband. Ich betone das, weil ich weder den Kreisen angehöre, in denen er sich bewegt, noch aus England oder den daran angrenzenden Gefilden der Waliser oder Schotten stamme. Ich kann ohnehin tun, was ich will, in den Augen meiner Mitbürger werde ich stets ein Fremdling bleiben.

Dass ich länger in London lebe als mancher Einheimische, wird geflissentlich übersehen. Ein Flüchtling ist und bleibt hierzulande nun einmal ein Flüchtling, mag meine Geburtsstadt Mechelen in Flandern auch noch so sehr unter dem Joch des Königs von Spanien geächzt haben. Ein Papist, wie er hündischer nicht hätte sein können, und somit Todfeind des wahren, auf den Lehren des Evangeliums fußenden Glaubens. Kein Wunder also, dass der vermeintliche Herrscher von Gottes Gnaden, Speichellecker der Inquisition und Sachwalter des Leibhaftigen auf Erden, die Anhänger der Lehren Calvins mit Feuer und Schwert bekämpfte. Dass zu ihnen auch mein Vater gehörte, sollte meinem noch jungen Leben die erste in einer Reihe von Wendungen geben, an deren Zustandekommen ich weder direkt noch indirekt beteiligt war. Die Tatsache, dass Vater in seiner Eigenschaft als Tuchhändler einer der reichsten Bürger der Stadt war, hat nämlich weder ihm noch mir oder dem Rest unserer zehnköpfigen Familie auch nur den geringsten Nutzen eingebracht. Um dem Herrn auf die einzig wahre und ihm angemessen erscheinende Art und Weise zu dienen, kam er deshalb nicht umhin, eine folgenschwere Entscheidung zu treffen. Bleiben, den wahren Glauben verleugnen und seinen Frieden mit der habsburgischen Fremdherrschaft machen – oder auswandern, und das lieber heute als morgen. So ließe sich das Dilemma auf den Punkt bringen.

Unnütz zu erwähnen, wie mein Vater sich entschied, im Gegensatz zu meiner Mutter, die ihrem geliebten Flandern nicht den Rücken kehren wollte. Er entschied sich, nach London überzusiedeln – und kam vom Regen in die Traufe. Und ich? Ich, Joost de Witte, Nesthäkchen und der erklärte Liebling meiner Mutter, musste mich dem Willen des gestrengen Vaters fügen. Nie werde ich vergessen, wie ich an einem verregneten Januarmorgen des Jahres 1559 im Hafen von Antwerpen von ihr Abschied nahm. Ein Abschied für immer, obwohl sie noch über 20 Jahre lebte.

Und ein Stich ins Herz, von dem ich mich nie mehr erholen sollte.

Hätte ich geahnt, wie viele Stiche und klaffende Wunden im Verlauf meiner babylonischen Gefangenschaft im Land der Angelsachsen folgen würden, ich hätte mich dem Willen des allmächtigen Vaters widersetzt. Da sich dies jedoch nicht ziemt und der Herr befiehlt, die Eltern zu ehren und ihrem Willen zu gehorchen, willigte ich zähneknirschend ein. Wer weiß, vielleicht wäre es besser gewesen, wenn ich während der stürmischen und mehrere Tage währenden Überfahrt das Leben ausgehaucht hätte. So aber, wie meine sieben Geschwister mehr tot als lebendig, kam ich Mitte Januar in London an. Auf den Tag genau, um einem Spektakel der besonderen Art beizuwohnen.

Und da stand ich nun, knapp neun Jahre alt, schmächtig, abgemagert, von blässlicher Hautfarbe und mit hellblondem, wie ausgebleicht anmutendem Haar. Von dem, was die Schaulustigen der Königin zuriefen, verstand ich natürlich kein Wort. Eins aber verstand ich sehr wohl, nämlich dass die Engländer ein Volk von Heloten sind. Begriffen sie nicht, was gespielt wurde, oder wollten sie es nicht begreifen? Die da auf hohem Ross thronte, behangen mit Geschmeide, der Mantel purpurn und die Robe scharlachrot, flankiert von einer waffenstarrenden Phalanx von Hellebardisten und angekündigt von Herolden, welche die Spitze des schier endlosen Lindwurms bildeten, diese Kreatur war die große Hure Babylon. Gekommen, um das Menschengeschlecht zu verderben.

Im Nachhinein, dies soll nicht unerwähnt bleiben, weiß ich nicht, was mich mehr angewidert hat: Der Prunk, maßlos, zügellos und schamlos, oder der Jubel, welcher Jezebel alias Elizabeth auf ihrem Weg vom Tower zur Krönung in der Westminster-Abtei entgegenbrandete. Wohin mein Auge auch fiel, nichts als Hochrufe, Beifall und Unterwürfigkeit, nichts als Lobpreisungen, im Wind flatternde Wimpel und mit Goldborten bestickte Standarten. Überall, wo der vielhundertköpfige Zug Halt machte, nichts als Freudenhymnen, Elogen und Ergebenheitsadressen, allen voran die Ratsherren, die Kaufmannschaft und die im Feiertagsornat angetretenen Zunftmeister. Und dann erst die Turniere zu Pferd, die Lobgesänge, Lustbarkeiten und wie Pfauen umherstolzierenden Gecken. Nie zuvor und nie mehr danach habe ich eine derart sklavische Fügsamkeit erlebt, nie mehr eine ekelhaftere Unterwürfigkeit, die mir wie eine dreiste Lästerung erschien. Keinem Erdenbürger, schon gar nicht einem Balg aus dem Lotterbett Heinrichs VIII., darf ein solches Ausmaß an Verehrung zuteilwerden. Keinem Menschen aus Fleisch und Blut, möge er noch so ehrfurchtgebietend sein. Wenn, dann gebühre sie demjenigen, welcher über uns allen thront, ist doch sein Reich, wie die Heilige Schrift lehrt, nicht von dieser sündhaften Welt.

Genug davon, ich vergesse mich. Bleiben wir lieber sachlich, wie es einem Mann des Geistes geziemt. Und beim Thema, welches Gegenstand dieser Aufzeichnungen ist.

Eins muss ich erneut betonen, und zwar mit allem Nachdruck. Ausländer wie ich sind in London nicht gern gesehen. Nicht etwa, dass die Händler, Wucherer und Schacherer in der Guildhall ungern Geschäfte mit Gleichgesinnten aus anderen Erdteilen machen. Gott bewahre, wo kämen wir da hin. Was das betrifft, haben sie ihren Hochmut im Griff. Besitzt man jedoch die Dreistigkeit, den Alteingesessenen Konkurrenz zu machen, fühlen sie sich in ihrer Ehre gekränkt. Mein Vater, trotz allem tüchtig und rechtschaffen, bekam dies am eigenen Leib zu spüren. Obwohl er über exzellente Verbindungen in die Heimat verfügte, wurde ihm ein Stein nach dem andern in den Weg gelegt. Und das alles nur, weil er aus Flandern stammte, die Sitten und Gebräuche aus der Heimat pflegte und sich mit dem Idiom der Londoner schwertat.

Wie ungern man uns Flamen aufnahm und wie drastisch man uns die Antipathie gegenüber Fremden spüren ließ, wurde mir klar, als wir unser Quartier in St Mary Colechurch bezogen. Nachbarn, die uns von Gleich zu Gleich begegneten, konnte man an einer Hand abzählen, und speziell uns Kinder ließ man merken, dass wir Menschen zweiter Klasse waren. Erst als wir uns in St Martin le Grand niederließen, wehte uns der Wind nicht mehr gar so heftig ins Gesicht. Aber auch nur, weil wir dort unter Gleichgesinnten waren. Lebten beziehungsweise leben dort doch zumeist sogenannte »Aliens«, also Ausländer. Ihr täglich Brot verdienten sie sich damit, indem sie ein Handwerk ausübten, die meisten davon Schuhmacher, Hersteller von Federbüschen, Hutmacher, Diamantenschleifer, Goldschmiede oder Handschuhmacher. 500 Fremdlinge, die überwiegende Mehrzahl davon Niederländer, Venezianer und Hugenotten. 500 von insgesamt 5.000 Stadtbewohnern, deren Wiege nicht in England stand. Gemessen an der Gesamtzahl von 200.000 Bürgern eine geringe, um nicht zu sagen unbedeutende Zahl. Gering zwar, anscheinend jedoch groß genug, um Misstrauen, Hohn oder gar Hass hervorzurufen. Ein Faktum, das ich bei jeder Gelegenheit zu spüren bekam. Wie oft ich von Einheimischen angepöbelt, bespuckt oder verprügelt wurde, kann ich beim besten Willen nicht sagen. Eins aber ist mir bis heute im Gedächtnis geblieben, nämlich das Wort, mit dem man alle in unserem Viertel Beheimateten bedachte: Dutch. Dass Flamen und Niederländer mit den als »Dutch« bezeichneten Deutschen nur wenig gemeinsam haben, hat keinen Menschen interessiert.

Doch Vater gab nicht auf. Und traf eine folgenschwere Entscheidung. Will heißen, er änderte seinen – und unser aller – Namen. Aus Joost de Witte, alt genug, um sich diesbezüglich eine eigene Meinung zu bilden, wurde Calvin Flanders. Benannt nach Johannes Calvin, Schreckgespenst der katholischen Kirche und des Papstes, und der englischen Bezeichnung für Flandern. Eine Schandtat, die ich ihm nie verziehen habe.

Aber lassen wir das. Vater ist schon lange tot, und meine Geschwister sind bis auf mich und meine älteste Schwester an der Pest gestorben. Machen wir es also kurz – und reden wir lieber über mich. Reden wir über den Tag, als sich meine und die Pfade meines Herrn kreuzten.

Eins sollte ich vielleicht noch erwähnen. Dank seiner Bemühungen und seiner nie versiegenden Tatkraft erreichte Vater schließlich sein Ziel. Er brachte es zu beträchtlichem Wohlstand, verdiente genug Geld, um die horrende Pacht für einen Laden an der Cheapside aufbringen zu können. Und verfügte über einen Kundenstamm, um den ihn manch anderer beneidete. Wie um dies vor aller Augen zu dokumentieren, wurde er sogar in die Gilde der Merchant Taylors aufgenommen, fast so etwas wie ein Ritterschlag, wenn man bedenkt, dass sie zu den zwölf angesehensten Korporationen der Hauptstadt zählten.

Und damit nahm das Schicksal seinen Lauf. Ich weiß, es klingt melodramatisch, aber wäre Vaters Laden am Dreh- und Angelpunkt des Londoner Geschäftslebens nicht gewesen, hätte mein Leben einen anderen Verlauf genommen. Hätte sich der Leibdiener meines Herrn nicht genau diesen Laden ausgesucht, um einen Ballen flämisches Tuch auszusuchen, aus dem ein halbes Dutzend prunkvolle Livreen geschneidert werden sollte, dann … Kurzum: Wäre der sechste August im zehnten Regierungsjahr der sogenannten jungfräulichen Königin nicht gewesen, dann wäre ich, Joost de Witte, nicht zum Kriminellen geworden.

Dann wäre die Welt, von der ich in Kürze Abschied nehmen werde, um ein Vielfaches ärmer gewesen.

III

DIARIUM (I)

Gegeben zu London, am 21. Tag des Monats September im 40. Regierungsjahr Ihrer Majestät Elizabeth I., Königin von England

Beginn der Niederschrift: zwei Stunden vor Mitternacht
[22.00 h]

»In Namen Ihrer Majestät der Königin ergeht folgendes Urteil: In Anbetracht der Schwere ihrer Schuld wird die Angeklagte zum Tod durch Erhängen verurteilt. Noch Fragen, Herr Verteidiger?«

»Nein, Euer Ehren.«

»Die Sitzung ist geschlossen. Gott schütze die Königin!«

»Und Gott schütze alle Unschul… Gott schütze die Königin«, echote ich und verkniff mir die respektlose Replik, die mir auf der Zunge lag, sortierte meine Unterlagen und wandte mich meiner Mandantin zu, die in Kürze den Gang zum Schafott antreten würde. Ob erhobenen Hauptes oder nicht, blieb abzuwarten. Wie ein Delinquent auf die Ausweglosigkeit seiner Lage reagiert, hängt von seiner Persönlichkeit ab, und was das betrifft, ist man als Anwalt gegen Überraschungen nicht gefeit.

Bei aller Verschiedenheit, das sei vorausgeschickt, gibt es im Grunde drei Sorten von Angeklagten. Typ eins, wenn ich es einmal so formulieren darf, nimmt den Schuldspruch mit stoischer Gelassenheit auf, mag die Strafe, die über den Betreffenden verhängt wird, noch so grausam oder, freimütig ausgedrückt, noch so fragwürdig sein. Herrscht doch an Methoden, um ein Exempel zu statuieren, hierzulande kein Mangel. Unter anderem zeigt sich dies bei den Rekusanten, also bei all jenen, die sich weigern, dem katholischen Glauben abzuschwören. Ungeachtet ihres Verdienstes, Rangs, Namens, Alters oder Geschlechts werden viele dieser Unglücklichen mit dem Tod bestraft, durch den Strang, wie ein gewöhnlicher Krimineller. Dies gilt im Übrigen auch für jene, die religiöse Irrlehren vertreten, ohne Rücksicht darauf, welchem Stand oder welcher Profession sie angehören.

Apropos Irrlehren. Im Hinblick darauf kann ich mich noch gut an einen Fall erinnern, der vor geraumer Zeit für Aufsehen sorgte. William Hackett, in den Augen seiner Anhänger der wiederauferstandene Messias, wurde weiland in St Mary Somerset aufgespürt, unter Anklage gestellt und am 28. Juli des Jahres 1591 wegen Hochverrats hingerichtet. Man erspare mir die Einzelheiten, einstweilen nur so viel: Seit jenem Tag, als ich Zeuge des grausigen Spektakels wurde, habe ich nie mehr einen derartigen Ausbund an Barbarei erlebt.

Im Vergleich dazu, das muss man freimütig einräumen, nimmt sich die Bestrafung von Piraten geradezu harmlos aus. Wie jedermann weiß, findet sie seit alters her in Wapping statt, bei Niedrigwasser, um es genau zu sagen. Die Übeltäter, deren Treiben immer mehr überhandnimmt, werden an den Armen aufgehängt und verbleiben in dieser Position, bis die Themse wieder steigt, Stück für Stück, Zoll um Zoll, Fuß für Fuß. Das Gesetz will es, dass die Prozedur nach dem Tod des Delinquenten noch zwei weitere Male wiederholt wird, aus welchem Grund, vermag kein Mensch zu sagen. Ein, wie ich finde, absurdes Prozedere, über das ich mich nicht weiter auslassen will. Das Gleiche gilt für die Art, wie mit den Leichen von Selbstmördern zu verfahren ist, egal, wer oder was sie zu ihrer Tat getrieben hat. Nackt ausziehen, pfählen und mitsamt Pfahl in der Brust vergraben – welch eine entwürdigende Vorgehensweise.

Wir, die wir in diesem Saeculum leben, befinden uns an der Schwelle zu einer neuen Zeit, ob die Menschenschinder dieser Welt dies wahrhaben wollen oder nicht. Das Mittelalter gehört der Vergangenheit an, und mit ihm die Strafen, welche man notorischen Missetätern angedeihen lässt. Ich persönlich halte es für Barbarei, wenn Menschen auf dem Scheiterhaufen verbrannt oder geblendet oder in einen Bottich mit siedendem Wasser gesteckt und bei lebendigem Leib gehäutet werden. Eine Nation wie die unsrige, die sich anschickt, dem König von Spanien die Stirn zu bieten, sollte mit gutem Beispiel vorangehen, gerade jetzt, wo die ganze Welt auf England blickt. Mein ist das Recht, nicht die Rache, sollte die Devise für künftige Jahrhunderte lauten. Nur so wird es uns gelingen, einen Schlussstrich unter die Vergangenheit zu ziehen.

Nur so, und nicht durch einen Rückfall in die Barbarei.

Doch zurück zum Thema. Meinen Beobachtungen zufolge gibt es noch eine weitere Spezies von Angeklagten, nämlich diejenige, welche im Angesicht des Schafotts zu Possenspielen neigt. Erst neulich, bei einer Exekution vor St Paul's, habe ich einen derartigen Fall erlebt. Ein des

Straßenraubes überführter Vagant aus Oxfordshire, dessen Sündenregister das Ausmaß des Erträglichen überschritt, war zum Tod durch den Strang verurteilt worden. Impertinent, wie er nun einmal war, hatte er den Henker um einen Krug Wein gebeten. Im Vollrausch, so die letzten Worte aus seinem Mund, sterbe es sich nun einmal leichter.

Meine Mandantin, die ich vor Gericht in der Westminster Hall vertrat, gehört – beziehungsweise gehörte – der dritten Kategorie von Delinquenten an. Um es vorwegzunehmen: Ich hatte nichts unversucht gelassen, um ihr Leben zu retten, hatte Himmel – man verzeihe mir die frivole Formulierung – und Hölle in Bewegung gesetzt, um der des Kindsmordes bezichtigten Hökerin ein qualvolles Ende zu ersparen. Vergebens. Der Court of the Star Chamber Ihrer Majestät der Königin war nicht geneigt, Gnade walten zu lassen. Das Urteil hatte auf Tod gelautet, Tod durch Erhängen. Zu vollstrecken auf der Richtstätte zu Tyburn, knapp drei Meilen vor den Toren der Stadt.

Kein Wunder also, dass die Reaktion der dem Tode Geweihten überaus heftig ausfiel. Angesichts der Marter, die ihr bevorstand, konnte ich das auch gut verstehen. Makaber ausgedrückt, Aufhängen ist nicht gleich Aufhängen. Das sei der Klarheit halber gesagt. Ich weiß, das hört sich ziemlich kaltherzig an, aber wer wie ich mit seinen 27 Jahren kein Jüngling mehr und seit geraumer Zeit als Strafverteidiger tätig ist, den kann, salopp formuliert, so schnell nichts aus der Bahn werfen. Ob mir ernst mit dem ist, was ich zu vorgerückter Stunde zu Papier bringe? Offen gestanden, nein. Hinsichtlich der Unabwägbarkeiten des Erdendaseins hat mich der heutige Tag eines Besseren belehrt. Das Rad der Fortuna steht bekanntlich niemals still, und wer so tut, als könne ihm das Leben nichts anhaben, der lügt sich etwas vor.

Doch zurück zu meiner Mandantin Rose Dorset, wohnhaft in St Giles-in-the-Fields. Von Recht und Ordnung, das muss ich zu meinem Bedauern konstatieren, ist dort wenig zu spüren. Das hört sich deprimierend an, entspricht aber leider den Tatsachen. Alles, was unter den Galgenvögeln dieser Stadt Rang und Namen hat, treibt sich in St Giles herum, angefangen bei bewaffneten Banden, die das Viertel neuerdings auch bei Tag unsicher machen, über Beutelschneider, Pferdediebe, Dokumentenfälscher, Falschmünzer, Zuhälter und unbehauste Dirnen bis hin zu Straßenkindern, denen keine noch so widerwärtige Abnormität fremd ist. Damit wir uns richtig verstehen, ich weiß das nicht vom Hörensagen. Ich spreche aus Erfahrung, aus mehrjähriger – und leidvoller – Erfahrung. Wer Umgang mit Mandanten wie Rose Dorset pflegt, der lernt die Schattenseiten des Lebens kennen. Gründlicher, als er es sich zu Beginn seiner Karriere hätte träumen lassen.

Und was, mit Verlaub, heißt hier überhaupt »Karriere«. Von betuchten Klienten oder Mandanten aus gut situierten Kreisen kann einer wie ich nur träumen. Die lassen sich die Platzhirsche unserer Zunft von Jungspunden wie mir nicht abspenstig machen. Wie heißt es doch so schön: Vor den Erfolg haben die Götter den Schweiß gesetzt. Bedeutet, ich bin weiterhin gezwungen, kleine Brötchen zu backen. Nicht gerade das, was ich mir erträumt habe, aber was soll man machen. Fortes fortuna adiuvat, dem Tüchtigen hilft das Glück.

Schon gut, ich weiß, was jetzt kommt. Wir Insulaner pflegen eine besondere Art von Humor. Dem kann ich nicht widersprechen. An Tagen wie heute, das lehrt die

Erfahrung, tut man sich jedoch leichter, wenn man sich von den Wechselfällen des Lebens nicht unterkriegen lässt.

Was das Gebaren meiner Mandantin nach der Urteilsverkündung betraf, verging einem hingegen das Lachen. Wie gesagt, im Angesicht des Galgens reagiert jeder Mensch anders. So auch Rose Dorset, die das Gericht, die Anwesenden und mich mit einer Flut von Verwünschungen überschüttete. Dank der Gerichtsdiener, für die solche Kalamitäten nichts Neues sind, blieb es jedoch dabei. Ich selbst nahm die Verwünschungen kommentarlos hin, nicht ohne Beklommenheit, wie ich freimütig einräumen muss. Hatte ich die Prozedur, die der Verurteilten bevorstand, doch klar vor Augen. Unmittelbar nach Prozessende, so wollte es das Gesetz, würde Rose Dorset in Ketten gelegt, in einen Eisenkäfig gesperrt und vom Henker und seinen Knechten nach Tyburn gekarrt werden. Dort würde sie das Schafott besteigen, begafft vom Pöbel, der sich Abwechslung vom eintönigen Alltag versprach. Durchschnittlich 300 Hinrichtungen pro Jahr, eine grausamer als die andere. Das sagt mehr, als man mit Worten ausdrücken kann.

Alles, was recht ist, aber ich frage mich, was in diesen Menschen vorgeht. Und ich frage mich weiterhin, was sie daran reizt, eine der Ihren langsam zugrunde gehen zu sehen. Rose Dorset, von deren Unschuld ich nach wie vor überzeugt bin, würde nämlich nicht nur aufgehängt, sondern nach allen Regeln der Kunst zu Tode gemartert werden. Das heißt, der Henker würde seine Gehilfen anweisen, das Seil mit der zappelnden, röchelnden, hechelnden, sich im Todeskampf windenden und wie toll gebärdenden Hökerin zu durchtrennen, würde das wimmernde Etwas, das einmal ein Mensch gewesen war, durch den Morast schleifen, würde ihm den Leib der Länge nach aufschlitzen, das Herz samt Eingeweiden bei vollem Bewusstsein aus dem Leib reißen und es anschließend – Schande über ihn! – ins Feuer werfen. Zum Gaudium der Menge würde daraufhin der Kopf von den Schultern getrennt werden und zusammen mit den Innereien den Weg des Vergänglichen antreten. Wohl dem, der niemals Zeuge eines derartigen Schauspiels wird, und wehe dem, der die Hauptrolle darin spielt. Geköpft, gevierteilt und achtlos in die Flammen geschleudert, wie der Kadaver eines tollwütigen Köters, dem niemand eine Träne nachweint.

So weit also der Kasus Kate Dorset, verurteilt wegen Mordes an ihrem Kind. Und so weit der Prozess, den ich mit Pauken und Trompeten verlor.

Mit einem Wort, ich hatte die Nase voll. Gegen neun, nach getaner Arbeit, verstaute ich also meine Unterlagen, entledigte mich meines Talars und trat ins Freie. Da es mir nicht in den Sinn kam, meine Kanzlei in der Thames Street aufzusuchen und mich mit Klienten mit fragwürdiger Reputation herumzuärgern, beschloss ich, das Bilderbuchwetter zu einem Rundgang durch Westminster zu nutzen. Ein weiser Entschluss, allemal besser, als unerledigte Akten zu wälzen.

Apropos Entschluss. Um zu verhindern, dass diese Notizen in falsche Hände gelangen, werde ich sie nach Abschluss der Niederschrift in einem nur mir bekannten Versteck deponieren. Selbstredend nicht in meinem Haus, das wäre fahrlässig, wenn nicht gar lebensgefährlich. Im Verlauf des heutigen Tages habe ich mir nämlich jede Menge Feinde gemacht, zu viele, um meine Recherchen publik zu machen. Hätte ich geahnt, auf was ich mich einlasse, wäre ich untergetaucht, so wahr ich Clayton Percival heiße.

Ja, ich weiß. Das war dumm von mir. Wer Gefahr läuft, meuchlings ermordet und den Fischen in der Themse zum Dinner serviert zu werden, der sollte sich hüten, seinen Namen preiszugeben. Ich muss zugeben, da ist etwas dran. Da jedoch sichergestellt ist, dass diese Notizen nicht in fremde Hände gelangen werden, brauche ich mir keine Zurückhaltung aufzuerlegen. Wenn überhaupt, wird man erst nach meinem Tod von den Vorgängen des heutigen Tages erfahren. Sollte dies der Fall sein, kann sich mein Widersacher, so er noch lebt, auf etwas gefasst machen. Es wäre diesem Hundsfott zu gönnen, das sei in aller Deutlichkeit vermerkt.

Wie bereits erwähnt, mein Name ist Percival. Clayton Percival. Wie die meisten meiner Kollegen habe ich am King's College in Cambridge studiert, nebst ihrer Konkurrentin, deren Namen mir partout nicht über die Lippen will, eine der beiden Universitäten im Land. Schon gut, schon gut. Natürlich gibt es auch noch das Trinity College in Dublin, aber wer, bitte schön, ist so blauäugig und nimmt die Iren ernst?

Aber Scherz beiseite, auch wenn es schwerfällt. Und ein Rat, den man unbedingt beherzigen sollte: Wer es in unserem Land zu etwas bringen will, der studiere wie ich und circa 3.000 weitere Studenten an einem der Colleges in Cambridge. Oder, wenn es denn unbedingt sein muss, in Oxford. An dieser Hürde führt für ambitionierte Zeitgenossen kein Weg vorbei. Zuerst das sogenannte Trivium, also Logik, Rhetorik und Philosophie, und dann, damit einem nicht zu wohl wird, das Quadrivium, will heißen Arithmetik, Musik, Geometrie und Astronomie. Ergo: Beginnt man wie meine Wenigkeit mit 14 zu studieren, braucht man in der Regel sechs Jahre, bis man seinen

Abschluss in der Tasche hat. Ohne Ausbildung an einer der Anwaltskammern, auch Inns of Court genannt, ist der Grad eines Master of Arts indes nicht viel wert. Der Grund, weshalb mir am Gray's Inn, nicht weit von meiner heutigen Wirkungsstätte entfernt, der letzte Schliff verpasst wurde.

Genug der Abschweifungen. Um mich zu zerstreuen und die erlittene Schmach zu verwinden, fasste ich den Entschluss, mir die Beine zu vertreten. Ich sollte es nicht bereuen. Der Herbst zeigte sich von seiner schönsten Seite, und die Sonne, um diese Uhrzeit oft vom Nebel verhüllt, strahlte vom azurblauen und nahezu wolkenlosen Firmament herab. Von den Unbilden der Witterung, die bekanntlich in diesen Breitengraden vorherrschen, war nicht das Geringste zu spüren, kein Grund also, der Plackerei in meiner Kanzlei den Vorzug zu geben.

Auf dem Weg zur Westminster Abbey, wohin ich meine Schritte lenkte, gibt es nämlich immer etwas zu sehen. Wie überall auf der Welt liegen Licht und Schatten auch hier nah beieinander, wie überall gibt es auch hier unzählige Beutelschneider, Dirnen auf Kundenfang, religiöse Eiferer, die das baldige Ende der Welt verkünden, Devotionalienhändler wie Sand am Meer, Quacksalber, die ihre Tinkturen anpreisen, zwielichtige Gestalten, die ihre Dienste als Fremdenführer anbieten, Bettler mit vermeintlichen oder wirklichen Gebrechen, Höflinge in reich bestickten Livreen, Straßenhändler, Kutscher und natürlich auch Müßiggänger wie mich, die sich unter die bald hierhin, bald dorthin wogende Menge mischen.

Alsbald wurde ich des Trubels jedoch überdrüssig, deshalb beschloss ich, der Abteikirche einen Besuch abzustatten. Als ehemaliger Zögling der Westminster Grammar School kannte ich mich natürlich gut aus, wenngleich die Erinnerungen, die ich an meine Schulzeit habe, nicht unbedingt die besten sind. Pauken, und das von morgens bis abends, auf diese simple Formel könnte man das Schülerdasein an einer der renommiertesten Schulen des Königreichs bringen. Das einzig Gute war, dass ich als Queen's Scholar, wie ausgesuchte Stipendiaten bezeichnet wurden, kein Schulgeld berappen musste. Ansonsten gibt es über die sechs Jahre, während derer ich hier mein Dasein fristete, fast nichts Gutes zu berichten. Als einer von circa 120 Zöglingen, die im Gegensatz zu mir aus wohlhabenden Verhältnissen stammten, nächtigte ich im ehemaligen Getreidespeicher, einem kalten und zugigen Gebäude, das nach der Auflösung der Abtei durch den Vater der Königin als Dormitorium diente. Geweckt wurden wir um fünf Uhr in der Frühe, anschließend hieß es aufstehen, beten – in lateinischer Sprache, versteht sich – Betten machen, die Stube fegen, Hände waschen, Einheitskleidung anlegen und kämmen. Nach einem Gebet der gesamten Schülerschaft, das pünktlich um sechs Uhr stattfand, begann schließlich der Unterricht. Beziehungsweise das, was man hierzulande Unterricht nennt. Pünktlich um sieben tauchte dann der Rektor auf und unterzog uns einer genauen Inspektion. Wehe, wenn jemand aus unseren Reihen verdreckt, nicht vorschriftsmäßig gekleidet oder nicht gekämmt war. Dann setzte es Hiebe, dass einem Hören und Sehen verging. Um acht, also volle drei Stunden nach dem Aufstehen, gab es Frühstück, zum Sterben zu viel und zum Sattwerden zu wenig, wie die Spötter hinter vorgehaltener Hand meinten. Sei's drum, beim Abendessen im ehemaligen Refektorium war der Raum wenigstens geheizt, ein schwacher Trost, wenn man den Tagesablauf Revue passieren lässt. Während und außerhalb des Unterrichts war lateinische Konversation Pflicht, ein Wort auf Englisch, und drakonische Strafen standen ins Haus. Wie froh waren wir, wenn wir am Ende eines anstrengenden Tages um acht Uhr abends ins Dormitorium zurückkehrten, wenngleich unser Martyrium immer noch nicht beendet war. Irgendetwas gab es immer zu repetieren, zu rezitieren oder memorieren, zu konjugieren und zu deklinieren. Diesbezüglich, man gestatte mir den Sarkasmus, war auf unsere Lehrer Verlass.

Genug der Klagen, sonst verliere ich den roten Faden. Wenn Anwälte es nicht schaffen, auf den Punkt zu kommen, wer sonst? Kurzum, es schlug gerade zehn, als ich die Abtei durch den nördlichen Seiteneingang betrat. Von Ruhe und Abgeschiedenheit konnte jedoch keine Rede sein. Beim Anblick der Menschentraube, die sich vor der St Edward's Chapel gebildet hatte, traute ich meinen Sinnen nicht, doch dann fiel es mir wie Schuppen von den Augen.

Unweit von hier, bestaunt von Gaffern aus Nah und Fern, befand sich die Ruhestätte eines der größten, wenn nicht gar des größten Heroen in der Geschichte unseres Landes. Die Tatsache, dass man einen Penny berappen musste, um das Grabmal Heinrichs V. zu besichtigen, rief zwar meinen Unwillen hervor. Dennoch willigte ich ein, aus Patriotismus, und nicht, um die Kleriker noch reicher zu machen, als sie sind.

Bei uns Engländern wird Patriotismus großgeschrieben, zumal wenn es gegen die Franzosen geht. Oder wenn es gilt, unsere Ruhmestaten in gleißend helles Licht zu rücken. Vom Sieg Drakes über die Armada anno 1588 werden wir noch lange zehren, dessen bin ich mir gewiss. Egal, was die Zukunft bringt, der ruchloseste Pirat aller Zeiten hat seinen Platz in den Geschichtsbüchern sicher.

Einer freilich, da bin ich mir mit meinen Landsleuten einig, überragt ihn jedoch um Längen. Weiß doch jedes Kind, was sich anno 1415 am Tage des Heiligen Crispianus auf dem Schlachtfeld von Azincourt zugetragen hat. Dank König Heinrich, der seine Bogenschützen zu Höchstleistungen anspornte, wurde der bislang größte Sieg über die Franzosen errungen, und das, obwohl Letztere zahlenmäßig haushoch überlegen waren. Ein Faktum, dem durch die Grabinschrift vor aller Augen Rechnung getragen wird: »Heinrich, Frankreichs Geißel, liegt in diesem Grab. Tugend bezwinge alle Dinge. A. D. 1422.«

Tugend bezwinge alle Dinge – ein frommer Wunsch, wenn ich auf den heutigen Tag zurückblicke. Wie dem auch sei, mein Obolus, der in die Hand des Kirchendieners wanderte, reute mich nicht im Geringsten. Es war lange her, seit ich zum letzten Mal hier gewesen war, und es war etwas Besonderes, das Hab und Gut unseres Nationalhelden aus der Nähe zu betrachten. Relikte wie seinen Helm, das spatenförmige Schild aus Lindenholz, seinen Sattel oder das knapp drei Fuß lange Schwert, mit dem er seine Feinde zu Paaren trieb, bekommt man weiß Gott nicht alle Tage zu Gesicht. Der Anblick, das sage ich in aller Deutlichkeit, war die Kosten wert, mag man mich auch des patriotischen Überschwangs bezichtigen.

Wie lange ich vor dem Grabmal verharrte, weiß ich nicht. Vielleicht war es Zufall, dass ich mich just in diesem Moment eines Theaterstücks entsann, das ich erst vor Kurzem gesehen hatte, vielleicht war es aber auch ein Wink des Schicksals, ein Vorgeschmack auf das, was mir widerfahren sollte. Zufall oder nicht, ich wandte mich gerade zum Gehen, da durchfuhr es mich wie ein Blitz. Wie aus heiterem Himmel, ohne dass ich mich dagegen wehren konnte.

Ich muss vorausschicken, dass ich nicht zu denjenigen gehöre, die regelmäßig ins Theater gehen. An manchen Tagen, besonders an den Wochenenden, geht es dort nämlich wie auf einem Jahrmarkt zu, namentlich im Rose, im Swan oder im Globe, die sich im Amüsierviertel am Südufer der Themse befinden. Der Grund, weshalb die Stücke, von denen meiner Meinung nach die wenigsten etwas taugen, mitunter zur Nebensache geraten. Darum ist es mir immer noch ein Rätsel, weshalb mir ausgerechnet in jenem Moment ein Monolog aus *King Henry V.* einfiel, zumal ich nicht zu denjenigen gehöre, die an das Walten höherer Mächte glauben. An der Tatsache, dass ich die Ansprache des Königs vor der Schlacht bei Azincourt mit halblauter Stimme vor mich hinmurmelte, änderte dies jedoch nichts, ungeachtet der Blicke, die mir von den Umstehenden zugeworfen wurden: »Der heut'ge Tag heißt Crispianus' Fest: / Der, so ihn überlebt und heim gelangt, / Wird auf dem Sprung stehn, nennt man diesen Tag, / Und sich beim Namen Crispianus rühren.«

Merkwürdig, in der Tat. Sogar jetzt noch, mehr als einen halben Tag später, da ich diese Zeilen in meinem Refugium zu Papier bringe, geht mein Atem rascher und bringt die Kerze auf meinem Stehpult ums Haar zum Erlöschen. Selbst jetzt läuft mir beim Gedenken an meinen denkwürdigen Auftritt ein Schauder über den Rücken. Da stand ich nun, umlagert von zwei Dutzend Schaulustigen, und rezitierte aus einem Theaterstück. Ein Stück, welches ich zwar im Stehparkett des Globe verfolgte, dessen Wortlaut aber kein Mensch nach einmaligem Hören hätte im Gedächtnis behalten können. Und doch war dem so, wie ich zu meinem eigenen Erstaunen bemerkte: »Denn welcher heut mein Blut mit mir vergießt, der wird mein Bruder«, rief ich der Menge wie von Sinnen zu, nicht mehr Herr meiner selbst, wie ich zu meinem Bedauern konstatieren muss. »Sei er noch so niedrig. Der heut'ge Tag wird adeln seinen Stand.«

Merkwürdig, um nicht zu sagen furchterregend. Auf einmal, wie von unsichtbarer Hand gelenkt, war ich nicht mehr Clayton Percival, mit knapp 10 Jahren Vollwaise, Zögling der hiesigen Grammar School, Cambridge-Absolvent und Strafverteidiger, sondern der Schauspieler, dem ich während meines Besuchs im Globe Beifall gespendet hatte. Der Star auf Londons Bühnen, gefeiert, umjubelt und beinahe wie ein Gott verehrt.

Dass mich genau dieser Mann mehr auf Trab halten würde als irgendwer sonst, mit dem ich bislang die Klingen gekreuzt hatte, sollte ich in Bälde erfahren.

Auf eine Weise, wie ich es mir niemals hätte träumen lassen.

IV

CONFESSIO [II]

Zeitpunkt der Niederschrift: 21. September 1599, eine Dreiviertelstunde nach Sonnenuntergang

[19.45 h]

»WELCH EIN MEISTERWERK ist der Mensch! Wie edel durch Vernunft! Wie unbegrenzt an Fähigkeiten! In Gestalt und Bewegung wie bedeutend und wunderwürdig! Im Handeln wie ähnlich einem Engel! Im Begreifen wie ähnlich einem Gott! Die Zierde der Welt! Das Vorbild der Lebendigen! Und doch, was ist mir diese Quintessenz von Staube?«

Das habe ich nun davon. Ich beginne zu fantasieren, höre Stimmengewirr, das mir vertraut, aber dennoch bis ins Mark zuwider ist. Ich leide unter Halluzinationen, bilde mir ein, belauert, beäugt, beschattet, bespitzelt und aus dem Dunkel, das mein Schreibpult umgibt, mit geringschätzigem Blick taxiert zu werden.

Kurzum, ich bin im Begriff, den Verstand zu verlieren.

So weit musste es also kommen. Aber noch ist nicht aller Tage Abend. Nicht mit Joost de Witte, dessen Vater seine Herkunft verleugnete und tiefer sank, als ein Mensch sinken konnte. Und darum: Hinweg mit euch, ihr Hirngespinste, Fantasiegebilde und Trugbilder. Hinweg, ihr Feen, Amazonen, Elfen, Geister, Hexen und Zauberer, die ihr euch gegen mich, der euch dem Vergessen entriss, verschworen habt. Packt euch von hinnen, ihr Könige, Liebhaber, Zankteufel, Trunkenbolde, Liebenden und Narren, die ihr mir den Schlaf geraubt und mich bis an den Rand des Irrsinns getrieben habt, macht euch aus dem Staub, ihr Schurken und Heldengestalten aus dem alten Rom, aus Athen, Verona, Venedig, Ägypten oder von Gestaden, die kein Mensch, geschweige denn ich, je erblickt, betreten oder durchwandert hat. Geht dorthin zurück, woher ihr gekommen seid, Ausgeburten einer überreizten Fantasie, auf dass ihr nie mehr – merkt euch das, nie mehr! – meine Pfade kreuzt.

Habt ihr gehört, ihr sollt euch von dannen machen, auf Nimmerwiedersehen!

Hirngespinste, Fantasiegebilde, Selbstgespräche. So weit haben mich die Ereignisse, die durch mein Zutun ins Rollen kamen, also gebracht. Aus Joost de Witte, dem Treuesten unter den Getreuen des Herrn, ist ein Wrack geworden. Ein sturmgepeitschtes, von den Wogen zerfetztes, an den Klippen zerschelltes Wrack.

Einerlei. Mag mein Befinden auch noch so erbarmungswürdig sein, es gibt nichts zu beschönigen. An allem, auch am Tod eines Mitmenschen, trage ich allein die Schuld.

Ich allein, Joost de Witte, und niemand sonst.

Doch was rede, wehklage und lamentiere ich, geschehen ist geschehen. Am Lauf der Dinge, auch was meine betrügerischen Machenschaften angeht, lässt sich nichts mehr ändern. Möge Gott über mich richten, wenn ich dereinst vor seinen Thron zitiert werde, auf dass meine Missetaten gesühnt werden mögen.

Doch nun, da sich der Tag dem Ende zuneigt, zurück zu meiner Vita. Zurück zum alles entscheidenden Augenblick in meinem Leben.

Der Tag, an dem ich in die Dienste meines Herrn trat, begann wie all die eintönigen Tage, während derer ich als achtes Kind eines Tuchhändlers mein Dasein fristete. Nichts deutete darauf hin, dass mein Leben endlich einen Sinn bekommen oder sich an jenem schicksalsträchtigen Morgen vor 30 Jahren von Grund auf ändern würde. Und doch änderte sich alles, von einem Moment auf den andern.

Es begann damit, dass ein livrierter Mann mittleren Alters Vaters Tuchgeschäft an der Cheapside betrat. Wie sich herausstellte, handelte es sich nicht um einen Kunden unter vielen, sondern um den Leibdiener meines späteren Herrn, was Vater, dessen Selbstwertgefühl gegenüber Einheimischen zeitlebens zu wünschen übrig ließ, in helle Aufregung versetzte. Und das, wie ich mit mühsam unterdrücktem Groll registrierte, obwohl es sich lediglich um einen Domestiken handelte. Jenkins, mittlerweile verstorbenes Faktotum meines Herrn, hatte den Auftrag, zwecks Neueinkleidung der Dienerschaft mehrere Ballen flämisches Tuch zu erwerben. Unnütz zu erwähnen, dass Geld, mit dem mein Herr auch jetzt noch nicht umgehen kann, dabei keine Rolle spielte.

Sei's drum, bei seinen Bediensteten, so die Abmachung mit meinem Vater, solle noch am gleichen Tag in seinem Londoner Domizil Maß genommen werden. Von unserem Geschäft, unweit von St Paul's in der Nähe des Cheap Cross gelegen, waren es nur eindreiviertel Meilen, ungefähr so weit wie bis zum Tower. Dennoch trennten unser Viertel und das vornehme Herrenhaus am Strand Welten. Dort, wo sich ein Prunkbau an den anderen reiht, stachen Vater und ich natürlich ins Auge, auch wenn ich versuchte, mir meine Scheu nicht anmerken zu lassen. Essex House, Arundel House, Somerset House, das Savoy und zu guter

Letzt, nur einen Steinwurf von der Themse entfernt, Cecil House, ein schlossähnliches Backsteingebäude mit zwei Innenhöfen, drei Stockwerken, vier Ecktürmen, einem weitläufigen Garten, Obstbäumen, einem Tennisplatz und selbstverständlich auch einer Bowlingbahn. Noblesse oblige, wie es bei den Franzosen heißt. Ein kleines Schloss, umgeben von Schlössern, kurz: eine Welt für sich.

Und eine Welt, die ich mit einem Anflug von Unbehagen betrat. Schließlich war der Hausherr, bei dem unser Auftraggeber Quartier genommen hatte, nicht irgendwer. Abgesehen vom Earl of Leicester, mit dem unsere gekrönte Hetäre das sündhafte Lager teilte, war William Cecil, Staatssekretär, Baron und Lord High Treasurer, der mächtigste Mann im Land. Die Königin vertraute ihm blind, was sich, wie allerorten hinter vorgehaltener Hand kolportiert, für ihn auszahlen sollte. Apropos auszahlen. Als besonders lukrativ, man verzeihe mir die frivole Wortwahl, sollte sich für William Cecil alias Baron Burghley die Oberaufsicht über den Court of Wards erweisen, nur einer von zahlreichen Posten, die er im Verlauf seiner langjährigen Karriere innehatte. Lukrativ deshalb, weil dadurch nicht nur mein Herr, sondern alle bereits in jungen Jahren zu Vollwaisen gewordenen Adelssprösslinge unter Cecils Vormundschaft gestellt wurden. Mit welchen – finanziellen – Folgen, kann man sich gewiss ausmalen. Aber was ereifere ich mich, der Mensch ist nun einmal so, wie er ist. Ein jeder, auch ein leibhaftiger Lord, bereichert sich nach Kräften, alle miteinander, vom Tagelöhner bis zum Rat der City of London, reihen sie sich ein beim Reigen um das Goldene Kalb. Doch was auch geschieht, wie sehr die Bewohner dieses Eilands auch dem Mammon huldigen, es wird kommen der Tag, an dem Gott der Herr die Habsüchtigen ob ihrer Raffgier strafen wird. Der Tag, an dem die schwarzen von den weißen Schafen getrennt und für ihr sündhaftes Gebaren zur Rechenschaft gezogen werden.

Aber bleiben wir beim Thema, es ist besser so. Entgegen meinen Befürchtungen ließ sich der allmächtige Lord Oberschatzmeister bei unserem Besuch nicht blicken. Ich nehme an, er hatte Besseres zu tun, als Vater und mir bei der Arbeit zuzuschauen, die uns denn auch vollkommen in Anspruch nahm. So sehr, dass ich das Eintreten eines um die 20 Jahre alten Mannes nicht bemerkte, bekleidet mit flachen Lederschuhen, von silbernen Bändern gehaltenen Seidenstrümpfen, einer Samthose inklusive dazugehöriger Satinjacke sowie einem dazu passenden Hut, in dem eine flauschige Fasanenfeder steckte. »Nun, die Herren, geht es voran?« In der Stimme des landauf, landab bekannten Edelmanns lag ein Hauch von Spott, aber auch eine Spur von Ernsthaftigkeit, um nicht zu sagen Melancholie. Ein Mann, der, wie mir alsbald klar werden sollte, zwei Gesichter besaß, zum einen dasjenige eines Bonvivants, der die Feste feierte, wie sie fielen, an Fechtwettbewerben und Turnieren teilnahm und von galanten Abenteuern nicht genug bekam. Andererseits, das sei nicht verschwiegen, trat jedoch auch der Menschenverächter auf den Plan, skeptisch, zynisch und uneins mit sich und der Welt. Welches der beiden Gesichter je nach Situation zum Tragen kommen würde, konnte man nicht vorausahnen, geschweige denn voraussehen. Um ehrlich zu sein, ich kann es bis heute nicht. »Nun, die Herren, wie geht es voran? Zu zweit arbeitet es sich leichter, hab ich recht?«

»Gewiss, Mylord!«, beeilte sich Vater zu versichern, nicht ohne eine Verbeugung, der er etliche weitere folgen ließ. »Seid versichert, wir werden unser Bestes tun.«

»Davon bin ich überzeugt«, gab mein Altersgenosse zurück, nicht ohne mir einen prüfenden Blick zuzuwerfen. Es bestand kein Grund, ihn nicht zu erwidern, und so fiel mein Auge auf den Prototyp eines dem Knabenalter entwachsenen Höflings, von mittlerer Größe und damit knapp einen Kopf kürzer geraten als ich. An Selbstvertrauen mangelte es ihm im Gegensatz zur Körpergröße jedoch nicht, was Wunder auch, wenn man einer der einflussreichsten Familien Englands angehörte. »Dein Name, junger Mann?«

Von einem Gleichaltrigen mit »junger Mann« angesprochen zu werden, entbehrte nicht der Komik, aber da ich Vater keine Schwierigkeiten bereiten wollte, wahrte ich die Contenance. »Joost de … Verzeiht, ich meinte natürlich Calvin, Mylord.«

»Und weiter? Oder gibt es in Flandern keine Familiennamen?«

»Flanders, Mylord.«

»Also wirklich, hat man so etwas schon gehört.« Die hellbraunen Augen unter der hohen Stirn und den hauchdünnen Brauen weiteten sich, und es trat ein Ausdruck auf das weich geschnittene Gesicht, den ich öfter registrieren sollte, als mir lieb war. »Und wie heißt du wirklich?«

»Joost, Mylord. Joost de Witte.«

»Na, das nenne ich geschäftstüchtig!«, stieß mein Gegenüber mit sarkastischem Unterton hervor und fuhr sich über den sorgsam zurechtgestutzten Oberlippenbart, wobei er sich ein amüsiertes Schnauben nicht verkneifen konnte. »An euch Fremdlingen sollte man sich ein Beispiel nehmen.« Das Lächeln, so man es als solches bezeichnen konnte, verschwand jedoch genauso schnell, wie es gekommen war. »Aber Spaß beiseite, wie alt bist du?«

»Vor Kurzem 19 geworden, Mylord.«

»Ich habe nicht Euch gefragt, sondern den jungen Mann«, herrschte mein Gesprächspartner Vater mit einer unwirschen Gebärde an. Er behandelte ihn von da an, als sei er Luft für ihn, und fragte: »Von Beruf Lehrling, nehme ich an?«

»So ist es, Mylord.«

»Welche Zunft?«

»Merchant Taylors, Mylord.«

»Nicht übel, hätte schlimmer kommen können. Und wo ist unser junger Freund in die Schule gegangen?«

»Mit der Schule ist das so eine Sache, Mylord.«

»Tu mir einen Gefallen und verkneife dir das penetrante ›Mylord‹. Jetzt rede schon, welche war deine Schule?«

»Nicht der Rede wert, Herr.«

»Schluss mit der Geheimniskrämerei, Flanders, das ist ein Be...«

»Sie befindet sich im Manor of the Rose, Herr, in der Suffolk Lane.«

»Manor of the Rose – klingt romantisch, wenn du mich fragst.«

»War es aber nicht, Herr.«

»Und wieso?«

Ein Blick auf Vater, und mir wurde klar, dass er mir am liebsten an die Gurgel gegangen wäre. Da sich mir meine Schulzeit jedoch auf unauslöschliche Weise eingeprägt und die Erinnerung tiefe Wunden geschlagen hatte, ergriff ich die Flucht nach vorn. Das heißt, ich hielt mit der Wahrheit nicht hinterm Berg. »Wegen der Lehrer.«

»Ohne Lehrer, junger Mann, geht es nicht.«

Man musste kein Prophet sein, um zu erahnen, dass mein Herr seit frühester Jugend eine exzellente Erziehung genossen hatte. Das begann mit seinen Hauslehrern und hörte mit dem Queen's College in Cambridge auf. Kaum vorstellbar, aber wahr, dass er es im Alter von acht Jahren besuchte. Auch drei Jahre später, nach seiner Übersiedlung nach London, blieb hinsichtlich seines Fortkommens nichts dem Zufall überlassen. Lord Cecil kann man gewiss vieles nachsagen, aber nicht, dass er die Erziehung seiner Zöglinge vernachlässigte. An Büchern, Enzyklopädien, Folianten, Handschriften und Übersetzungen aus dem Lateinischen und Griechischen herrschte im Cecil House ohnehin kein Mangel. Kein bahnbrechendes Werk, das die circa 1.700 Bände umfassende Bibliothek nicht enthielt, kein Literat von Rang, der dort nicht vertreten war. Keine andere Privatbibliothek, das kann ich aus eigenem Erleben versichern, konnte und kann mit derjenigen von Lord Cecil mithalten, nicht einmal die der Königin, und das sagt ja wohl alles. Werke in lateinischer, griechischer, französischer, italienischer und spanischer Sprache, unter ihnen zahlreiche Erstausgaben: Nirgendwo in England, die Colleges ausgenommen, besaß man ein derart reichhaltiges Betätigungsfeld. Eine Chance, die mein Herr denn auch beim Schopf ergriff.

»Mit Verlaub, Mylord, Ihr habt gut reden«, platzte ich heraus, peinlich berührt, weil ich mich im Ton vergriffen hatte. »Ich wollte sagen: Nicht jeder hat das Zeug, um auf eine Grammar School zu gehen. Oder das Geld, je nachdem.«

»Wie weise.« Glück für mich, dass mein barscher Tonfall ohne Folgen blieb, sieht man vom Spott ab, mit dem mein Herr auf meinen Beschwichtigungsversuch reagierte. »Und was, wenn die Frage erlaubt ist, war an deiner Schule so schlimm? Außer den Lehrern, meine ich.«

»Alles.«

»Regeln müssen sein, falls es das ist, was du damit andeuten willst. Ohne sie, das sagt schon Platon, wäre jedes Gemeinwesen zum Scheitern verurteilt, auch das unsrige, das ist dir hoffentlich klar.«

»Ich weiß.«

»Und wo ist dann das Problem?«

»Sagen wir es einmal so, Herr. Ich bin froh, dass ich Lesen und Schreiben gelernt habe.« So merkwürdig dies klingt, es entspricht der Wahrheit. Ich weiß es zwar nicht genau, aber wenn mich nicht alles täuscht, beherrscht nur einer von vier Engländern diese Kunst. Bei den Frauen sind es noch weniger, eine von zehn, wenn es hoch kommt. »Ehrlich.«

»Das hört man gern.«

Ich gebe zu, es klingt merkwürdig, aber es gab Tage, an denen ich mich im Manor of the Rose halbwegs wohlgefühlt habe. Anders als zu Hause, wo zwischen Vater und mir Zank und Hader herrschte, fand ich dort Freunde, wenngleich nicht fürs Leben, wie ich mit Bedauern konstatieren muss. Wären die Züchtigungen nicht gewesen, welche mir öfter verabreicht wurden, als mir lieb war, wer weiß, vielleicht hätte ich es zu etwas bringen können. Am Schulgeld, das sich auf zwei Schilling und zwei Pennies pro Quartal belief, lag es jedenfalls nicht, dass ich dem Manor of the Rose den Rücken kehrte. Es lag daran, dass ich mich gegen das Lernen gesträubt hatte, aus welchem Grund und aus welcher Laune heraus auch immer.

Einerlei, eins steht jedenfalls fest. Wäre mein Herr nicht gewesen, der mich unter seine Fittiche nahm, dann hätte es den Gelehrten Joost de Witte nie gegeben.

Doch gemach, ich greife voraus. Verweilen wir noch einen Moment im Cecil House, im alles entscheidenden Moment meines Lebens.

»Bedauerst du es?«

»Mylord müssen verzeihen, aber ich kann Euch nicht folgen.«

Die Stimme meines Gegenübers hörte sich nachdenklich, um nicht zu sagen einfühlsam an. »Ob du bedauerst, nicht mehr aus dir gemacht zu haben.«

Meine Reaktion ließ nicht auf sich warten. »Aber natürlich, Herr«, versicherte ich, sehr zum Ärger meines Vaters, dessen ungehaltenen Blick ich im Nacken spürte. »Wo denkt Ihr hin!«

»Formulieren wir es einmal so: Ich denke schon ein bisschen weiter.«

»Verzeiht, aber ich kann Euch momentan wirklich nicht fol…«

»Du wirst lachen, das glaube ich dir sogar.« Am Fenster postiert, von wo aus man einen ungestörten Blick auf die Themse und auf die in voller Blüte stehenden Gärten und Parkanlagen in Ufernähe genoss, verfiel mein Altersgenosse ins Grübeln. Seit jenem Tag, als ich in seine Dienste trat, habe ich diesen Zustand sehr häufig erlebt. Bis er erneut das Wort an mich richtete, verging mitunter eine Viertelstunde, wehe mir, wenn ich mich erdreistete, seine Gedankengänge zu stören. Dann, das sollte mir auf schmerzliche Weise bewusst werden, war es vorbei mit den gepflegten Manieren. Gewiss, jeder Mensch und jede Münze hat zwei Seiten, aber was die Stimmungswechsel meines Herrn betraf, habe ich dergleichen, wenn überhaupt, überaus selten erlebt. Redselig und mitteilsam oder grüblerisch wie ein Philosoph, je nach Gemütsverfassung konnte er beides sein. Und das von einem Moment auf den andern. »Was hältst du davon, in meine Dienste zu treten?«

In seine Dienste treten, ich? Im ersten Moment glaubte ich, mich verhört zu haben. Ein Spross aus edelstem Geblüt, dem bei Hof Tür und Tor offen standen, ließ sich herab, mir, Joost de Witte, eine derartige Offerte zu unterbreiten. Ausgerechnet mir, der ich nicht die geringste Ahnung hatte, was es bedeutete, in die Dienste einer hochgestellten Persönlichkeit zu treten. Warum ausgerechnet ich, und warum nicht jemand anders? Weshalb nicht eines jener zahllosen Geschöpfe, die ein ähnliches Dasein fristeten wie ich? Kein Tag verging, an dem ich mir nicht diese Frage gestellt habe, und das, wie ich freimütig einräumen muss, nicht nur einmal. Eine Antwort, so es sie denn gibt, habe ich indes nicht gefunden.

Bis heute nicht.

»Was schaust du mich so an, irgendetwas nicht in Ordnung?«

»Nein, Herr«, beteuerte ich, hin- und hergerissen zwischen Freude und der Furcht vor dem, was vor mir lag. »Wisst Ihr, es ist nur so, ich … äh … Ich weiß nicht, wie ich es sagen soll, aber …«

»Willst du in meine Dienste treten, ja oder nein?«

Der Tonfall, mit dem mir das Mündel des Hausherrn gegenübertrat, machte deutlich, was die Stunde geschlagen hatte. Entweder ich sagte sofort zu oder mein weiterer Lebensweg war vorgezeichnet. Entweder etwas aus sich machen oder als Nachgeborener eines Tuchhändlers weiterhin von der Hand in den Mund leben und den Launen meines Vaters, so ihm ein langes Leben beschieden war, auf Gnade und Ungnade ausgeliefert sein. Das waren die Alternativen, zwischen denen ich zu wählen hatte.

Es bedarf keiner Erwähnung, wie ich mich entschied. Jeder, der seine fünf Sinne beisammenhat, hätte genauso gehandelt wie ich. Dessen bin ich mir gewiss, trotz der Widrigkeiten, welche es zu meistern galt.

In Diensten eines Genies zu stehen, das nicht nur hierzulande seinesgleichen sucht, ist nämlich kein Zuckerschlecken. Das möge bei allem Dank, den ich meinem Herrn schuldig bin, nicht unerwähnt bleiben. Mit Genies, um das Wort zu wiederholen, ist nämlich nicht immer gut Kirschen essen. Wenn es ein Fazit gibt, das ich nach 30 Jahren an seiner Seite ziehen kann, dann dieses.

Doch davon ahnte ich an jenem Augusttag des Jahres 1559, als ich meine Handwerkermontur mit der Livree des Leibdieners eines Peer von England vertauschte, nicht das Geringste. Wäre dem nicht so gewesen, das muss ich in aller Deutlichkeit bekunden, hätte mein Leben einen anderen Verlauf genommen.

Ich wiederhole mich, ich weiß. Wer auch immer dies liest, möge mir verzeihen. In einem Alter, wo man von vielen schon als Greis abgestempelt wird, neigt man zur Geschwätzigkeit, weshalb ich es im Folgenden so kurz wie möglich machen will.

So trat ich denn, wie in aller Ausführlichkeit geschildert, in die Dienste meines Herrn. Von Dienst im eigentlichen Sinn konnte jedoch zu Beginn meiner Tätigkeit im Cecil House keine Rede sein. Der Earl, wie ich ihn von nun an bezeichnen will, hatte nämlich andere Vorstellungen als ich. Er hatte es sich in den Kopf gesetzt, einen gebildeten Menschen aus mir zu machen, will heißen, ich musste erneut die Schulbank drücken. Angesichts der Tatsache, dass ich bereits im heiratsfähigen Alter war, mutet dieses Vorhaben gewiss absonderlich an. Aber da er bei mir offene Türen einrannte und ich alles tat, um meine Dankbarkeit zu bekunden, fiel sein Ansinnen auf überaus fruchtbaren Boden.

Zunächst.

Da der Earl nichts dem Zufall überließ, war mein Tagesablauf genau geregelt. Nach dem Frühstück, das ich mit den übrigen Bediensteten einnahm, stand Französisch auf dem Plan, gefolgt vom Lateinischen, worin der Unterricht mit Ausnahme der Sonntage die komplette vierte Tagesstunde einnahm. Ovid, Horaz, Plautus oder Seneca, sie alle lernte ich während der nun folgenden zwei Jahre kennen. Und natürlich auch schätzen. Bis zu meinem Eintritt in das Gefolge des Earls hatte es nur eine Quelle der Weisheit für mich gegeben, nämlich die Heilige Schrift. Jetzt aber, während des allmorgendlichen Unterrichts in der Bibliothek, tauchten auf einmal andere Götter in meinem Leben auf. Sie trugen Namen, welche mir bis dato unbekannt gewesen waren, hießen Aristoteles, Herodot und Plutarch. Hauptsächlich Letzterer, dessen Lebensbeschreibungen großer Griechen und Römer ich regelrecht verschlang, schlug mich in seinen Bann. Fast ebenso hoch im Kurs standen die *Metamorphosen* des Ovid, der *Thyestes* des Seneca oder *Amphytrion* und *Die beiden Zwillinge*, beides Meisterwerke des Komödiendichters Plautus. Dass hierzu auch Boccaccios *Decamerone* und die *Canterbury-Erzählungen* oder *Troilus und Cressida* aus der Feder des gebürtigen Londoners Chaucer gehörten, verstand sich quasi von selbst.

Unter Anleitung meiner Magistri, allen voran Sir Thomas Smith, weiland Lehrer meines Herrn, machte ich denn auch große Fortschritte. So rasch, dass ich mir der Anerkennung meines Förderers sicher sein konnte.

Und so kam es, wie es kommen musste. Die Bibliothek, in die ich mich allabendlich im Anschluss an den Unterricht begab, wurde mein bevorzugter Aufenthaltsort. Wenn sich meine Mitschüler, allesamt unter der Obhut des gestrengen Hausherrn, den Freuden des Erdendaseins zuwandten und die Tavernen am Strand unsicher machten, nahm ich ein in kostbares Leder eingebundenes Buch zur Hand, eilte an mein Stehpult und ließ die Welt und ihre Verlockungen hinter mir. Ich weiß, für einen Mann im Alter von 21 Jahren hört sich das reichlich ungewöhnlich, um nicht zu sagen merkwürdig an. Dennoch entspricht es der Wahrheit, das kann ich mit gutem Gewissen versichern. Ob Rhetorik, Grammatik, Dialektik, Kosmografie oder römisches Recht, beinahe täglich gab es wundersame Dinge zu entdecken, alte Handschriften zu entziffern oder Folianten zu bestaunen, deren Erwerb ein Vielfaches von dem verschlang, was ein Tuchhändler binnen Jahresfrist an Gewinnen einstrich.

Wie mein Vater auf die von mir gefällte Entscheidung reagierte? Er machte mir Vorhaltungen, was sonst! Ich sei ihm Gehorsam schuldig, ließ er mich wissen, und wer seinen Vater nicht ehre, der versündige sich gegen Gott. So lauteten seine Worte. Worte, die mir jetzt, da ich diese Zeilen zu Papier bringe, wie ein Menetekel in den Ohren widerhallen.

Zunächst jedoch, das heißt während meiner Studienjahre, war von Ungemach so gut wie nichts zu spüren. Das Leben im Cecil House ging seinen gewohnten Gang, nicht zuletzt, was meine täglichen Lektionen betraf. Nicht das Geringste deutete auf die herannahende Katastrophe hin, und es schien, als stünde ich im Begriff, mein Glück zu machen.

Weit gefehlt, Joost de Witte. Weit gefehlt. Als der Earl, gerade volljährig geworden, in den Stand der Ehe trat, war es mit der Idylle im Cecil House vorbei. Am Tag seiner Hochzeit, die kurz vor Weihnachten anno 1571 stattfand, war davon zwar noch nichts zu spüren. Dennoch, und anders als erhofft, nahm die Ehe mit Anne Cecil, der Tochter seines Vormunds, einen höchst unglücklichen Verlauf.

Doch genug davon, das gehört nicht hierher. Nichts ist mir mehr zuwider, als hinter dem Rücken meines Herrn über dessen zerrüttetes Familienleben zu schwadronieren. Das überlasse ich den Hofschranzen. Auf das Verbreiten von Gerüchten, die völlig aus der Luft gegriffen sind, verstehen sie sich besser als ich. Gibt es doch jetzt, da die fünfte Nachtstunde naht, weit Wichtigeres zu tun.

Kaum vorstellbar, aber wahr. Anfang 1575, also gut drei Jahre nach seiner Hochzeit, brach mein Herr zu seiner Italienreise auf. Und ich, Joost de Witte, 25 Jahre alt und soeben zu seinem Sekretarius ernannt, durfte ihn begleiten. Dass seine Abreise einer Flucht glich, hatte natürlich auch mit den täglichen Zwistigkeiten zwischen dem Earl und seiner scharfzüngigen Gattin und den daraus resultierenden Auseinandersetzungen mit dem allmächtigen Schwiegervater zu tun. Ausschlaggebend für seinen Entschluss, über Paris und Straßburg nach Italien zu reisen, war dies jedoch nicht. Mein Wohltäter konnte es nicht abwarten, das Land seiner Sehnsüchte zu bereisen, und wie man sich denken kann, galt das auch für mich.

Italien. Welch ein Unterschied zu dem Eiland, von dessen nebelverhangenen Gestaden wir Anfang Februar aufgebrochen waren. Und welch ein Unterschied zu den Widrigkeiten, mit denen man sich Tag für Tag herumschlagen muss. Vergessen war das unwirtliche Klima, das in unseren Breiten herrscht, vergessen auch der Lärm, die drangvolle Enge, der Unrat auf den Straßen, an denen sich die Ratten gütlich taten, die heruntergekommenen Hinterhöfe und der pestilenzartige Odem, welcher einem das Leben in London zur Hölle macht. Auf einmal, nur wenige Tagesreisen von unserem Ziel entfernt, kamen wir uns wie neu geboren vor, und mir war, als wandelten wir durch den Garten Eden. Plötzlich war da nur noch das irdische Arkadien, betörender, als wir es uns in den kühnsten Träumen vorgestellt hatten.

Und dann erst die linden Lüfte, welche unsere Wangen streiften, der Duft nach Wacholder, Rhododendron, Lorbeer und Zypressenholz, welcher einem die Sinne vernebelte. Die Olivenhaine, welche längs des Weges zum Verweilen einluden, die von Efeu überwucherten Ruinen, Ehrfurcht gebietende Überbleibsel vom Glanz vergangener Tage, verschwiegene Haine, umringt von jahrhundertealten Korkeichen, Oleanderbüschen, Brombeerhecken oder wild wucherndem Gestrüpp. Oder die weiten, in sattem Grün erstrahlenden Ebenen, über denen sich der makellos reine Himmel wölbte. Das flirrende Sonnenlicht, die lauen Nächte im Freien, der Gesang der Zikaden und der Odem des Frühlings, der einem allerorten in die Nase stieg. Und dann erst die Sterne am Firmament, zum Greifen nah, wie einem der makellos reine Äther glauben machte. Oder das Meeresufer, wo sich der Blick in der Unendlichkeit verlor, wo das Geräusch der Brandung wie Musik in unseren Ohren anmutete. All das und etliche Dinge mehr bekamen wir auf unserer Reise zu Gesicht, so einzigartig, dass man kaum Worte fand, diese Welt der Wunder zu beschreiben.

Ein Ereignis freilich bedarf der Erwähnung, selbst nach all den Jahren, die seitdem ins Land gegangen sind. In

Verona, wo wir unterwegs Quartier nahmen, herrschte gerade heller Aufruhr, und das, wie ich meine, nicht ohne Grund. Wenige Tage vor unserem Eintreffen, so wurde uns im Flüsterton mitgeteilt, sei ein Liebespaar freiwillig aus dem Leben geschieden. Der Grund, warum der Suizid in aller Munde und die Nachricht in Windeseile verbreitet worden war, lag auf der Hand. Die Liebenden, dem Vernehmen nach durch Einnahme von Gift und Dolchstoß ins Herz dahingerafft, waren Angehörige rivalisierender Familien und – welch eine Tragödie! – obendrein noch recht jung beziehungsweise fast noch Kinder gewesen.

Bei meinem Herrn, der die Kunde mit Betroffenheit aufnahm, hinterließ der Aufenthalt in der Stadt tiefe Spuren. Auf unserem Weg nach Venedig, Ziel unserer bereits mehrere Wochen währenden Reise, sprach er kaum ein Wort. So hatte ich ihn schon seit Langem nicht mehr erlebt, eigentlich noch nie, wenn ich es recht bedenke. Erst der Anblick der Königin der Adria, die sich wie ein Trugbild aus der smaragdfarbenen Lagune erhob, brachte ihn auf andere Gedanken. Zum Glück, wie ich im Nachhinein hinzufügen muss.

Auf andere Gedanken brachten ihn auch die Maskenbälle, zu denen der Earl und ich eingeladen wurden. Eins muss ich gleich vorausschicken, damit kein Missverständnis entsteht. So einzigartig auf der Welt die Stadt auch war, ihre Bewohner, zumeist Gewürzhändler, Kunsthandwerker oder reiche Kauffahrteifahrer, waren es nicht. Nie zuvor und selten danach habe ich einen Menschenschlag erlebt, für den List und Tücke, Profit und schnöder Mammon so wichtig waren. Ich weiß, das hört sich schroff und überheblich an, doch kann ich versichern, dass dies voll und ganz der Wahrheit entspricht.

Ich gebe zu, etwas Vergleichbares wie Venedig hatte ich bis dato nicht gesehen – und sollte es auch nicht mehr sehen. Mit der Pracht, die sich dem staunenden Besucher darbietet, kann kein Ort dieser Welt mithalten. Davon bin ich mehr denn je überzeugt. Palazzo reiht sich an Palazzo, Warenkontor an Warenkontor, Augenschmaus an Augenschmaus. Von den Gemälden eines Tizian, den Prunkbauten eines Palladio oder den Märkten, auf denen Krummdolche aus Damaskus, Vasen aus dem nahen Murano sowie exotische Gewürze, Datteln und Feigen feilgeboten werden, nicht zu reden. So weit das Auge reicht, wimmelt es von Menschen, seien es Müßiggänger oder Honoratioren in wallenden Gewändern oder Orientalen mit hoch aufragenden Turbanen, etliche davon aus reiner Seide, seien es Gewürzhändler aus dem Morgenland, in Begleitung von exotisch gewandeten Mohren, die ihren Herren einen Weg durch die Menge bahnen. Und was, frage ich mich, wäre die Lagunenstadt ohne all die Straßenhändler, Lastenträger und Seefahrer aus aller Herren Länder, die man, wenn überhaupt, nur vom Namen her kennt? Kurz und gut, was die vielen Eindrücke betrifft, die auf einen einstürmen und den staunenden Betrachter wie eine Sturzwoge unter sich begraben, läuft man Gefahr, in einen nicht enden wollenden Rauschzustand zu verfallen.

Bei all dem Trubel, der in diesem Sündenbabel herrschte, verwundert es kaum, dass mein Herr in Schwierigkeiten geriet. Er kann und konnte nun einmal nicht mit Geld umgehen, weshalb er nicht umhinkam, bei einem ortsansässigen Wucherer um einen Kredit nachzusuchen. Eine für einen Edelmann entwürdigende Prozedur, wie man sich mit einem Minimum an Fantasie vorstellen kann. Bradlock oder so ähnlich – man möge mir verzeihen, mit meinem Gedächtnis steht es nicht immer zum Besten – war ein Halsabschneider, wie man ihn nur selten erlebt. Sei's drum, dem Feuereifer, mit dem sich mein Herr den Bällen, galanten Abenteuern und exquisiten Gaumenfreuden widmete, tat dies keinen Abbruch. Was mich betrifft, konnte ich dem ausschweifenden Leben nicht viel abgewinnen. Nur einmal, das erste und einzige Mal in meinem Leben, habe ich einer Frau beigewohnt, und das nur, weil mir der Wein die Sinne vernebelte. Von da an hielt ich mich von den Venezianerinnen fern, wovon bei meinem Herrn bedauerlicherweise keine Rede sein konnte. Wie viele Tändeleien, Romanzen, Amouren oder dergleichen er durchlebte, kann und will ich hier nicht ausbreiten. Eins jedoch ist gewiss, wenngleich ich mich scheue, darüber zu reden. Je länger der Earl dem Laster frönte, desto stärker machte sich eine wachsende Unruhe in mir breit. Die Reise in südliche Gefilde, das sagte mir mein Instinkt, würde ein böses Ende nehmen. Eine geradezu prophetische Vorahnung, wie die Zukunft unter Beweis stellen sollte.

Doch zunächst, im Sommer des Jahres 1575, schien die Welt für den Earl und mich noch in Ordnung zu sein. Speziell Ersterer konnte sich vom Dolce Vita in der Stadt der Laster, des Müßiggangs und der Schacherei nicht losreißen. Von allen Frauenzimmern, die auf der Suche nach betuchten Gönnern am Canale Grande entlangflanierten, hatte es ihm eine Kurtisane namens Portia besonders angetan. Aus Anstand gegenüber dem Mann, dem ich so viel zu verdanken hatte, drücke ich mich diesbezüglich höflich aus. Allein, die Liaison mit der von einer wahren Schar von Verehrern umworbenen Dame währte nicht lange, aber lange genug, um meinen Herrn in einen liebestollen Faun zu verwandeln. Es tut mir leid, wenn ich das so ausdrücken muss, aber es entspricht der Wahrheit.

Ein Glück, dass der Earl des Spiels überdrüssig wurde und dass wir nach mehrwöchigem Aufenthalt zur Weiterreise rüsteten. Auf halbem Weg stehen zu bleiben, so seine Worte, käme ihm nicht in den Sinn, und so begaben wir uns an Bord eines Schnellseglers, der Kurs auf die Ostküste der Adria nahm. Von jenem Landstrich aus, das heißt vom dortigen Dyrrhachium, wollten wir uns auf den Weg ins Land der Hellenen begeben. Mit Betonung auf »wollten«, denn leider kam es nicht dazu. Kurz vor dem Ziel gerieten wir in ein fürchterliches Unwetter und konnten von Glück sagen, dass wir den Untergang des Schnellseglers überlebten. Allein Orsino, einem Magnaten aus Illyrien, war es zu verdanken, dass unser beklagenswerter Zustand nicht von Dauer war. Doch dann, an einem brütend heißen Julimorgen, fand unsere Expedition ein jähes Ende. Es sei Zeit, zum Aufbruch zu rüsten, ließ der Earl verlauten, je früher wir reisefertig seien, desto besser.

Ich weiß nicht, woran es lag, dass mein Herr von einem Moment auf den andern von Heimweh gepackt und des Daseins in südlichen Gefilden überdrüssig wurde. Ich weiß nur, dass es ihm auf einmal nicht schnell genug gehen konnte. Egal aus welchem Grund, ich fügte mich seinem Wunsch. Und so ging es via Padua, Mantua, Ferrara, Bologna, Modena und Parma nach Genua, wo wir uns im April anno 1576 einschifften.

Sooft ich darüber nachdenke, die überstürzte Abreise bleibt ein Mysterium für mich. Vielleicht hatte mein Herr einfach nur Heimweh, wer weiß. An der Tatsache, dass er mittlerweile Vater geworden war, kann es jedenfalls nicht gelegen haben. Kaum zu glauben, aber wahr: Er hatte die

Nachricht davon bereits auf der Herreise bekommen – und keine Miene verzogen, als er den Brief aus der Feder seines Schwiegervaters in Händen hielt. Tja, so war er eben, mein Herr. Teils lebenslustig, geistreich und zu Scherzen aufgelegt, zuweilen aber auch schroff, hochfahrend und mimosenhaft. Mit einem Wort, ein Mensch, bei dem sich Gut und Böse die Waage hielten.

Das heißt aber nicht, dass ich Grund zur Klage gehabt hätte. So wahr Gott mein Zeuge ist, das war – und ist – auch jetzt nicht der Fall. Mehr noch, je länger ich in seinen Diensten stand, desto näher kamen wir uns. Nicht etwa, dass er mich zu seinesgleichen gezählt hätte. So weit ist es bis zum heutigen Tag nicht gekommen. Zeitlebens war und blieb ich sein Sekretarius, und ich kann versichern, dass er mich nur selten mit dem Vornamen angeredet hat. Eine Gewohnheit, die er im Umgang mit seiner Frau beibehielt.

Für sie, die er hinter vorgehaltener Hand als »Die Widerspenstige« bezeichnete, hatte der Earl nichts als Verachtung übrig. Das war vor unserer Abreise so gewesen, und das war, man verzeihe mir die Indiskretion, nach unserer Rückkehr in heimatliche Gefilde nicht anders. Die Tage im Jahr, an denen Friede und Eintracht zwischen den beiden herrschte, konnte man an den Fingern einer Hand abzählen, und es gab niemanden, der dies mehr bedauerte als ich.

Doch nun zu mir – und zu dem Unglück, das mich völlig unvorbereitet traf.

Nur wenige Wochen waren seit unserer Ankunft in Dover ins Land gegangen, als die Ahnung, die mich seit geraumer Zeit quälte, zur Gewissheit wurde. Plötzlich, von jetzt auf nachher, war ich zu schwach, um mich auf den Beinen zu halten, musste das Bett hüten, bekam hohes

Fieber, verfiel ins Delirium und konnte nach Auskunft des Medicus von Glück sagen, dass ich trotz sichtbarer Blessuren unter den Lebenden weilte.

Auf den Punkt gebracht, ich hatte die Pocken.

Gewiss, das kann jedem passieren. Sogar der Königin, deren Leben anno 1552 am seidenen Faden hing. Weshalb das Schicksal ausgerechnet mir einen Strich durch die Rechnung machte, war indes offenkundig. Auch ich, Joost de Witte, hatte der Fleischeslust gefrönt, und es machte keinen Unterschied, ob dies mit vernebeltem Sinn oder nur ein einziges Mal der Fall gewesen war. Steht doch geschrieben: Gott straft diejenigen, welche sich Seinen Geboten widersetzen, von nun an bis in alle Ewigkeit.

Was mich betraf, hatte Er recht getan. Einmal in Diensten meines Herrn, hatte ich mich von meinem wahren Herrn abgewandt, bedenkenlos, ohne über die Folgen meines Tuns nachzudenken. Anstatt die Heilige Schrift zu studieren, ihre Gebote zu befolgen und ein gottgefälliges Leben zu führen, war ich so dreist gewesen, andere Götter neben Ihm zu haben. Mehr noch, ich hatte es dem Earl gleichgetan und bei der ersten sich bietenden Gelegenheit dem Laster gefrönt. Anstatt mahnend die Stimme zu erheben, war ich stumm geblieben, aus Angst, seinen Jähzorn heraufzubeschwören. Mit einem Wort, mir wurde die gerechte Strafe zuteil.

Gerecht zwar, aber so schrecklich, dass ich um ein Haar dem Wahnsinn verfallen wäre. Von Stund an, das heißt nach meiner Genesung, würde ich kein normales Leben mehr führen können. Gott der Herr hatte die Schalen des Zorns über mir ausgegossen, hatte sich von mir abgewandt, mir eine Lektion erteilt, mich gezüchtigt – und hatte mein Antlitz in eine Dämonenfratze verwandelt.

Zuerst dachte ich, alles sei nur ein böser Traum. Doch dann, nachdem ich meine entstellten Züge im Spiegel betrachtet hatte, fiel es mir wie Schuppen von den Augen. Nie mehr, das wurde mir binnen eines Atemzugs klar, würde ich imstande sein, ein Leben wie jeder andere zu führen. Nie würde ich heiraten oder mich am helllichten Tag und mit barem Antlitz unter meine Mitmenschen mischen können. Und niemals wieder würde ich meinem Herrn bei dem, was er tat, zur Seite stehen können.

Joost de Witte, wie ihn die Welt kannte, gab es nicht mehr.

Was blieb, war ein Scheusal von einem Mann, der die bis zur Unkenntlichkeit von Narben, Pusteln und Eiterblasen verunstalteten Züge hinter einer Maske aus dunklem Seidenstoff versteckte. Der sich seiner selbst zutiefst schämte und vor jedem Lebewesen, das seinen Weg kreuzte, die Flucht ergriff. Der aber, das sei in aller Deutlichkeit gesagt, mit seinem Schöpfer im Reinen war. Wer Wind sät, der wird Sturm ernten, und wer sich gegen den Allmächtigen versündigt, der wird der gerechten Strafe nicht entgehen. Das ist und bleibt meine Überzeugung, auch jetzt noch, an der Schwelle zum Schattenreich.

Wie gesagt, nichts läge mir ferner, als mit meinem Schicksal zu hadern. War es doch dazu angetan, mir die Augen zu öffnen. Noch war es nicht zu spät, ein gottgefälliges Leben zu führen, und noch war das Urteil, das der Allmächtige fällen würde, nicht gesprochen. Eines Tages, davon war ich felsenfest überzeugt, würde der Schöpfer des Himmels und der Erden Gnade walten lassen. Wann genau, hing einzig und allein von Joost de Witte ab.

Eine Hoffnung, die sich nicht erfüllen würde.

Doch zurück ins Jahr 1576. Ich muss zugeben, ich hatte mich in meinem Herrn geirrt. Entgegen meinen Befürchtungen ließ er nichts unversucht, mich aus den Fängen des Todes zu befreien. Machen wir uns nichts vor. Jeder andere in seiner Position hätte nicht gezögert, ein Monstrum wie mich vor die Tür zu setzen und einem mehr als ungewissen Schicksal zu überlassen. Jeder andere, nur nicht er. Wäre der Earl nicht gewesen, hätte kein Hahn nach mir gekräht, dessen bin ich mir gewiss. Entweder ich wäre elend zugrunde gegangen, oder ich wäre dazu verdammt gewesen, im Hospital of St Mary of Bethlehem wie Ungeziefer in einem Kellerloch dahinzuvegetieren. Verglichen damit, das weiß ich aus verlässlicher Quelle, kommt einem der Tod am Galgen wie eine Verheißung vor. Ob Skrofulose, Malaria oder Syphilis, einmal dort, führt kein Weg in die Welt der Lebenden zurück.

Ich weiß, es klingt makaber, aber nach meiner Genesung ging das Leben wieder seinen gewohnten Gang. Nun ja, nicht ganz. Die Querelen zwischen Lady Anne und ihrem sechs Jahre älteren und nach wie vor auf Amüsement bedachten Gatten rissen nicht ab. Im Gegenteil, sie steuerten auf eine Katastrophe zu. Wie kaum ein anderer ist mir diesbezüglich ein Disput in Erinnerung, bei dem es um die fortwährende Untreue meines Förderers ging. Elegant ausgedrückt, nicht? Wie dem auch sei, wer mit den Verhältnissen im Cecil House vertraut war, der wusste, wovon ich rede.

Und so, kaum verwunderlich, geschah das Unvermeidliche. Der Earl verlangte die Scheidung. An sich nichts Ungewöhnliches, aber, wie die Reaktion seines Schwiegervaters bewies, von Anbeginn zum Scheitern verurteilt. Genauer gesagt, Lord Burghley, die graue Eminenz hinter dem Thron, ließ den ungeliebten Schwiegersohn spüren, wer der Herr im Hause Cecil war. Eine Lektion, die der Earl nie mehr vergessen würde.

Merke: Ein Earl, der bei Hof ein und aus geht, mag zwar angesehen sein, aber das bedeutet keineswegs, dass er über unbegrenzte finanzielle Mittel verfügt. Das klingt zwar banal, gibt jedoch das Dilemma, in dem sich mein Herr befand, auf pointierte Art und Weise wieder. William Cecil alias Lord Burghley war nämlich mit allen Wassern gewaschen, was er im Folgenden einmal mehr unter Beweis stellte. Er hatte meinen Herrn in der Hand, wie eine Marionette, mit der er nach Belieben herumhantieren konnte.

Bedeutet: Mein Herr, Lordkämmerer Ihrer Majestät und Oberhaupt einer der angesehensten Adelsfamilien im Land, stand vor dem Bankrott. Über finanzielle Ressourcen zu verfügen ist nämlich eine Sache, damit zu haushalten jedoch ungleich schwieriger. Anders ausgedrückt, seit dem Tod seines Vaters hatte der Earl mit Geld nur so um sich geworfen und keinen Gedanken daran verschwendet, was passieren würde, wenn eines der größten Vermögen im Land aufgebraucht war.

Und noch etwas wurde im Verlauf des Disputs mit dem sittenstrengen Strippenzieher namens William Cecil klar. Etwas, das ein intelligenter Mensch wie mein Herr hätte wissen müssen. Solange der Earl nach seiner Pfeife getanzt und sich seinen Plänen nicht widersetzt hatte, war Lord Burghley bereit gewesen, beide Augen zuzudrücken. Jetzt aber, im Angesicht der bevorstehenden Scheidung, wendete sich das Blatt. Will heißen, der Vater von Lady Anne setzte meinem Herrn die Pistole auf die Brust. Entweder, so die unverhüllte Drohung, der Earl gäbe sein Lotterleben auf, oder der allmächtige Schwiegervater werde dem verhassten Schwiegersohn die Rechnung präsentieren. Auf die Frage, wie er das meine, ließ der mittlerweile 55-Jährige, von seinen Widersachern als einer der gerissensten Halunken in ganz England tituliert, die Katze aus dem Sack. Ein Schachzug, der diesem Ruf alle Ehre machte.

Die Sache war nämlich die: Ohne Wissen meines Herrn hatte Lord Burghley die bei dessen Gläubigern anstehenden Schulden übernommen, um ihm, wie er sich mit unverhohlener Schadenfreude ausdrückte, »eine Lektion zu erteilen, wie man sich als Peer von England zu verhalten hat«. Ein perfider, aber angesichts der Kalamitäten der geliebten Tochter überaus wirksamer Plan. Lord Burghley erklärte sich bereit, auf sämtliche Schuldforderungen gegenüber dem skandalumwitterten Schwiegersohn zu verzichten, aber nur, wenn er verspreche, seine Gattin in Ehren zu halten und das sechste Gebot von Stund an nicht mehr zu verletzen. Halte der Earl jedoch an seinen Plänen fest, werde er, Lord Burghley, auf sofortiger Begleichung der anstehenden Schulden bestehen. Was das bedeute, sei dem Herrn Schwiegersohn hoffentlich klar. Der Earl laufe Gefahr, seine gesamten Besitztümer zu verlieren, es sei denn, er nehme Vernunft an.

»Dem Anschein nach Ehemann, in Wahrheit Lebemann.« So lautete, um mit den Worten des Earls zu reden, das Motto. Doch wenn er geglaubt hatte, den allmächtigen High Treasurer hinters Licht führen zu können, wurde mein Herr eines Besseren belehrt. Lord Burghley ließ ihn rund um die Uhr beschatten, auf Schritt und Tritt, sodass er keinen unbeobachteten Schritt tun konnte.

Eine Vorgehensweise, die nicht ohne Folgen blieb. Was ich damit sagen will, ist: Mein Herr tat so, als füge er sich in sein Schicksal, gab sich einsichtig, spielte den reumütigen

Sünder, mimte den treusorgenden Gatten und Familienvater, den zum Paulus mutierten Saulus, den pflichtbewussten Peer von England – und wartete auf die Gelegenheit, um aus dem goldenen Käfig auszubrechen.

Allein, er wartete vergebens. Die Gelegenheit kam nicht. Anders als erhofft war dem verhassten Schwiegervater eine für hiesige Verhältnisse überdurchschnittlich lange Lebensdauer beschieden. Lord Burghley brachte es auf stolze 77 Jahre, mehr als das Doppelte der Lebensspanne seiner Tochter, die mit 31 zur letzten Ruhe gebettet wurde.

An der wahren Passion meines Herrn, die ihn nach dem Ultimatum seines Schwiegervaters ergriff, änderte dies jedoch nichts. Um Missverständnissen vorzubeugen, er hielt sich an die Abmachungen, zumindest nach außen hin. Die alten Zeiten, so schien es, waren vorbei. Vorbei auch die Turniere, bei denen er hoch zu Ross sein Leben riskierte, die Whist-Partien bei Hofe, die ausgedehnten Tafelfreuden, die Lautenkonzerte bei Kerzenschein, die Maskenbälle im Savoy, wo er nach seiner Rückkehr aus Italien logierte, die Falkenjagden auf dem Familiensitz in Essex, die Fechtwettkämpfe und – wie ich mit Wehmut hinzufügen muss – die Reisen in unbekannte Länder. »Ein Edelmann steht zu seinem Wort«, pflegte er mit perfekt einstudierter Unschuldsmiene zu sagen, nicht ohne einen Schuss Ironie, die ihm zur zweiten Haut geworden war.

Wann genau mein Herr der Beschäftigung mit der Poesie verfiel, vermag ich beim besten Willen nicht zu sagen. *Warum* er sich in eine Schreibwut ohnegleichen hineinsteigerte, bedarf indes keiner Erklärung. Wenn er schon sein Leben nicht so leben dürfe, wie es ihm behage, dann, so die für mich einleuchtende Erklärung, werde er sich eine eigene Welt erschaffen. Eine Welt, in die außer mir niemand Zutritt haben würde.

Gedichte, das sei der Klarheit halber vorausgeschickt, hatte er bereits in jungen Jahren verfasst, mit Wissen und Billigung seines Vormundes, dem sein Talent im Verseschmieden nicht verborgen blieb. Auch hatte er in Anwesenheit der Königin an diversen Aufführungen teilgenommen, unter anderem im Hampton Court Palace, wo sein Auftritt stürmisch beklatscht worden war. Verglichen mit den Wunderwerken, welche er in der Abgeschiedenheit seines Studierzimmers ersann, wirkten die Inszenierungen bei Hof jedoch wie Possenspiele. Krass ausgedrückt, es war ein Unterschied wie Tag und Nacht. Nie zuvor war bei der Abfassung von Dramen ein solches Quantum an schöpferischer Fantasie verbraucht, und nie zuvor waren die Protagonisten so glaubhaft, ja geradezu lebensecht porträtiert worden. Ich sage das nicht, weil ich meinem Herrn zu Dank verpflichtet bin, und auch nicht, um ihn posthum in den Himmel zu heben. Ich sage dies aus der Überzeugung heraus, dass er der größte Poet unserer Tage ist, würdig, in einem Atemzug mit Ovid, Aristophanes oder Sophokles genannt zu werden.

Damit kein falscher Eindruck entsteht, ich neige nicht zum Überschwang, eher zum exakten Gegenteil. Und ich bin mir bewusst, welche Meriten sich ein Chaucer, Christopher Marlowe oder Ben Jonson erworben haben, um nur einige Heroen der Dichtkunst zu nennen. Es sei ihnen gegönnt, denn sie verstehen ihr Handwerk. Noch besser, das sei in aller Entschiedenheit gesagt, verstand es jedoch mein Herr, worin mir jeder, der etwas von Poesie versteht, beipflichten wird.

Wenn wir gerade dabei sind, es besteht kein Grund, an meiner Urteilskraft zu zweifeln. Um es zu wiederholen, ich verfügte über profunde Kenntnisse, insbesondere in antiker Literatur. Außerdem, das soll nicht unerwähnt bleiben, bekleidete ich die Funktion des Privatsekretärs, das heißt, mir fiel die Aufgabe zu, die Eingebungen meines Herrn zu Papier zu bringen. Wort für Wort, Zeile für Zeile, einen Akt nach dem andern. Komödien, Historien, Tragödien, ein Drama vortrefflicher und vollkommener als das andere. Und dann erst die Sonette, wohltuender als der Klang einer Laute, einschmeichelnder als der Gesang der Sirenen, betörender als der Duft der Pfingstrosen und erquickender als sämtliche Sinnesreize dieser Welt. »Soll ich dich einem Sommertag vergleichen? / Er ist wie du so lieblich nicht und lind; / Nach kurzer Dauer muss sein Glanz verbleichen, / Und selbst in Maienknospen tobt der Wind.« Hand aufs Herz, denn ehrlich währt bekanntlich am längsten: Hat man, seit Homer, Vergil und Horaz ihre Verse schmiedeten, je etwas Vollkommeneres gehört? Was mich betrifft, lautet die Antwort nein. Wer außer Gott selbst konnte dem Earl dies eingegeben haben, wer außer dem Schöpfer des Himmels und der Erden? Sosehr ich mir das Gehirn zermarterte, eine andere Erklärung fiel mir nicht ein.

Und so, unbemerkt von den Ohrenbläsern seines Schwiegervaters, zogen wir uns Nacht für Nacht ins Studierzimmer meines Herrn zurück. Ich, dem die Ehre zuteilwurde, die Fantasieprodukte meines Wohltäters zu Papier zu bringen, und der größte Poet, den die Menschheit bis dato gekannt hatte. Zwei Weltflüchtige, vereint in dem Bemühen, den Musen mit jeder Faser ihres Wesens zu huldigen. Der eine mit einer Maske aus dunklem Stoff, der andere mit einer unsichtbaren Larve, dazu bestimmt, um sein wahres Ich zu verbergen.

»Die ganze Welt ist eine Bühne / Und alle Frau'n und Männer bloße Spieler. / Sie treten auf und wieder ab, / Sein Leben lang spielt einer manche Rollen / Durch sieben Akte hin.« Sieben Akte, beginnend mit dem Kindesalter und ausklingend mit dem Greisentum, in dem sich der Kreis des Lebens schließt. Treffender hätte es der Genius, dem zu dienen ich die Ehre hatte, nicht ausdrücken können. Wovon andere Poeten nur träumen können, das sprudelte nur so aus ihm hervor, scheinbar mühelos, ohne eine Spur von Anstrengung. Grenzen gab es nicht, weder was seine Schaffenskraft, noch was seine einzigartigen Fantasiegebilde betraf. Nichts aufregender, als dabei zu sein, wenn er deklamierend in seinem Studierzimmer auf und ab wandelte – und nichts schwieriger, als mit seinen Wortkaskaden Schritt zu halten. Ich weiß, man mag es fast nicht glauben, aber seine Schaffenskraft und Energie waren nicht von dieser Welt.

Merke: Nur ein Autor, der mit sich und der Welt hadert, ist in der Lage, Werke von bleibendem Wert zu kreieren. Je größer die erlittene Unbill, desto größer der Drang, in die entlegensten Gefilde der Fantasie vorzustoßen.

Und so wurde ich Zeuge, wie jene Gefilde Stück für Stück erkundet und den Musen nie dagewesene Huldigungen dargebracht wurden. Ich wurde Zeuge, wie der Earl durch das Land der Hellenen streifte, durch verwunschene Wälder, wo Elfen und Amazonen seine Pfade kreuzten. Ich war dabei, als Macbeth von den Hexen ins Verderben gelockt wurde, saß auf einem Schlachtross, als Heinrich V. die Franzosen zu Paaren trieb, wurde Zeuge, wie Richard III., verderbt wie kein König vor ihm, das Netz seiner heimtückischen Intrigen spann. Ob Athen oder Rom, Azincourt oder Illyrien, Inverness oder das Land der Dänen – das Gefühl für Zeit und Raum war verschwunden, und die Inspiration, treueste seiner Begleiterinnen, verlieh meinem Herrn Flügel. Wer hätte das gedacht, ich, Joost de Witte, war dabei, als Julius Cäsar von den Dolchen seiner Mörder durchbohrt und als Kleopatra, zum Äußersten getrieben, durch den Biss der Königskobra dahingerafft wurde. Ich war zugegen, als Othello seine Gemahlin niederstach, als Romeo den Balkon erklomm, um Julia in die Arme zu schließen, als König Lear, dem Wahnsinn nah und von sämtlichen Getreuen verlassen, durch eine menschenleere Einöde irrte.

Und so vergingen die Jahre. Jahre, die ich heute, da sich mein Dasein dem Ende zuneigt, um keinen Preis der Welt missen möchte. Nichts, so schien es, war dazu angetan, den Earl von seiner Passion abzubringen, schon gar nicht der Tod von Lady Anne, die plötzlich und unerwartet starb. Zugegeben, er lebte weiter in den Tag hinein, frönte insgeheim dem Glücksspiel, taumelte von einem Skandal in den nächsten, ließ sich auf Affären ein, die für reichlich Klatsch und Tratsch sorgten. Richtig ernst wurde es, als er sich in Anne Vavasour verliebte, wobei die Tatsache, dass es sich um eine Ehrendame der Königin handelte, einen handfesten Skandal nach sich zog. Die Monarchin war außer sich, namentlich dann, als publik wurde, dass ihr Günstling Vaterfreuden entgegensah.

Sarkastisch ausgedrückt, mein Herr und Lady Anne taten ihre Pflicht. Mit Betonung auf »Pflicht«, um die Wahrheit nicht außer Acht zu lassen. Aus der Verbindung, die selbst wohlwollende Beobachter als Vernunftehe bezeichneten, gingen insgesamt fünf Kinder hervor, vier Töchter und ein Sohn, der im Kindesalter starb. Hinzu kam Henry, Erbe und Sohn aus zweiter Ehe, gerade einmal sechs Jahre alt. Wie viele Kinder es tatsächlich waren, weiß nur der Earl allein. Gesprächsstoff gab es jedenfalls genug, von den Vorhaltungen der Königin, die ihn trotz allem ins Herz geschlossen hatte, nicht zu reden. Eins kann ich aus eigener Erfahrung sagen: An der Seite des Earl wurde einem nicht langweilig, weder im Guten noch im Schlechten. Es kümmerte ihn nicht, dass Duelle verboten waren, und er reagierte mit einem Achselzucken, als er wegen unbedachter Äußerungen in den Tower gesteckt wurde.

Verglichen mit der Dichtkunst, seiner einzigen und wahren Leidenschaft, war all das jedoch ohne jede Bedeutung für ihn. Ohne sie, verriet er mir im Vertrauen, sei er nur ein halber Mensch, und wenn es etwas gäbe, das er nicht missen wolle, dann sei es die Beschäftigung mit der Poesie.

Ein Wermutstropfen freilich blieb ihm nicht erspart, bei aller Leidenschaft, die er mit dem Stückeschreiben verband. Königsdramen, die aus der Feder eines Peer von England stammten und von respektive vor seinesgleichen aufgeführt wurden, das war, mit Verlaub, nicht der Rede wert. Andererseits, das wusste der Earl selbst am besten, war es ein Ding der Unmöglichkeit, dass diese Dramen von Darstellern aus dem Volk einstudiert, in Szene gesetzt und von Theaterbesuchern aus dem Volk beklatscht, bejubelt oder, schlimmer noch, ausgezischt oder mit Häme übergossen wurden.

Pointiert ausgedrückt: Hoftheater ja – Volkstheater um keinen Preis der Welt.

So viel Schönheit, so viel Eleganz, so viel Genialität – dazu bestimmt, von einer handverlesenen Schar von Aristokraten bekrittelt zu werden? Oder, weitaus niederschmetternder, im Geheimfach eines Schreibsekretärs im Savoy zu vermodern?

Das galt es zu verhindern, mit allen Mitteln.

Mit allen, erlaubten wie unerlaubten.

ZWEITES BUCH

LABYRINTH

Dass einer lächeln kann, und immer lächeln,
Und doch ein Schurke sein.

That one may smile, and smile, and be a villain.

Hamlet I,5

V

INVESTIGATIO

Untersuchungsbericht zu Händen von Sir Robert Cecil, 1. Earl von Salisbury, Staatssekretär, Lordsiegelbewahrer und Erster Sekretär Ihrer Majestät der Königin, verfasst von Sefton Fitzroy, Chief Constable der City of London

Zeitpunkt der Niederschrift: 21. September 1599, kurz vor dem Ende der fünften Stunde

[10.50 h]

Im Folgenden, wie von Eurer Lordschaft befohlen, der Bericht über die Messerstecherei, welche kurz vor Mitternacht am gestrigen Abend unweit der Priorei der Heiligen Dreifaltigkeit im Bezirk Aldgate stattfand.

Wie Ihr, sehr ehrenwerter Herr Staatssekretär, bereits erfahren habt, ist es gestern Nacht unweit des Tower zu einem bedauerlichen Zwischenfall gekommen. Aufgrund der von mir angestellten Nachforschungen, an denen jeder verfügbare Amtsträger teilnahm, sind wir der Aufklärung des Mordes in der Aldgate Street ein erhebliches Stück näher gekommen.

An der Täterschaft des Angeklagten, der auf frischer Tat ertappt wurde, besteht demgemäß kein Zweifel. Laut Zeugenaussagen handelt es sich dabei um einen gewissen

James Norton, Schauspieler und Mitglied der Lord Chamberlain's Men, die, wie Euer Gnaden zu Ohren gekommen sein dürfte, derzeit in aller Munde sind. Unter anderem gehört dieser Schauspieltruppe auch ein gewisser William Shakespeare aus Stratford-upon-Avon in Warwickshire an, einer von insgesamt acht Teilhabern, in deren Taschen die erzielten Gewinne fließen. Gerüchten zufolge handelt es sich bei ihm um einen äußerst geschäftstüchtigen und vielseitig begabten Kenner seines Fachs, der sich neben seiner Funktion als Teilhaber einen Ruf als Schauspieler und Autor von Bühnenstücken erworben hat.

Doch nun, um Eure Geduld nicht über Gebühr zu strapazieren, zum Mord in der Aldgate Street. Der Ort, an dem die Bluttat stattfand, ist nur etwa 100 Yards vom Tor der Priorei Zur Heiligen Dreifaltigkeit und weitere 200 Yards vom allseits bekannten Aldgate entfernt, von wo aus man nach Whitechapel und von dort aus in die Grafschaften an der Ostküste gelangt. Schräg gegenüber und damit in Sichtweite des Tatortes befindet sich der Black Swan, eine einschlägig bekannte Taverne, deren Wirt bei den Behörden kein Unbekannter ist. Bereits mehrfach wurde er wegen Nichteinhaltung der Sperrstunde mit einem Bußgeld belegt, bislang ohne Erfolg, wie die Ereignisse des gestrigen Abends zeigen.

Schenkt man der Aussage des Schankwirts Glauben, tauchte besagter James Norton kurz nach Toresschluss in der Taverne auf, zum ersten Mal, wie er mit Nachdruck versicherte. Im Übrigen sei er sich über die Identität des Angeklagten nicht im Klaren gewesen und habe ihn für einen ganz normalen Gast gehalten. Angesichts der Tatsache, dass Norton auffallend gut gekleidet und ein Mime war, den jedes Kind in London kannte, darf dies mit Fug und Recht bezweifelt werden. Darüber hinaus erscheint mir die Aussage, der Tatverdächtige sei der einzige Gast gewesen, wenig glaubhaft, wenn nicht gar eine glatte Lüge zu sein. Das Gleiche gilt meines Erachtens für die Behauptung, der Wirt habe von dem Mord, der nur einen Steinwurf weit von der Taverne stattfand, nicht das Geringste bemerkt. Schließlich war es bereits kurz vor Mitternacht, ein Zeitpunkt, wo allerorten Ruhe eingekehrt ist.

An der Tatsache, dass Norton zu Recht des Mordes bezichtigt wird, ändert dies jedoch nichts. Bevor ich in die Details gehe, noch ein paar Worte über das Opfer, wie der Täter kein unbeschriebenes Blatt, wenn ich mir die Bemerkung erlauben darf. In Polizeikreisen ist – beziehungsweise war – Bartholomew Cranston alias »Bart the Bully« nämlich jedermann ein Begriff und als Spezialist für das Eintreiben von Schulden bekannt. Darüber hinaus wurde er verdächtigt, Schutzgelder erpresst zu haben. In wessen Auftrag er die Straftaten beging, blieb im Dunkeln, trotz intensiver Bemühungen, ihn zu überführen. Unklarheit herrscht im Übrigen auch in Bezug auf die Umstände, die zu der nächtlichen Messerstecherei geführt haben. Der Angeklagte selbst schweigt sich diesbezüglich aus, wie lange noch, bleibt abzuwarten. Eine peinliche Befragung hat schon so manche Zunge gelöst, und ich sehe keinen Grund, warum dies bei Norton anders sein sollte.

Dass der Tod Cranstons nicht auf dessen Konto geht, halte ich für unwahrscheinlich. Tatzeugen gab es zwar keine, dafür aber die Aussage von zwei Wachtmeistern, die just in dem Moment von der Bylleter Lane in die Aldgate Street einbogen, als der Tatverdächtige die Flucht ergriff. Ihrer Geistesgegenwart ist es zu verdanken, dass Norton daran gehindert, überwältigt und ins Newgate-Gefäng-

nis eskortiert werden konnte. Bis entschieden ist, welche Strafe ihm zuteilwerden soll, wird er dort verbleiben, es sei denn, Eure Lordschaft erteilen mir neue Anweisungen.

Zu guter Letzt sei noch erwähnt, dass Norton sich im Besitz eines blutverschmierten Dolches befand, woraus man, denke ich, die entsprechenden Schlüsse ziehen kann. Darauf angesprochen, behauptete er, Cranston habe ihn nach dem Verlassen des Black Swan angebettelt und im Anschluss an einen kurzen Wortwechsel den Dolch gezückt, um seiner Forderung Nachdruck zu verleihen. Beim anschließenden Handgemenge, so Norton, habe er sich des Angreifers unter Aufbietung sämtlicher Kräfte erwehren können. Wie es dazu kam, dass jener auf der Strecke blieb, könne er nach dem Genuss von mehreren Krügen Ale nicht sagen. Auf die Frage nach dem Grund, weshalb er vor den Wachtmeistern geflüchtet sei, gab Norton zu Protokoll, er habe sie für Komplizen von Cranston gehalten und demzufolge um sein Leben fürchten müssen. Was das betrifft, denke ich, sind Mylord und meine Wenigkeit einer Meinung, nämlich dass es sich um eine besonders dreiste Lüge handelt. Übertroffen wird diese nur noch von der Behauptung, die Tatwaffe habe sich im Besitz von Cranston befunden, und er, Norton, habe quasi in Notwehr gehandelt. Nach dem bisherigen Stand der Ermittlungen und in Ermangelung von Augenzeugen kann davon jedoch keine Rede sein.

Ergo: Der Tatverdächtige wird so lange in Haft bleiben, bis Mylord eine Entscheidung über das weitere Vorgehen in der Causa Norton getroffen und die zuständigen Stellen darüber in Kenntnis gesetzt haben. Ich finde, Schauspielern ist generell nicht zu trauen, egal wie bekannt oder angesehen sie sind. Mylord mögen mir die Äußerung verzei-

hen, aber was ich diesbezüglich an Erfahrungen gesammelt habe, lässt keine andere Schlussfolgerung zu. Hergelaufenem Volk wie diesem Norton sollte man das Bürgerrecht aberkennen, je früher, desto weniger Probleme würde es uns bereiten.

So weit der Bericht, welcher von Euer Gnaden angefordert wurde. Verbunden mit der Hoffnung, Mylord werde sich ein umfassendes Bild machen können.

Gott schütze England, und Gott schütze die Königin!

Gez. Sefton Fitzroy, Chief Constable der City of London

VI

DIARIUM (II)

Zeitpunkt der Niederschrift: 21. September 1599, eindreiviertel Stunden vor Mitternacht

[22.15 h]

FAST SCHON MITTAG, und noch immer trödelte ich in der Gegend herum. Ich wusste wirklich nicht, was in mich gefahren war. Im Normalfall stand ich kurz vor Tagesanbruch auf, verrichtete meine Morgentoilette und vertilgte ein Butterbrot mit Salbeiblättern. Oder zwei, je nach Appetit. Rühreier mit Speck und ein Schluck Ale durften natürlich nicht fehlen. Und heute? Heute, am 21. September Anno Domini 1599, war irgendwie alles anders, und je länger ich mir deswegen den Kopf zerbrach, desto mehr beschlich mich der Verdacht, dass ich noch lange an diesen Tag zurückdenken würde.

Über einen Mangel an Arbeit konnte ich mich weiß Gott nicht beklagen, allein deswegen tat Stärkung dringend not. Unterredungen mit Mandanten, Aktenstudium, Prozesstermine, Sitzungen der Anwaltskammer im Gray's Inn, all das zehrte mehr an meinen Kräften, als mir lieb war. Anstatt Bücher zu lesen, wofür ich seit jeher eine Vorliebe besaß, plagte ich mich stundenlang mit Bagatelldelikten herum, nicht gerade das, was ich mir als Student erhofft hatte.

Apropos Bücher. Meine Privatbibliothek umfasst mittlerweile mehrere Dutzend Bände, allen voran die Werke von Cicero, dem nachzueifern stets mein Bestreben war. Ob ich auch nur annähernd so berühmt wie mein großes Vorbild werden würde, stand allerdings in den Sternen. Als Verteidiger von Straßendirnen, Randalierern, Taschendieben, Falschmünzern oder von Bäckern, die mit Mehl gespart hatten, kann man es nicht weit bringen, schon gar nicht, wenn man einen Mordprozess mit Glanz und Gloria verliert.

Aber was nicht ist, mein lieber Clayton, kann bekanntlich noch werden. Rückschläge wie heute Morgen wird es immer wieder geben, und das Schlimmste wäre, den Kopf in den Sand zu stecken. Im Leben wird dir nichts geschenkt, davon kannst du, ein Namenloser unter vielen, ja wohl ein Lied singen.

Ich erwähne es zwar ungern, aber es gibt da ein Thema, über das ich so gut wie nie spreche – und über das ich auch nicht gern nachdenke. Unter meinesgleichen, zumeist aus wohlhabenden Familien, wird dies als Makel, wenn nicht gar als Schandfleck angesehen. Lange Rede, kurzer Sinn, ich bin von unehelicher Geburt. Jetzt ist es heraus, wurde auch langsam Zeit. Offen gesagt, ich habe nicht die geringste Ahnung, wer mein Vater ist. Meine Mutter, auf den Tag genau seit 17 Jahren tot, hat sich mir gegenüber stets in Schweigen gehüllt. Die Wahrscheinlichkeit, dass das Mysterium meiner Herkunft nie gelöst werden wird, ist daher ziemlich groß.

Außer Mutter, die ich mit 10 Jahren verlor, gibt es nur eine einzige Person, die darüber Bescheid weiß, und das ist meine ehemalige Amme. Wer Margery, die ich als Einziger mit ihrem Kosenamen anreden darf, allerdings kennt, der weiß, dass sie wie ein Grab schweigen kann. Margie unter Druck zu setzen ist so aussichtslos wie einem Iren Benimm beizubringen, das kann ich aus langjähriger Erfahrung sagen. Wehe dem, der den Zorn meiner Haushälterin auf sich herabbeschwört, ich bin mir sicher, er wird den Wutausbruch nie vergessen.

Jetzt reicht es aber, immer diese Weitschweifigkeiten. Ein Anwalt, der Karriere machen will, sollte seine Zunge im Zaum halten können.

Fahren wir also fort. Um es kurz zu machen, nach meinem Cannae-Erlebnis vor Gericht ließ der Drang, in meine Kanzlei zurückzukehren, nach wie vor zu wünschen übrig. Daran hatte auch die Stippvisite, die ich der Westminster-Abtei abstattete, nicht viel ändern können. Besser, ich vertrat mir noch ein wenig die Beine, anstatt die horrende Summe von zweieinhalb Pence für eine Mietkutsche auszugeben. Das Geld konnte ich mir wahrhaftig sparen, umso mehr, da ich des Öfteren knapp bei Kasse war.

Gesagt, getan. Außer meinen Klienten, die Margie bis zum Nachmittag vertrösten musste, würde mich ohnehin niemand vermissen. Und so ließ ich fünf gerade sein, wandte mich nach Norden und schlug den Weg zum Whitehall-Palace ein. Meines Wissens handelt es sich dabei um den weitläufigsten Gebäudekomplex von ganz London, mit dem, wenn überhaupt, nur die Residenz des Erzbischofs von Canterbury konkurrieren kann. Der Vater der Königin, über dessen Eskapaden und insgesamt sechs Eheschließungen ich den Mantel des Schweigens ausbreiten möchte, hat auch hier seine Spuren hinterlassen, in Form von Gartenanlagen, Obstgärten, Tennisplätzen, Hahnenkampfgruben und einer Bowling-Anlage mit dem gepflegtesten Rasen weit und breit. Über die Grenzen der Stadt hinaus bekannt wurde der Palast aber vor allem durch seinen Bankettsaal, überspannt von einem Hammerbalkengewölbe, einem Wunderwerk der Technik, welches in Nah und Fern seinesgleichen sucht. Dass das Sammelsurium von 2.000 Räumen und unzähligen Zimmerfluchten nicht nur dem Vergnügen dient, versteht sich quasi von selbst. Abgesehen von Theateraufführungen, denen die Königin in ihren Mußestunden beiwohnt, werden hier nahezu alle wichtigen Entscheidungen getroffen. Hier, im Palast zu Whitehall, laufen die Fäden aus dem gesamten Königreich zusammen, hier werden Bastarde gezeugt, Familienzwistigkeiten ausgetragen, Eheverträge geschlossen, Ränke geschmiedet, Machtkämpfe auf Leben und Tod ausgetragen. An diesem Ort tagt das Parlament, selten zwar, aber häufiger als in ganz Europa zusammen.

Auffällig, um nicht zu sagen ungewöhnlich, ist die Tatsache, dass der Weg in die City durch die Palastanlagen führt. Auf einen Besuch der Gemächer, bei Abwesenheit der Königin nur für zahlungskräftige Besucher zu empfehlen, stand mir jedoch nicht der Sinn. Umso mehr meldete sich unüberhörbar der Hunger zu Wort, und da der Lunch nirgendwo so gut wie in meiner Stammtaverne in der Nähe von St Paul's schmeckte, beschleunigte ich meinen Schritt und steuerte auf den Strand zu. Von dort, dem Refugium der Betuchten, Privilegierten und von königlicher Huld Begünstigten, war es nur noch eine kurze Wegstrecke bis zum Temple Bar.

Wie allgemein bekannt, handelt es sich hierbei um die Westgrenze der City of London. Reisende, fahrendes Volk, Händler und vor allem Fuhrleute behalten ihn nicht immer in guter Erinnerung. In erster Linie liegt dies natürlich an dem Obolus, den sie am Schlagbaum entrichten müssen, von dem die Mautstelle ihren Namen hat. Geradezu sprichwörtlich ist aber auch die Gemächlichkeit geworden, mit der die Zöllner der City of London ihren Pflichten nachkommen. Sehr häufig kommt es deshalb zu Wortgefechten und nicht selten auch zu Beschimpfungen, Handgreiflichkeiten oder Anzeigen wegen Widerstands gegen eine Amtsperson, mein täglich Brot als Anwalt, um es sarkastisch zu formulieren.

Wenn wir gerade bei Differenzen sind: Beide Seiten, sowohl die Bewohner von Westminster als auch Londoner wie ich, hören es nicht gern, wenn sie in den gleichen Topf geworfen werden. Wer etwas auf sich hält, logiert am Strand – und lässt keine Gelegenheit aus, dies vor aller Welt kundzutun. Dass man sich damit keine Freunde macht, versteht sich von selbst. Vor allem nicht in London, mit Abstand die größte Stadt diesseits des Kanals. Mag Westminster auch das Gehirn von England sein, London ist und bleibt sein Herz. Das sollte man nicht außer Acht lassen.

Wie gesagt, ich hatte keine Ahnung, was neuerdings in mich gefahren war. Darüber nachzudenken kam mir jedoch nicht in den Sinn, auch dann nicht, als ich eine Dreiviertelstunde vor dem Mittagsläuten das Ludgate erreichte, mir die Beine in den Bauch stand und die Fragen nach dem Woher und Wohin mit knurrendem Magen hinter mich brachte. Was ein richtiger Anwalt ist, sagte ich mir, der kann auf einen herzhaften Lunch nicht verzichten. Und so ließ ich das Getümmel am westlichsten der sechs Stadttore hinter mir, durchquerte die Bower Row und bog nach links in eine schmale Seitengasse ein. Am Ziel meiner Wünsche angekommen, betrat ich schließlich das Pembroke's, mein Refugium und langjähriges Stammlokal.

Refugium – schön wär's.

»Ich weiß, es ziemt sich nicht, wildfremde Männer anzusprechen, aber …«

»Aber?« Vergessen war die Fleischpastete, frisch vom Leadenhall-Markt, wie der Wirt versichert hatte, vergessen auch das Roast Beef, die Käseplatte und das Ale vom Fass. Von meiner Leibspeise, Ingwerkuchen mit Rosinen, Nüssen und kandierten Früchten, gar nicht zu reden. Beim Anblick der Unbekannten, deren Augenpartie durch eine Larve aus dunklem Samt verhüllt war, löste sich mein Heißhunger in Wohlgefallen auf.

Dumm nur, dass sich Gefühlsregungen anderer Art bemerkbar machten. Empfindungen, über die ein wahrer Gentleman nicht spricht.

»Ihr wünscht, Mistress?«

»Verzeiht, wenn ich so direkt bin, aber seid Ihr nicht Clayton Percival?«

Ich nickte. Zu mehr war ich angesichts dieses Abbilds weiblicher Anmut nicht fähig.

»Der Anwalt?«

»Derselbe«, antwortete ich, erhob mich, deutete eine Verbeugung an und wies auf den Stuhl zu meiner Rechten. »Bitte nehmt doch Platz, Mistress …«

»Mein Name tut nichts zur Sache.« Anfang bis Mitte 20, pechfarbenes, im Licht der Kerzen wie Glutasche schimmerndes und durch ein golddurchwirktes Netz zusammengehaltenes Haar, kerzengerader Mittelscheitel, hohe Wangenknochen, schlanke, leicht gebogene Nase, Haut so weiß wie Marmor und eine Stimme, die wie der Gesang der Sirenen anmutete. So verlockend, dass sämtliche Junggesellenprinzipien ins Wanken gerieten. »Freut mich, Euch kennenzulernen.«

»Die … ähm … Die Freude ist ganz auf meiner Seite«, stammelte ich, wie gebannt von der anmutigen Erscheinung im dunklen Umhang, der durch eine Zierschnalle mit den Initialen »AS« zusammengehalten wurde. »Was … äh … Was kann ich für Euch tun, Mistress?«

Das hatte ich jetzt davon. Anstatt mich meinen Pflichten als Anwalt zu widmen, ließ ich mich auf ein bühnenreifes Verwirrspiel ein, stammelte Nonsens und führte mich auf, als hätte ich noch nie eine Frau gesehen.

Wenn das nicht töricht war, wusste ich auch nicht mehr.

»Formulieren wir es einmal so: Ihr seid meine letzte Hoffnung.«

»Ihr schmeichelt mir, Mistress.« Ich gebe es zu, meine Neugierde war geweckt. Hätte ich jedoch gewusst, auf was ich mich einlasse, wäre sie mir vergangen.

Und zwar im Handumdrehen.

»Ehre, wem Ehre gebührt.«

»Und wer hat Euch den Tipp mit dem Pembroke's gegeben?«

»Eure Haushälterin.«

Margie. Ich hätte es mir denken können. Harte Schale, weicher Kern. Mehr fiel mir dazu nicht ein. »So, so, gut zu wissen.«

»Werdet Ihr mir helfen, Master Percival?«

»Das hängt davon ab, worum es geht.« Ich weiß, es ziemt sich nicht, die Bitte einer schönen Frau auszuschlagen. Im Hinblick auf den Ärger, den ich mir einhandelte, wäre es jedoch das einzig Richtige gewesen. »Und überhaupt: Wieso gerade ich?«

»Weil Ihr der Einzige seid, der mir aus der Klemme helfen kann.«

»Das meint Ihr nicht im Ernst, Lady …«

»Spart Euch die Mühe, Master Percival. Ich werde meine Identität nicht preisgeben.«

»Wirklich nicht?«

Die Unbekannte deutete ein Kopfschütteln an.

»Wenn das so ist, Mistress, fühle ich mich außerstande, Eurem Anliegen zu entsprechen.«

»Ich fürchte, hier liegt ein Missverständnis vor.«

»Inwiefern?«

Die Unbekannte rückte ihre Larve zurecht, legte die Kuppen ihrer feingliedrigen Finger aneinander und spähte über die Schulter, bevor sie weitersprach. »Hier geht es nicht um mich, Master Percival.«

»Sondern?«

»Ihr sollt einen Mann verteidigen, der des Mordes bezichtigt wird.«

Auch das noch. Gerade einmal drei Stunden war es her, dass eine meiner Mandantinnen zum Tod durch Erhängen verurteilt worden war, und jetzt, immer noch unter Schock, stand ich vor der Frage, ob ich mich auf ein Abenteuer mit ungewissem Ausgang einlassen solle. Das war, gelinde ausgedrückt, eine höchst prekäre Situation.

Oder ein Hasardspiel, je nachdem.

»Werdet Ihr mir helfen?«

»Ihr habt meine Frage noch nicht beantwortet, Mistress.«

»Warum gerade Ihr, wollt Ihr wissen?« Die Mundwinkel der Unbekannten kräuselten sich. »Ganz einfach: Weil Ihr der fähigste Anwalt von ganz London seid.«

Fähig, das hörte man gern. »Wenn Ihr Euch da mal nicht irrt, junge Dame«, gab ich zur Antwort, nippte an meinem Ale und tat so, als ließe mich das Verwirrspiel kalt.

»Zu Eurer Information: In London gibt es Anwälte wie Sand am Meer.«

»Das weiß ich, stellt Euch vor.«

Hartnäckigkeit gehörte zu ihren Stärken, das musste man der Unbekannten lassen. »Lasst mich wissen, worum es geht, dann sehen wir weiter.«

Typisch Percival. Einknicken, bevor man weiß, was Sache ist. Hut ab, Clayton, aus dir wird bestimmt noch etwas werden.

»Wie gesagt, es geht um Mord.« Bevor sie weitersprach, ließ die Unbekannte einen Moment verstreichen, dämpfte die Stimme und rückte so nah an mich heran, dass ich ihr Duftwasser riechen konnte. »Im Vertrauen gesagt, ein Bekannter von mir wird bezichtigt, einen Kriminellen erstochen zu haben.«

»Ein Bekannter?«

»Ein *guter* Bekannter, falls Ihr es genau wissen wollt.«

»Versuchter Raub?«

»Könnte sein.«

Eine Mixtur aus Rosenblüten und Lavendel, geeignet, den Verstand eines Mannes auf ein Minimum zu reduzieren, wenn nicht gar zu eliminieren. Dieser Frau war anscheinend jedes Mittel recht. »Tatzeit?«

»Gestern Nacht.«

»Wann genau?«

»Kurz vor Mitternacht, in unmittelbarer Nähe der Priorei Zur Heiligen Dreifaltigkeit.«

»Darf man fragen, was Euer Bekannter mitten in der Nacht dort zu suchen hatte?«

»Gute Frage, Master Percival. Das weiß ich selbst nicht so genau.«

Konfusion ohne Ende. Na, das konnte ja heiter werden.

»Auf die Art kommen wir nicht weiter, Mistress. Habt die Güte und erklärt Euch näher.«

»Ich fürchte, da gibt es nicht viel zu erklären«, begann die Unbekannte und betrachtete den Ring, der an ihrer rechten Hand prangte. »Ihr wisst ja, mit Bekannten ist das so eine Sache.«

»Hat dieser Bekannte im Gegensatz zu Euch auch einen Namen?«

»Offen gesagt, ich kann Euren Unmut verstehen. Trotzdem bitte ich Euch, die Verteidigung zu übernehmen.«

»Eins nach dem andern, junge Dame«, versetzte ich und stärkte mich mit einem Schluck Ale, um gegen weitere Überraschungen gewappnet zu sein. »Also: Wie heißt der ominöse Herr?«

»James«, antwortete meine Nebensitzerin, nicht ohne einen Hauch von Wehmut, wie ich trotz des Stimmengewirrs bemerkte. »James Norton.«

»James Norton?«, platzte ich heraus, im Glauben, es liege eine Verwechslung vor. »Doch nicht etwa *der* James Norton?«

»Nicht so laut, Master Percival, man könnte uns belauschen.« Die Unbekannte warf einen raschen Blick in die Runde, dämpfte die Stimme und sprach: »Falls Ihr den Schauspieler meint, reden wir von derselben Person.«

»Donnerwetter, das nenne ich eine Neuigkeit«, versetzte ich, leerte mein Ale und blickte meine Gesprächspartnerin erwartungsvoll an. »Wie habt Ihr davon erfahren?«

»Von der Messerstecherei, meint Ihr? Nun ja, Neuigkeiten verbreiten sich schnell.«

»Eins vorweg, damit Ihr wisst, woran Ihr mit mir seid. Sollte Euch daran gelegen sein, dass ich den Fall übernehme, tut mir den Gefallen und verkneift Euch die Geheimniskrämerei. Ich hoffe, das war deutlich genug.«

»Deutlicher als nötig, Master Percival«, gab die dunkle Lady zurück, seufzte und fragte: »Na schön, was wollt Ihr wissen?«

»Alles.«

»Mehr nicht?«

»Wie gesagt, hier gibt es Anwälte wie Sand am Meer.«

»Mit anderen Worten, Ihr wollt wissen, was mich mit James verbindet.«

»So könnte man es ausdrücken.«

Die dunkle Lady lächelte in sich hinein. »Ich bin eine Bewunderin seiner Kunst, das ist alles.«

»Mit Verlaub, das habt Ihr mit der Mehrzahl der Theaterbesucher gemeinsam.« Sobald der Name gefallen war, überlegte ich fieberhaft, wie oft und wo ich Norton auf der Bühne gesehen hatte. Eine Frage, die nicht leicht zu beantworten war, da es sich um einen der meistbeschäftigten und populärsten Darsteller der letzten Jahre handelte. Was ich mit Sicherheit wusste, war, dass es sich bei ihm um ein Ensemblemitglied der Lord Chamberlain's Men handelte. Diese hatten unlängst eine Posse inszeniert, die, hätte man ein Theaterstück daraus gemacht, der Kassenschlager schlechthin geworden wäre. Bis dahin, genauer gesagt bis zum 28. Dezember im vergangenen Jahr, waren die Aufführungen der Lord Chamberlain's Men im Theatre in Shoreditch über die Bühne gegangen. Mit Betonung auf »waren«, denn das Theatre gibt es nicht mehr. Schuld daran waren Zwistigkeiten mit dem Pächter gewesen, mit dem Ergebnis, dass das Theater bei Nacht und Nebel in sämtliche Einzelteile zerlegt und von den Schauspielern und ihren Helfershelfern über den Fluss nach Southwark transportiert worden war. Dort, im Amüsierviertel am Südufer der Themse, entwickelte es sich unter dem Namen »The Globe« zum Besuchermagneten Nummer eins. Norton, so hieß es, sei in jener Nacht mit von der Partie gewesen und habe sich in der Folgezeit zum Wortführer des Ensembles aufgeschwungen. Der Freundschaft mit William Shakespeare, der anfänglich als Stückeschreiber und hin und wieder auch als Darsteller in Erscheinung getreten war, hatte dies jedoch keinen Abbruch getan. In der Folgezeit, so die einhellige Meinung, waren die beiden unzertrennlich geworden, wie Castor und Pollux, das legendäre Zwillingspaar. Hier der geniale Mime, dessen Aura die Zuschauer in seinen Bann schlug, dort der nicht minder geniale Stückeschreiber, als Schauspieler eher Durchschnitt, in puncto Geschäftssinn überaus talentiert. Was Norton betraf, hatte er in allen nur erdenklichen Rollen geglänzt, namentlich als Romeo, woran selbst ich mich noch gut erinnern konnte. »Shakespeare schreibt, und Norton sorgt für volle Kassen«: Auf diesen Nenner konnte man die Zusammenarbeit des Duos bringen. Ob Romeo Montague aus Verona, ob Richard III., das Scheusal auf dem Königsthron, ob Antonio, Kaufmann von Venedig, kaum eine Hauptrolle, die Norton nicht gespielt, kein Stück aus der Feder Shakespeares, das dank seiner Mitwirkung nicht Stadtgespräch geworden wäre.

Shakespeare ohne Norton oder Norton ohne Shakespeare? Undenkbar, selbst für eingefleischte Pessimisten.

Doch dann, vor ungefähr einem Vierteljahr, war genau das geschehen, womit Kenner der Theaterszene nicht im Traum gerechnet hatten. Quasi über Nacht war Norton aus dem Ensemble verschwunden und von Stund an weder im Globe noch in einem anderen Theater gesehen worden. Über den Grund, der zur Trennung des kongenialen Paars geführt hatte, waren zahlreiche Gerüchte im Umlauf gewesen, unter anderem, Norton habe Shakespeare die Gespielin ausgespannt. Nun ja, denkbar wäre es gewesen, zumal Norton im Ruf stand, einer der größten Schürzenjäger Londons zu sein. Großer Anstrengungen, um ans Ziel zu kommen, hatte es ja wohl nicht bedurft. War doch zumindest der weibliche Teil seiner zu Tausenden Anhängerschar förmlich an den Lippen des umjubelten Schauspielers gehangen.

»Darf man fragen, wo Ihr mit Euren Gedanken seid, Master Percival?«

»Ich bitte um Nachsicht, Mistress – es soll nicht wieder vorkommen.«

»Kein Grund, um mit sich zu hadern«, versetzte die Unbekannte, stibitzte einen der kandierten Pfirsiche, die ich mir zum Dessert bestellt hatte, und steckte ihn mit Genießermiene in den Mund. »Ich will ja nicht drängen, aber …«

Penetranz, dein Name ist Weib!, fuhr es mir durch den Sinn, während ich so tat, als ließe mich der Blick der Unbekannten kalt. Ein Versuch, der von Vornherein zum Scheitern verurteilt war. »Aber?«

»Werdet Ihr mir helfen, Master Percival?«, drang es einschmeichelnd an mein Ohr, in einem Tonfall, gegen den kein Kraut gewachsen war. »Gebt Euch einen Ruck, oder wollt Ihr mich ins Unglück stürzen?«

Was für eine Frage!, dachte ich, ein gequältes Lächeln im Gesicht, dem ich einen aus tiefster Seele kommenden Seufzer folgen ließ.

Und bestellte einen weiteren Krug Ale.

VII

OBUCTIO (I)

Obduktionsbericht zu Händen von Sir Robert Cecil, 1. Earl von Salisbury, Staatsekretär, Lordsiegelbewahrer und Vorsitzender des Kronrats Ihrer Majestät der Königin, zu Papier gebracht von Brendan O'Reilly, Chief Coroner der City of London und Wundarzt am St Bartholomew's Hospital

Zeitpunkt der Niederschrift: 21. September 1599, kurz vor dem Mittagsläuten

[11.50 h]

Im Folgenden das auf Ansuchen Eurer Lordschaft angefertigte Obduktionsprotokoll, betreffend die sterblichen Überreste von Bartholomew Cranston, zuletzt wohnhaft in St Giles without Cripplegate

Beruf und Alter des Toten: unbekannt

Todesursache: gezielter (?) Stich ins Herz

Vermutliche Tatwaffe: Parierdolch mit einer Länge von knapp 19 Inches, Blutspuren deutlich erkennbar

Körpergröße: knapp fünfeinhalb Fuß

Gewicht: circa 180 Pfund, kräftiger Körperbau

Geschätztes Alter: 35–40 Jahre

Besondere Kennzeichen: fehlendes linkes Auge, Ring am rechten Ohr, kahlgeschorener Schädel und Pockennarben auf der rechten Wange, des Weiteren vernarbte Wunde mit einer Länge von ca. drei Inches im linken Schulterbereich und Tätowierungen am Oberarm

Gewandung: Augenklappe, verschmutztes Leinenhemd, mehrfach ausgebessertes dunkles Lederwams, leinene Unterhose, graue Kniehosen, Socken aus grobem Wollstoff, Kniestiefel aus gegerbtem Leder

Ich hoffe, die aufgelisteten Fakten reichen aus, damit sich Euer Lordschaft und die mit dem Kasus befassten Behörden ein genaues Bild vom Zustand des Leichnams und den Todesumständen des oben genannten Bartholomew Cranston machen können.

Gez. Brendan O'Reilly, Leitender Leichenbeschauer der City of London

VIII

DIARIUM (III)

Zeitpunkt der Niederschrift: 21. September 1599, eineinhalb Stunden vor Mitternacht

[22.30 h]

EGAL, WAS MEINE Kollegen davon halten, ich bringe es nicht übers Herz, Mandanten abzulehnen. Auch dann nicht, wenn sie knapp bei Kasse sind. Dabei gab es Zeiten, wo auch ich Mühe hatte, meinen Lebensunterhalt zu bestreiten. Das heißt aber noch lange nicht, dass ich bei der Annahme eines neuen Falls nach der Geldbörse schiele. Was meine Berufsauffassung betrifft, war und bin ich Idealist, oder, wie sich ein in Rekordzeit zum Kronanwalt avancierter Studienkollege ausdrückte, »ein hoffnungsloser Fall«.

Kein Wunder also, dass meine Kanzlei zum Anlaufpunkt der Mittellosen wurde. An sich wäre das nicht so schlimm gewesen, ich bin ja nicht Strafverteidiger geworden, um fette Honorare zu kassieren. Wirklich schlimm wurde es erst, als der Besitzer meines Hauses die Pacht erhöhte, woraufhin ich in erhebliche Schwierigkeiten geriet. Glück im Unglück, dass Margie bereit war, mir aus der Patsche zu helfen. Andernfalls, so steht zu vermuten, hätte ich meinen Beruf samt Anwaltsrobe an den Nagel hängen müssen.

Regel Nummer eins: Wer es zu etwas bringen will, darf nicht zimperlich sein.

Vor allem, wenn er als Jurist tätig ist.

Ich erwähne dies, um darzulegen, was mich zu meiner Entscheidung in der Causa Norton bewog. Es war nicht das erste Mal, dass ich es verschmähte, auf meine innere Stimme zu hören, was das betraf, konnte ich nicht anders. Aber es war das erste Mal, dass ich mich um den Finger wickeln ließ, dergestalt, dass ich an meinem Verstand zweifelte. Die Unbekannte mit der Larve hatte nur mit dem Finger schnippen müssen, und schon hatte ich gespurt. Das war bedenklich, um nicht zu sagen besorgniserregend gewesen. Zugegeben, im Umgang mit Frauen muss ich noch dazulernen, aber das war momentan nicht der Punkt. Das Bestürzende war, dass ich die Gepflogenheiten meiner Zunft außer Acht gelassen hatte, unter anderem Regel Nummer zwei, die besagte, dass Anwalt und Klient keine Geheimnisse voreinander haben sollten. Mit jemandem zu kooperieren, dessen Namen man nicht kannte, grenzte an Idiotie, ob ich es wahrhaben wollte oder nicht. Ergo: Um einer der Großen zu werden, musste ich eine Menge dazulernen, und das Beste wäre gewesen, die Entscheidung zu überdenken. Oder, besser noch, der Abwechslung halber einmal Nein zu sagen.

Eine Kalamität, so der Volksmund, kommt eben selten allein. Was mich betraf, war dem nichts hinzuzufügen. Zuerst der Prozess, bei dem ich nach allen Regeln der Kunst vorgeführt wurde, und dann das Gespräch im Pembroke's, bei dem ich mich in eine Lage hineinmanövrieren ließ, von der ich nicht wusste, was sie mir bescheren würde. Das konnte, ach woher, das würde ein böses Ende für mich nehmen.

Bevor ich mich jedoch ans Werk machte, gab es noch etwas zu erledigen. Eine Ehrenpflicht, die keinen Aufschub duldete. So viel Zeit, das Andenken meiner Mutter zu ehren, musste einfach sein, mochte der Kasus, wie die Unbekannte behauptete, auch keinen Aufschub dulden.

Ich bin weder abergläubisch noch religiös – und bin es nie gewesen. Dennoch wäre es mir nicht in den Sinn gekommen, den Todestag meiner Mutter einfach mir nichts, dir nichts verstreichen zu lassen. 17 Jahre lang hatte ich mich in die St Paul's Cathedral begeben, um ihrer zu gedenken, und es gab keinen Grund, dies nicht auch am heutigen Dienstag zu tun.

Mord oder nicht, mein neuer Fall konnte warten.

Dass Mutter heute vor 17 Jahren starb, erwähnte ich bereits. Ich war zehn, als es geschah, ein kleiner Junge, der das Wort »Pest« nur vom Hörensagen kannte. Anno Domini 1582, als das Unheil über London hereinbrach, sollte sich das jedoch ändern. Innerhalb kürzester Zeit, vom einen Tag auf den andern, wurde ich zum Erwachsenen, eine Erfahrung, auf die ich liebend gern verzichtet hätte.

Es war die erste Pestepidemie, an die ich mich erinnern kann – und die bei Weitem folgenreichste. Die Welt, welche zu erkunden ich mich gerade anschickte, versank im Chaos, und wohin ich meine Schritte auch lenkte, blieb mein Blick an leblosen Körpern, Unrat und Tierkadavern haften. Im Ganzen, habe ich mir sagen lassen, seien damals vier von zehn Nachbarn in der Hart Street der Seuche erlegen. St Olave towards the Tower, meine Taufkirche, quoll vor Hilfesuchenden beinahe über, doch wer geglaubt hatte, Gott werde seine schützende Hand über sie halten, der irrte. Einer nach dem andern, unter ihnen auch mein Großvater, fiel der wie die Berserker wütenden Seuche zum Opfer, und es schien, als stehe das Weltenende kurz bevor. Nie werde ich die roten Kreuze an den Türen der Nachbarhäuser vergessen, sichtbare Zeichen, dass die Seuche bereits Einzug gehalten hatte, nie mehr die Stangen, an deren Ende ein Bündel Stroh baumelte. Doch was die Behörden auch taten, um die vom Zorn Gottes heimgesuchten Häuser zu kennzeichnen, es fruchtete nicht. »Gott erbarme dich unser!«, als Warnung auf Papierschilder gekritzelt, war alles, was den Gepeinigten zu tun übrig blieb, um dann, binnen weniger Stunden, vom Hauch des Todes dahingerafft zu werden.

Und siehe, der schwarz Gewandete mit der Sense ritt im Triumphzug durch die Gassen, und es gab niemanden, der seinem Wüten Einhalt gebieten konnte.

Mitte September Anno Diaboli 1582, als sich das Strafgericht dem Ende zuneigte, traf mich das Unheil mit voller Wucht. Binnen 48 Stunden, am 19. und 21. des Monats, starben zuerst meine Großmutter, und dann, heute vor 17 Jahren, die über alles geliebte Mutter. Wäre Margie nicht gewesen, die sich aufopferungsvoll um mich kümmerte, wer weiß, welches Schicksal mir zuteil geworden wäre.

Waisenhaus, Arbeitshaus oder Freudenhaus. Entscheide dich, Clayton, du hast die Wahl.

Sarkasmus beiseite, bleiben wir beim Thema. Ich weiß, es klingt merkwürdig, wenn ich das sage, aber was das Erscheinungsbild meiner Mutter betrifft, weist mein Erinnerungsvermögen große Lücken auf. Zwar entsinne ich mich, wie sie mir durchs Haar strich, wie sie mir Trost zusprach, wenn mir ein Leid geschah, oder wie sie mich zur Ordnung rief, wenn ich über die Stränge schlug. Im Hinblick auf das, was mich mit Mary Percival verband, wäre es das aber schon gewesen. Je angestrengter der Versuch, die Gesichtszüge der 29-Jährigen vor meinem geistigen Auge wachzurufen, desto entmutigender das Ergebnis. Was immer ich auch tat, ich wurde das Gefühl nicht los, als jage ich einem Phantom hinterher.

Ich fürchte, das ist die Wahrheit, mag sie auch noch so schmerzhaft oder niederschmetternd sein. Wahr ist auch, dass ich mich beim besten Willen nicht entsinnen kann, ob ich dabei war, als Mutter ihren letzten Atemzug tat. Fast scheint es, als habe es den 21. September 1582 nie gegeben, so undurchdringlich ist der Nebel, der sich über den schicksalsträchtigen Tag herabgesenkt hat.

Am meisten aber schmerzt mich, dass ich nicht weiß, wo meine Mutter begraben ist. Ich erwähne das nicht, um mein Verhalten zu beschönigen, sondern formuliere es so, wie ich es empfinde. Ich hatte das Glück, die Tage des Zorns zu überleben – und das Pech, mit den Wunden leben zu müssen, die sie hinterließen. Glück oder nicht, an Beerdigungen im herkömmlichen Sinn war nicht zu denken, zu groß war die Zahl der Londoner, die zu Tausenden dahingerafft, zu groß die Panik, von der die Überlebenden ergriffen wurden. Hinauf auf einen zweirädrigen Karren, im Eiltempo aus der Stadt hinaus und möglichst rasch und tief unter die Erde, ohne Geistliche, ohne Angehörige und ohne ein letztes Lebewohl. Tausenden, wenn nicht gar Zehntausenden war ein derartiges Schicksal beschieden, unter ihnen meine Mutter, verscharrt in einem der zahllosen Massengräber, die weit draußen vor den Toren der Stadt ausgehoben wurden.

Es ist zwar schon lange her, aber wenn es etwas gibt, das mich auch jetzt noch mit Schaudern erfüllt, dann ist es der Odem, der in jenen Tagen über London hing. Scheiterhaufen, auf denen Rattenkadaver verbrannt werden, Verwesungsgeruch, der bis in den hintersten Winkel der Häuser dringt, Leichen, die auf der Oberfläche der Themse treiben, entstellt, aufgedunsen und mit Eiterbeulen übersät. Und dann erst die Volkshaufen, die sengend und plündernd durch die Straßen zogen, die Frauen, die ihren Körper dem Meistbietenden feilboten, die Männer, die ihr gesamtes Hab und Gut und sogar ihre Familie im Stich ließen, um die eigene jämmerliche Haut zu retten, die Orgien, welche landauf, landab gefeiert wurden. Nur wer so etwas erlebt hat, bekommt eine Vorstellung, wie es in der Hölle zugeht – und versucht, das Erlebte so rasch wie möglich zu vergessen.

Was meine Kindheitserlebnisse betrifft, ist mir dennoch vieles in Erinnerung geblieben. Außer in den Ruinen der Crutched Friars Priory, in denen ich mit den Nachbarskindern Verstecken spielte, hielt ich mich besonders gern an Großvaters Bücherstand in der St Paul's Cathedral auf, jener Ort, an den es mich nach meiner Begegnung mit der mysteriösen Unbekannten zog. Von allen Vorkommnissen, die sich in mein Gedächtnis eingegraben haben, ist mir jedoch eines ganz besonders präsent und wird, solange ich unter den Lebenden weile, für alle Zeiten präsent bleiben.

An den genauen Zeitpunkt, als ich in Begleitung von Margie das Anwesen in der Nähe des Themseufers betrat, kann ich mich zwar nicht erinnern. Dennoch hat sich mir alles, was sich an einem stürmischen Novembertag des Jahres 1582 ereignete, auf unauslöschliche Art eingeprägt. Margie hatte keine Mühen gescheut, um mich wie einen Höfling herauszuputzen, ob es mir behagte oder nicht. Tags zuvor hatte ich sogar ein Bad nehmen müssen, mit Betonung auf »müssen«, wie man sich leicht denken kann. Für einen richtigen Jungen ziemte es sich nicht, wie ein Lackaffe herumzulaufen, worauf Margie, die mittlerweile Mutters Stelle einnahm, selbstredend keine Rücksicht nahm.

Dass es sich um einen Höflichkeitsbesuch oder Bittgang der besonderen Art handelte, wurde mir jedoch auf Anhieb klar. Im Gegensatz zum Fachwerkhaus in der Hart Street, wo es weder Kopfsteinpflaster noch Parkanlagen mit Springbrunnen oder Vierspänner mit livrierten Kutschern gab, herrschten hier andere Gepflogenheiten. Spielregeln, die mir bis dahin gänzlich unbekannt waren.

Gleich zu Beginn, als wir auf das schmiedeeiserne Tor mit den vergoldeten Wappenschilden zusteuerten, wurde mir klar, dass ich noch lange an diesen Tag zurückdenken würde. Anders als sonst, wo sie mit Verhaltensmaßregeln nicht geizte, war Margie ungewöhnlich wortkarg, um nicht zu sagen bedrückt gewesen. Es fehlte nicht viel, und ich hätte mich aus dem Staub gemacht, das muss ich zu meiner Schande gestehen. Um mir die zu erwartende Tracht Prügel zu ersparen, ließ ich jedoch von meinem Vorhaben ab.

Ein Blick genügte, und beim Betreten des palastartigen Herrenhauses verschlug es mir die Sprache. Auch Margie blieb stumm, und das wollte bekanntlich etwas heißen. Allein schon die Treppenflucht, über die uns der Majordomus ins Obergeschoss führte, war so imposant, dass man sich angesichts der Porträts an den Wänden wie ein Eingeborener beim Anblick einer englischen Flottille vorkam. Als sei es gestern gewesen, kann ich mich noch genau an die in Öl gemalten Bildnisse erinnern, die einen aus längst vergangenen Tagen, die andern, zum Beispiel dasjenige am Ende der Galerie, so lebensecht, dass es schien, als warteten sie nur darauf, dass man ihnen die Reverenz erwies. Das Treppengeländer aus poliertem Nussbaum, sündhaft teure Wandbehänge aus Flandern, welche Motive aus der griechischen Mythologie zum Inhalt hatten, Seidentapeten, mit Blütenranken verziert, Marmorbüsten, auf denen die Namen von Dichtern und Denkern prangten, Teppiche, wie man sie in einem türkischen Serail vermuten würde, Lautenklänge, die aus einem der zu Dutzenden zählenden Räume drangen, und vor allem Bücher, Bücher und immer wieder Bücher, dazu Ledermappen und Folianten, verstaut in Regalen, die bis an die Kassettendecken der verwinkelten Korridore reichten. Und über allem das Aroma der Wachskerzen, teils nach Lavendel duftend, zum Teil aber auch nach einheimischen Kräutern, so kostspielig, dass Leute wie Margie jahrein, jahraus dafür hätten schuften müssen. So war die Welt beschaffen, die ich an jenem Novembertag betrat. Eine Welt, wie ich sie noch nie zu Gesicht bekommen hatte.

Mit einem Wort, ich bekam vor Staunen den Mund nicht mehr zu. Was genau Margie dazu veranlasst hatte, ein Bündel Briefe aus dem Nachlass meiner Mutter an sich zu nehmen, um sie auf dem Weg hierher wie einen Augapfel zu hüten, entzieht sich jedoch meiner Kenntnis. Ich vermute, es hatte mit dem Ansinnen zu tun, dessentwegen sie den langen Fußmarsch auf sich genommen hatte, ein Ansinnen, über das ich jedoch nichts in Erfahrung bringen konnte.

Ich weiß nicht, wie lange wir durch das Labyrinth aus Gängen, versteckten Nischen und Korridoren geirrt waren, bis wir vor einer verschlossenen Flügeltür mit vergoldeter Klinke ankamen. Recht genau kann ich mich jedoch noch an das Gefühl erinnern, welches mich beschlich. Die Luft roch geradezu nach Ungemach, nicht allein aufgrund der Lakaien, die uns mit herablassendem Augenaufschlag musterten, sondern weil Margie mich bat, vor der

Tür Platz zu nehmen, und mit gestrenger Miene hinzufügte, ich solle mich unter keinen Umständen von der Stelle rühren. Ich konnte mich nicht entsinnen, meine Amme jemals so einsilbig, angespannt und sorgenvoll erlebt zu haben, ein Umstand, der mich mit wachsender Beklommenheit erfüllte.

Da saß ich nun, mutterseelenallein und in Erwartung von Margies Rückkehr, die sich scheinbar endlos in die Länge zu ziehen schien. Ehe ich es mich versah, war bereits eine Viertelstunde vergangen, während der ich mit angsterfüllter Miene auf der Stuhlkante kauerte und mir ernsthaft Sorgen machte, was aus mir werden solle, wenn meine Ersatzmutter mich im Stich ließ. Das war töricht von mir, ich hätte es wahrhaftig besser wissen müssen. Seit ich denken konnte, war Margie immer dann zur Stelle gewesen, wenn sie gebraucht wurde. Und was heißt hier überhaupt »war«. Ohne sie, der ich meinen gesamten Werdegang verdanke, wäre ich wahrscheinlich im Fleet-Gefängnis geendet, so deprimierend sich das für Außenstehende auch anhören mag.

Dass mir dieses Schicksal erspart blieb, war demzufolge Margies Verdienst. Bei der Frage, wie meine Haushälterin dieses Kunststück fertiggebracht hat, muss ich jedoch leider passen. Wer weiß, vielleicht hat es etwas mit den Ereignissen vor 17 Jahren zu tun. Zu hundert Prozent sicher bin ich diesbezüglich jedoch nicht. Über das, was an jenem Novembertag hinter verschlossenen Türen ausgehandelt wurde, hat sie jedenfalls Stillschweigen bewahrt – und das bis zum heutigen Tag.

Irgendwann am Nachmittag, nach über einer Stunde Wartezeit, war es schließlich so weit. Die Flügeltür schwang knarrend auf, und heraus trat ein weiterer Lakai, der mir mit herrischer Gebärde bedeutete, ich möge ihm folgen. Das tat ich denn auch, wenngleich mit klopfendem Herzen.

Das Audienzzimmer, das ich mit angehaltenem Atem betrat, lag im Halbdunkel, und es schien, als befände sich niemand sonst im Raum. Allein, dem war nicht so. Plötzlich, ohne dass ich ihr Herannahen bemerkt hatte, spürte ich, wie Margies Hand auf meiner Schulter ruhte. Wie froh ich darüber war, kann man sich vorstellen, obschon meine Freude über das Zusammentreffen nicht lange währte.

An der Stirnseite des Raumes, wo ein schmaler Lichtstrahl die Vorhänge aus dunklem Brokat durchdrang, thronte ein Greis mit einer dunklen Samtkappe, an deren Stirnseite ein mit Juwelen und Perlen besetztes Kruzifix prangte. Trotz seines Alters, das ich auf 60 oder mehr Jahre schätzte, ging eine respekteinflößende Aura von ihm aus. Besonders auffällig war der Orden, den er über der scharlachroten Robe trug, auffällig deshalb, weil, wie ich beim vorsichtigen Nähertreten bemerkte, das Bildnis des Heiligen Georg mit dem Drachen von einem Spruchband in französischer Sprache eingerahmt war. »Honi soit qui mal y pense« war darauf zu lesen, übersetzt so viel wie: »Beschämt sei, wer Schlechtes darüber denkt.« Die Kette, an der die Plakette hing, bestand aus einer Vielzahl von Bindegliedern, jedes davon ein Miniaturbildnis des Ordens, dem Bildnis mit dem Spruchband zum Verwechseln ähnlich. In der Rechten, aber das nur am Rande, trug der Greis einen weißen Stab, und wie ich ihn so betrachtete, fiel es mir wie Schuppen von den Augen. Um wen auch immer es sich bei dem auf einem Podest thronenden Würdenträger handeln mochte, ich hatte ihn schon einmal gesehen. Und zwar erst vor Kurzem, als ich die Treppe in den ersten Stock erklomm.

Ein Domizil, das der Königin alle Ehre gemacht hätte, ein Labyrinth aus Gängen, welches seinesgleichen suchte, Bücher, Handschriften und Preziosen, so weit das Auge reichte, dazu ein furchteinflößender Greis, der sich bereits zu Lebzeiten porträtieren ließ: Allmählich wurde mir die Sache unheimlich.

»Dein Name?« Erst jetzt, an der untersten Stufe des Podests angelangt, fiel mir auf, was der Greis mit der Halskrause aus weißem Leinen in der linken Hand hielt. Es war ein Briefbogen, leicht vergilbt zwar, aber mit einer gestochen scharfen Handschrift versehen. Einer Handschrift, die der Mann mit der Ordenskette zu kennen schien. »Rede, Bursche, oder hat es dir die Sprache verschlagen?«

»Clayton Percival, Euer Gnaden.«

»Euer Gnaden, hört, hört! Na, wenigstens hast du gute Manieren.«

Trotz seines herrschaftlichen Gebarens, das muss ich der Fairness halber betonen, sah der Greis beileibe nicht unfreundlich oder gar bösartig aus. Vor allem der Vollbart, eisgrau und die gestärkte Halskrause überlappend, trug zu dem Eindruck von Würde und Erhabenheit bei. Ich weiß, es ziemt sich nicht, den Namen des Allmächtigen zu missbrauchen, aber je länger ich das zerfurchte Gesicht betrachtete, desto mehr drängte sich der Vergleich mit Gottvater auf.

»Danke, Euer Gnaden«, antwortete Margie, die mir auf leisen Sohlen gefolgt und gesenkten Hauptes neben mich getreten war. »Ihr seid sehr gütig.«

»So, meinst du.« Passend zu seinem Gebaren hörte sich die Stimme des Alten zwar ein wenig rau, aber dennoch kraftvoll und wie diejenige eines Mannes in den besten Jahren an. »Damit wir uns richtig verstehen: Solltest du den Fehler begangen haben, mir eine Lügengeschichte aufzutischen, wirst du es bereuen. Ich hoffe, das war deutlich genug.«

Margies Antwort ließ nicht lange auf sich warten. »Das war es, Lord … äh … Ich wollte sagen: Das war es, Euer Gnaden.«

»Na schön, dann will ich es dir glauben.« Die von dichten Brauen überwölbten Augen bald auf Margie, bald auf den Briefbogen in der linken Hand geheftet, richtete sich der Alte auf. »Zu niemandem ein Wort, haben wir uns verstanden?«

»Voll und ganz, Euer Gnaden.«

»Das war alles, ihr könnt gehen.«

Es ist gerade einmal eineinhalb Stunden her, dass das Rätsel um den bärtigen alten Mann gelöst wurde. Leider ist er seit über einem Jahr tot, ich hätte allen Grund, ihm zu danken.

Weshalb?

Ganz einfach. Wenn ich es recht bedenke, hat es in meinem Leben drei Ereignisse gegeben, die man als schicksalhaft oder wegweisend betrachten kann. Das erste war der Tod meiner Mutter, das dritte der Fall Norton, auf den ich umgehend zu sprechen kommen werde, und das zweite die Begegnung im November 1582, ein Wink des Schicksals, der meinem Leben eine neue Richtung gab.

Wohlgemerkt, ich meine es so, wie ich es sage. Nur wenige Tage waren seit der Episode im Audienzzimmer vergangen, als Margie freudestrahlend zur Tür hereinplatzte. Auf meine Frage, was geschehen sei, schloss sie mich in die Arme, dass ich kaum noch Luft bekam, nahm mein Gesicht zwischen die schwieligen Hände und redete wie ein Sturzbach auf mich ein. Zunächst begriff ich gar nichts, doch dann, wieder halbwegs bei Verstand, traf es mich wie ein Blitz. Ich, Clayton Percival, Sohn einer Buchverkäuferin, war dazu auserkoren, ein Queen's Scholar zu werden, nicht irgendwo, sondern an einer der renommiertesten Internatsschulen im Land. Kein Zweifel, das war die Chance meines Lebens, und ich wäre ein Tor gewesen, wenn ich sie nicht genutzt hätte.

Die Sache hatte allerdings einen Haken. Meine Tage in der Hart Street waren gezählt, und mit ihnen die Tage meiner Kindheit, die ich auch jetzt, in der Mitte des Lebens, nicht missen möchte. Von nun an würden Cicero, Euklid oder Augustinus die Hauptrolle in meinem Leben spielen, die Zeiten, in denen ich mit den Nachbarskindern Streiche ausgeheckt, Fußball gespielt und unser Viertel unsicher gemacht hatte, waren vorbei. Eins war nämlich von vornherein klar: Um keinen Preis der Welt durfte ich Margie, die mir den Weg geebnet hatte, enttäuschen. Und Vater Godric, Gemeindepfarrer von St Olave towards the Tower, natürlich auch nicht. Bei ihm hatte ich zusammen mit den Kindern aus dem Viertel lesen und schreiben gelernt, wofür ich ihm noch heute, zehn Jahre nach seinem Tod, zu großem Dank verpflichtet bin.

Wenn wir gerade von Dank reden: Ich war so sehr mit mir und meiner zukünftigen Wirkungsstätte beschäftigt, dass ich nicht danach fragte, auf wessen Betreiben meine Aufnahme in die Westminster Grammar School zustande gekommen war. Nicht im Traum wäre ich fernerhin auf die Idee gekommen, nach den Beweggründen meines bis dato unbekannten Gönners zu fragen. Darüber ließ man mich im Unklaren, und hätte es den Fall Norton nicht gegeben, wäre das Rätsel, welches meine Herkunft umgab, vermutlich nie gelöst worden.

Doch genug davon, eins nach dem andern. Wie bereits erwähnt, ich bin zwar kein religiöser Mensch, wäre mir aber wie ein Schuft vorgekommen, wenn ich zur Tagesordnung übergegangen wäre. So viel Zeit, um in St Paul's zu Ehren meiner Mutter eine Votivkerze zu entzünden, musste einfach sein. Danach würde ich Norton auf den Zahn fühlen. So es sich im Falle des Publikumslieblings überhaupt um den Schuldigen handelte.

»Na, junger Herr, wie wär's mit einem Blick in die Zukunft?«

Also wirklich, nicht einmal in St Paul's hatte man seine Ruhe. »Vielen Dank, kein Bedarf«, wehrte ich ab, ohne die Wahrsagerin, die wie aus dem Nichts neben mir aufgetaucht war, eines Blickes zu würdigen. Dann entzündete ich die Votivkerze, die ich kurz zuvor gekauft hatte, platzierte sie auf dem dafür vorgesehenen Gestell und hielt mit gesenktem Haupt inne. »Kein Bedarf, wie oft soll ich das denn noch sagen!«

»Das sagen sie alle, junger Herr.«

Junger Herr, das war einmal. Ab 20 in der Blüte der Jahre, mit 30 reif und ab 40 alt. An dieser Binsenweisheit führte kein Weg vorbei. »Was mich betrifft, meine ich es auch so. Und noch etwas, den ›jungen Herrn‹ kannst du dir spa…«

»Nur keine Scheu, ich beiße nicht!«, drang es in einschmeichelndem Tonfall an mein Ohr, und ehe ich es mich versah, spürte ich, wie meine Linke mit sanftem Griff umklammert wurde. »Oder ist es Euch egal, was mit Euch passiert?«

»Wenn hier jemandem etwas passiert, dann dir«, drohte ich, riss mich los und wandte mich nach links, wo mein

Blick auf eine fremdländische Schönheit traf, die mich mit kokettem Augenaufschlag musterte. »Und jetzt verschwinde, sonst mache ich dir Beine.«

»Aber, aber, warum denn so barsch«, schnurrte die Zigeunerin, lachte auf und ergriff meine Hand, als sei es das Selbstverständlichste auf der Welt. »Schmale Finger, weiche Haut und keine Schwielen – na, wenn das kein Mann der Feder ist, will ich nicht Esmeralda heißen.«

»Mehr hast du nicht zu bieten?«, fuhr ich die mit abgelaufenen Sandaletten, Pumphosen und einer schreiend bunten Seidentunika bekleidete Wahrsagerin an, machte gute Miene zu bösem Spiel und griff in meine Hosentasche, um einen Halfpenny hervorzukramen. »Dass das Tinte ist, sieht ja wohl jeder.«

Anstatt etwas zu erwidern, blieb die Zigeunerin wie erstarrt stehen.

»Na, da fällt dir nichts mehr ein, was?«, fügte ich hinzu, nahm den Penny und hielt ihn ihr vors Gesicht. »Das ist es doch, was du willst, oder? So, und jetzt lass gefälligst meine Hand los, sonst erlebst du dein blaues Wunder.«

Das waren keine leeren Worte, ich meinte es auch so. An der Zigeunerin, die mich mit verstörter Miene musterte, schienen sie jedoch abzuprallen. »Nur noch eine Frage, Herr. Dann lasse ich Euch los.«

»Und die wäre?«

Die Wahrsagerin tat so, als habe sie die Frage nicht bemerkt, runzelte die Stirn und fuhr mit dem Zeigefinger über die Fläche meiner linken Hand. Die Sache war mir peinlich, aber da der Gentleman in mir auch vor fahrendem Volk nicht haltmacht, ließ ich das exotische Geschöpf gewähren. »Sprich, oder hat es dir die Sprache verschlagen?«

Bei einer Irlandreise mit meinem Freund Brendan, der das Amt des Chief Coroner der City of London versieht, hatte ich etwas Ähnliches schon einmal erlebt. Um an Geld zu kommen, war diesen Scharlatanen jedes Mittel recht, wenn es sein musste, logen sie das Blaue vom Himmel herunter. »Herrgott noch mal, jetzt ist es aber ge...«

»Nehmt Euch in Acht, Herr, sonst ...«

»Sonst was?«

»Ihr seid dabei, einen großen Fehler zu begehen. Besinnt Euch, oder Ihr werdet es bereuen«, murmelte die Zigeunerin, binnen Augenblicken todernst. Gerade eben war da noch diese katzengleiche junge Frau gewesen, darin geübt, die Männerwelt um den kleinen Finger zu wickeln. Jetzt aber, meine Handfläche im Visier der schreckgeweiteten Augen, tönte es mir wie aus dem Mund der Pythia entgegen. »Nehmt Euch in Acht, sonst ist Euer Leben keinen Penny mehr wert«, raunte mir die einen Kopf kleinere, im Erreichen ihrer Ziele umso findigere Weissagerin mit spanischem Akzent ins Ohr. »Und traut niemandem über den Weg, die Welt wimmelt nur so von Schurken. Schaut mich nicht so an, ich meine es ernst. Euer Widersacher ist nicht auf den Kopf gefallen, sondern mit allen Wassern gewaschen. Ein falsches Wort, Herr, und er wird nicht zögern, Euch den Garaus zu machen.«

»Und wer, wenn die Frage gestattet ist, ist ›er‹?«

»Seid auf der Hut«, raunte mir die Zigeunerin mit Verschwörermiene zu und zog einen Handspiegel aus der Tasche, um ihn mir vors Gesicht zu halten. »Seid auf der Hut und erkennt, wie Ihr seid.«

Ich seufzte. Um zu erkennen, wer ich war, musste ich mich nicht im Spiegel betrachten. Ich wusste es auch so. Das heißt, ich glaubte es zu wissen. Komme, was mag, an

Körpergröße konnte ich es mit meinen Altersgenossen aufnehmen. Was meine Physis betraf, lagen die Dinge anders. Schon als Kind war ich nicht besonders kräftig gewesen, und ich fürchte, das ist immer noch so. Aber was soll's, damit muss ich leben. Nicht besonders gut leben konnte ich mit meinem ungebärdigen rotblonden Haar, nebst Sommersprossen ein Erbteil meiner Mutter, wie Margie zu bekräftigen nicht müde wurde. Die blauen Augen natürlich nicht zu vergessen. Aber was nützten die schönsten blauen Augen, fragte ich mich, wenn das Ebenmaß meiner Nase sowie das zu spitz geratene Kinn und die markanten Wangenknochen zu wünschen übrig ließen. »Jeder Zoll ein Percival«, pflegte Margie zu sagen, wobei ich nicht sicher bin, ob dies als Kompliment zu verstehen war. »Auf der Hut sein, meinst du? Und vor wem?«

Erst jetzt, mit etlichen Stunden Verspätung, habe ich erkannt, was meine Gesprächspartnerin damit meinte. Am Lauf der Dinge, der mir den turbulentesten Tag meines Lebens bescherte, änderte dies jedoch nichts.

Wenn wir gerade von Vorsicht reden, St Paul's ist längst nicht mehr das, was es einmal war. Das wurde mir in dem Moment, als die Zigeunerin das Weite suchte, einmal mehr bewusst. Früher, zu Großvaters Zeiten, konnte man die Kathedrale noch als Gotteshaus bezeichnen. Heute, im Angesicht des an Frivolität grenzenden Trubels, konnte jedoch keine Rede mehr davon sein. Damit wir uns richtig verstehen, ich begrüße es, dass der Vater der Königin mit Rom gebrochen hat. Was daraus wurde, kann und will ich jedoch nicht gutheißen.

Wohin mein Blick auch fiel, mit einem Ort stiller Einkehr hatte St Paul's so wenig zu tun wie ein Bordell mit einem Nonnenkonvent. An Tagen wie heute, das muss ich zur Schande von uns Londonern gestehen, geht es in St Paul's wie auf dem Leadenhall Market zu. Wie dort, wo mit Fleisch, Wurst und was weiß ich noch gehandelt wird, treibt sich auch hier das übelste Gesindel von ganz London herum. Und wenn ich Gesindel sage, meine ich es auch so. Taschendiebe auf Beutezug, Devotionalienhändler, welche die Grabplatten zur Ladentheke umfunktionieren, Hübschlerinnen auf Kundenfang, als ehrbare Bürgersfrauen getarnt, Geldverleiher, die sich nicht scheuen, ihre Kunden in den Ruin zu treiben, Tagelöhner auf der Suche nach Arbeit, und sei sie noch so schlecht bezahlt, Lotterieverkäufer, die sich wie Heuschrecken auf die Besucher stürzen, Reisende aus England und vom Kontinent, und das gleich zu Hunderten, Betrüger zuhauf, auch solche, die als Aussätzige in Erscheinung treten, Straßenhändler, welche die Kathedrale als Abkürzung zwischen der Paternoster Row und der Carter Lane benutzen, bepackt mit Ale-Krügen, Obstkörben oder frisch gebackenen Pasteten, die sie jedem, der die Kirche betritt, zu astronomischen Preisen anbieten. Die Akrobaten, welche sich vor dem Westportal eingefunden haben, natürlich nicht zu vergessen. Manchmal geht es hier so turbulent zu, dass man sein eigenes Wort nicht mehr versteht, und ich frage mich, wie lange das noch so weitergehen soll. Unter uns, ich wurde bereits mehrfach Zeuge, wie Pferde, Maultiere und sogar Ochsen durch die Kirche getrieben wurden, und das alles an einem Ort, an dem so viele berühmte Häupter zur letzten Ruhe gebettet wurden. Das ist, wie ich finde, eine Schande sondergleichen, ohne Beispiel, was die im Lauf meines Lebens gemachten Erfahrungen betrifft.

Dass ich froh war, dem Trubel entronnen zu sein, nimmt folglich nicht Wunder. Höchste Zeit, mich meinem neuen

Fall zu widmen, dachte ich mir, und so schlug ich den Weg zum Newgate-Gefängnis ein. Weiter als bis zum ehemaligen Franziskanerkloster, von Ortsansässigen kurz Greyfriars genannt, sollte ich jedoch nicht kommen. »Na, Percy, so früh schon unterwegs?«, hallte es mir mit unverkennbar irischem Timbre entgegen, begleitet von einem Aroma, bei dem man schon vom Riechen betrunken wurde. »Hol's der Henker, welche Laus ist denn dir über die Leber gelaufen?«

»Na, Brendan, so früh schon im Starkbier-Himmel?« Wenn es etwas gibt, das mich mit meinem Freund Brendan O'Reilly verbindet, dann ist es der Sinn für Humor. Weniger bis überhaupt kein Verständnis habe ich für seine Gewohnheit, dem sogenannten Double-Double, also der stärksten Form des Ale, im Übermaß zuzusprechen. »Und hör auf, mich Percy zu nennen, du weißt, dass ich das auf den Tod nicht ausstehen kann.«

»Verzeihung, ich wusste nicht, dass Eure Lordschaft indisponiert ist!«, antwortete Brendan, knapp sechs Fuß groß, dunkelhaarig, mit Vollbart und im Gegensatz zu mir ein wahrer Bär von einem Mann. »Jetzt sag schon, was ist los?«

»Mehr, als mir lieb ist«, gab ich zur Antwort, kratzte mich hinterm Ohr und fasste das, was mir widerfahren war, so knapp wie möglich zusammen. »Na, was sagst du jetzt?« Am Ende meines Rapports angekommen, sah ich den Kommilitonen von einst mit herausfordernder Miene an. »Wie du siehst, habe ich genug zu tun.«

»Du wirst lachen, ich auch.« Mehr hatte der Chief Coroner der City of London und Freund aus Cambridger Tagen nicht zu sagen. »Beziehungsweise *wir*, um es korrekt auszudrücken.«

»Wir?«

»Er heißt Norton, sagst du? James Norton?«

»Ja, wieso?«

»Für einen Anwalt, mein lieber Percy, bist du verdammt schwer von Begriff«, spottete Brendan, zwinkerte mir zu und erbot sich, mich zum Newgate-Gefängnis zu begleiten. »Und so was hat in Cambridge studiert, kaum zu glauben.«

»Hättest du die Güte, dich klarer auszu...«

»Aber, aber, wer wird denn gleich an die Decke gehen«, frotzelte der Coroner, trotz seiner Vorliebe für Starkbier ein Spezialist, der in den Reihen seiner Zunft seinesgleichen suchte. Und – nicht zu vergessen – der beste Arzt weit und breit. »Was meinst du, Percy-Boy, wie wär's, wenn ich dir ein wenig unter die Arme greife?«

IX

CONFESSIO (III)

Zeitpunkt der Niederschrift: 21. September 1599, vier Stunden vor Mitternacht

[20.00 h]

Es gibt Autoren, die ihr Handwerk verstehen. Diese Tatsache ist allgemein bekannt. Leider aber gibt es auch solche, die sich einbilden, es zu verstehen. Auch diese Tatsache ist allgemein bekannt. Unter all jenen, die sich durch vermeintliches oder wirkliches Können hervortaten, gab es jedoch keinen, der meinem Herrn das Wasser reichen konnte. Jeder Theaterbesitzer, der über ein Minimum an Sachverstand verfügte, würde mir darin zustimmen.

Und würde Himmel und Hölle in Bewegung setzen, um Meisterwerke von nie dagewesener Brillanz auf die Bühne zu bringen, ganz gleich, ob es sich um Komödien, Tragödien oder Historiendramen handelte.

Wenn es sein musste, auch unter falschem Namen.

Bei der Ausführung meines Vorhabens, welches ich nach reiflicher Überlegung in die Tat umsetzte, ging es also weniger um das Ob, sondern in erster Linie um das Wie. Das heißt, es kam darauf an, einen Theaterunternehmer mit dem richtigen Riecher zu finden, einen Mann vom Fach, der bereit war, mein Spiel mitzuspielen. Verlässlich, verschwiegen und diskret musste er sein – und so skrupellos, dass er den Schurken aus den Dramen meines Herrn in nichts nachstehen würde. Vieles, wenn nicht gar alles, hing davon ab, ob es mir gelingen würde, einen Komplizen mit genau diesen Eigenschaften zu finden. So es den Halunken, von dem das Wohl und Wehe meines Plans abhing, überhaupt gab.

Mag man mich auch als betrügerisch, heimtückisch oder gar verbrecherisch bezeichnen, meine Motive waren es nicht. Man stelle sich vor: Theaterstücke im Überfluss, eines ergreifender, geistreicher und kurzweiliger als das andere, dazu Dutzende von Sonetten und Versdichtungen, so vollkommen, als stammten sie aus der Feder Gottes. Verfasst von einem Poeten, dem die Konkurrenz nicht das Wasser reichen konnte, verfasst in aller Heimlichkeit, verwahrt in versiegelten Behältern, versteckt in einer eisenbeschlagenen Truhe, auf dass nie wieder eines Menschen Auge auf sie falle. Nein, nein und ein abermaliges Nein, nie und nimmer durfte dies geschehen. Wenn es jemanden gab, der etwas dagegen tun konnte, dann war ich es. Ich, Joost de Witte, der es als seine Pflicht ansah, den Stücken meines Herrn Leben einzuhauchen.

Dass dies ohne dessen Wissen und Billigung geschah, war nun einmal nicht zu ändern – und der einzig mögliche Weg, um seiner Schaffenskraft zu huldigen. Wäre herausgekommen, was nicht herauskommen durfte, hätte dies zu unabsehbaren Konsequenzen geführt. Zu Konsequenzen, die ich mir anno 1593, als ich mein Vorhaben in die Tat umsetzte, lieber nicht ausmalen wollte.

So viel zum Thema Betrug, was immer man sich darunter vorstellen mag. Kommen wir auf das Wie zu sprechen, die Zeit drängt. Zugegeben, es war nicht einfach, das geeignete Werkzeug für mein Ansinnen ausfindig zu machen. Und noch schwieriger, im Verborgenen zu agieren. Doch dann, an einem klirrend kalten Winterabend vor sechs Jahren, kam mir der Zufall in Gestalt eines nur mäßig begabten Schauspielers zu Hilfe. Es war der Moment, auf den ich seit Langem gewartet hatte. Der Augenblick, welcher über das Wohl und Wehe meines Plans entscheiden würde.

Es geschah während einem der nächtlichen Streifzüge, die ich in jenen Tagen unternahm, bekleidet mit Hut, dunklem Umhang und mit meiner Maske, ohne die ich mich nicht mehr vor die Tür wagte. Kurz zuvor, vor allem während der drückend schwülen Sommermonate, war London wieder einmal von der Pest heimgesucht worden. Ich weiß, das hört sich fatalistisch an, und was diese wahrhaft apokalyptische Gottesgeißel betrifft, meine ich es auch so. Die Seuche nahm derart überhand, dass die Behörden dazu übergingen, Sterbelisten auszuhängen, je umfangreicher, desto länger das Strafgericht seinen Fortgang nahm. Innerhalb von 12 Monaten, das heißt vom Dezember des Vorjahres bis zum 20. Dezember 1593, waren insgesamt 16.844 Tote zu beklagen, Londoner jeden Alters, Standes und Geschlechts, auch jene, die Theateraufführungen beiwohnten. Um zu verhindern, was im Grunde nicht zu verhindern war, erging daraufhin der Befehl, die Theater bis auf Weiteres zu schließen. Allein, das Sterben ging weiter, so lange, bis sich der Neuschnee wie ein Leichentuch über der gemarterten Stadt ausbreitete.

Und so geschah es, dass ich kurz vor dem Fest der Geburt des Herrn die unweit von St Paul's gelegene Mermaid Tavern betrat. Schuld daran war die klirrende Kälte, nicht etwa der Drang, Lastern wie dem Würfelspiel zu frönen. Dazu bin ich nicht geschaffen – und lege Wert darauf, dies hiermit kundzutun. Ein Becher Glühwein, um mich aufzuwärmen, nach mehr stand mir nicht der Sinn.

Der Zufall wollte es, dass ich Zeuge eines aufschlussreichen Gesprächs wurde. Zwei Männer am Nebentisch, in etwa gleich alt und offenbar Schauspieler, redeten sich die Köpfe darüber heiß, wen die Schuld am Ausbruch der Pestepidemien treffe. Dazu muss man wissen, dass die Seuche tiefe Lücken in die Reihen der Londoner Schauspieler gerissen hatte, allen voran das Ensemble in Shoreditch, wo gleich mehrere Verluste zu beklagen gewesen waren. Hinzu kam ein weiteres Problem, eine Schwierigkeit, die, so schien es, auf absehbare Zeit nicht behoben werden konnte.

Eine Schwierigkeit, aus der ich Kapital schlagen würde.

An Schauspielern herrscht in London kein Mangel, an guten Autoren, wen wunderts, dagegen schon. Auf diese Quintessenz lief das Streitgespräch am Nebentisch hinaus. Wie sich herausstellte, handelte es sich bei den Dialogpartnern um einen gewissen Norton, ein spitzbärtiger Galan Anfang 30, der geradezu penetrant von sich eingenommen zu sein schien. Erheblich umgänglicher und darüber hinaus auch geschäftstüchtiger beziehungsweise gerissener erschien mir da schon der Zweite im Bunde, der Sohn eines Handschuhmachers aus Warwickshire, wie ich wenig später erfuhr. Circa 35 Jahre alt, offener Hemdkragen, wenig gepflegtes bis unansehnliches Äußeres, dunkler Teint, kahle und deutlich gewölbte Stirn und einen Ring im linken Ohr. So wird mir William Shakespeare, ein Schuft, wie er im Buche steht, in Erinnerung bleiben. Mögen sich sein Ansehen und Vermögen sowie die Ausgaben für seine Garderobe dank meiner Mithilfe auch um ein Vielfaches vergrößert haben. »Einmal hinterrücks, immer hinterrücks«, pflegt mein Herr zu sagen, ein Diktum, das einmal mehr ins Schwarze traf.

Ein Wort noch zum Thema Anonymität, und sei es nur, um Zweifel an meiner Darstellung auszuräumen. Damals, unmittelbar nach dem Abklingen der Pest, war der Anblick von Leuten wie mir nichts Ungewöhnliches. Ob Arzt, Totengräber oder Kutscher eines Leichentransports, jeder von ihnen trug eine Maske. Kein Mensch wäre auf die Idee verfallen, daran Anstoß zu nehmen, mag der Anblick, den ich bot, auch noch so bizarr gewesen sein.

»Na, Gevatter Tod, wie wär's mit einem Krug Ale?« Nach allem, was ich bis dato mitbekommen hatte, fiel Shakespeare durch sein forsches Auftreten, die umgängliche Art und ein überdurchschnittliches Maß an Mitteilsamkeit auf. Davon abgesehen, fürchte ich, gab und gibt es nicht viel Positives über ihn zu berichten. »Oder bevorzugt Ihr französischen Wein? Falls ja, nehmt den aus dem Süden. Der ist zwar nicht ganz billig, aber besser als der Fusel, den sie einem hier kredenzen. Wie hieß es bei den alten Römern doch gleich: Guter Wein ist ein Geschenk der Götter. Oder, um es im Jargon eines Angelsachsen auszudrücken: ›Christmas comes but once a year.‹ Man soll die Feste feiern, wie sie fallen, oder was meint Ihr? Vor allem, wenn man nicht weiß, ob man den Tag lebend übersteht. Also, dann mal hoch die Gläser, und prosit miteinander. Die Zeiten sind hart, was bleibt uns übrig!«

»Bei Gott, das sind sie.«

»Tut mir den Gefallen und lasst den da droben aus dem Spiel, der hilft sowieso nur den Betuchten. Wer schlau ist, der hilft sich selbst, was, James?« Shakespeare stieß ein nervöses Lachen aus, zog seinen eingebildeten Nachbarn am Ohrläppchen und prostete mir augenzwinkernd zu. »Also, was ist: Seid Ihr dabei? Ich geb einen aus, zur Feier des Tages.«

»Habt Dank, ich bin nicht zum Vergnügen hier.«

»Sondern?«

»Ich muss jetzt los, Will. Die Damenwelt wartet.«

Recht so!, dachte ich, als Norton, offenbar auf Amors Pfaden wandelnd, unversehens zum Aufbruch rüstete. Je weniger Mitwisser, desto wahrscheinlicher der Erfolg meines Plans. An dieser Maxime galt es festzuhalten.

Auf Gedeih und Verderb, ohne Wenn und Aber.

»Mach's gut, Jamie-Boy – und lass dich nicht übers Ohr hauen, hörst du!«, rief Shakespeare dem wie ein Pfau herausgeputzten Schönling hinterher, aus dem, man höre und staune, einer der gefragtesten Schauspieler von London werden sollte. »Versuch's doch mal bei Jenny, vielleicht macht sie es dir umsonst! Wir müssen sparen, alter Schwerenöter, vergiss das nicht.«

Wie knapp die beiden illustren Herren bei Kasse waren, sollte sich binnen kurzer Zeit herausstellen. »Weshalb ich hier bin, fragt Ihr?«

»Genau.« Selten zuvor und nie mehr danach habe ich einen Menschen erlebt, der imstande war, sowohl Mimik als auch Tonfall binnen Augenblicken zu wechseln. Gerade eben noch die Jovialität in Person, und dann, nur einen Atemzug später, kühl bis in die Fußspitzen, die Gesichtszüge starr wie eine Theatermaske. Vor diesem Mann, das riet mir mein Instinkt, musste man sich in Acht nehmen. Sonst würde man auf der Strecke bleiben. »Wie wär's, wenn Ihr die Maske abnehmt? Nichts für ungut, aber das Ding macht mich nervös.«

»Tatsächlich?«, erwiderte ich, vergewisserte mich, dass wir nicht beobachtet wurden, und wandte mich meinem

Gesprächspartner zu. »Ja, wenn das so ist, will ich mal nicht so sein.«

Die Wirkung, welche ich durch das Entblößen meines Gesichts erzielte, hätte nachhaltiger nicht sein können.

»Heiliges Kanonenrohr, das … Das sieht ja wirklich übel aus!«, stammelte Shakespeare, rückte von mir weg und bedeutete mir, ich solle die Maske wieder aufsetzen. »Nichts für ungut, ich kann mir vorstellen, was Ihr durchgemacht habt.«

»Das bezweifle ich, Master Shakespeare.« Ich lehnte mich zurück, nippte an meinem Glühwein und tat, wie mir geheißen. »Aber macht nichts, schließlich seid Ihr kein Hellseher.«

»Ihr sagtet, Ihr …«

»Ganz recht, Master Shakespeare. Ich sagte, ich sei nicht zu meinem Vergnügen hier.«

»Wozu dann?«

»Formulieren wir es einmal so: Ich beabsichtige, Euch ein Geschäft vorzuschlagen. Eine Transaktion, von der beide Seiten profitieren werden.«

»Und wo ist der Haken?«

»Es gibt keinen.«

»Mit Verlaub, den gibt es immer.« Erneut und nicht zum letzten Mal an diesem Abend stieß mein Gesprächspartner sein unverwechselbares Lachen aus. »Geben ohne Gegenleistung, das wäre ja mal was ganz Neues.«

Ich tat so, als hätte ich Shakespeares wegwerfende Handbewegung nicht bemerkt. »Ich nehme an, Ihr seid interessiert?«

»Kommt drauf an, was Ihr zu offerieren habt, Master …«

»Mein Name tut nichts zur Sache. Ich bitte darum, dies zu akzeptieren.«

»Na schön, wie Ihr wollt«, antwortete Shakespeare gedehnt, dämpfte den Ton und strich über den zurechtgezwirbelten Oberlippenbart. »Lasst hören, was Ihr vorhabt, und dann sehen wir weiter.«

Verständlich, dass ich mich nicht lange bitten ließ. Und dass Shakespeare beinahe aus allen Wolken fiel. »Wie bitte?«, rief er mit entgeisterter Miene aus, eine Reaktion, die ich mit einer beschwichtigenden Geste quittierte. »Das meint Ihr doch nicht ernst, oder?«

»Aber natürlich, was habt Ihr denn gedacht?«

Um es kurz zu machen, Shakespeare war so gerissen, wie ich ihn einschätzte. Und griff ohne zu zögern zu. Das heißt, wir einigten uns darauf, dass ich ihm zunächst zwei und je nach Bedarf bis zu drei Werken pro Jahr überlassen würde. Ohne Gegenforderung, versteht sich. Und unter Wahrung absoluten Stillschweigens. Um dies zu gewährleisten, schlug ich vor, Shakespeare möge als Autor der Theaterstücke in Erscheinung treten, frei nach der Devise: Je gründlicher die Spuren verwischt werden, desto besser.

»Und was, wenn die Stücke nichts tau…?«, begann mein Gegenüber, kam jedoch nicht dazu, die Frage zu vollenden.

»Noch ein Wort, du Schmierenkomödiant«, zischte ich und packte Shakespeare mit beiden Händen am Kragen, »noch ein einziges Wort, und du wirst bereuen, dass ich dir über den Weg gelaufen bin. Haben wir uns verstanden, oder muss ich noch deutlicher werden?«

Shakespeare deutete ein Kopfschütteln an.

»Na also«, murmelte ich vor mich hin und ließ von dem wie ein Aal zappelnden Mimen ab. »Zu niemandem ein Wort, ist das klar?«

Shakespeare gab keine Widerrede.

Und ich frohlockte, klug genug, mir die Freude über den gelungenen Coup nicht anmerken zu lassen. Schon bald, nach Jahren des Wartens und Zögerns, würde es mir vergönnt sein, die Dramen meines Herrn auf der Bühne zu erleben. Hautnah, mit Darstellern aus Fleisch und Blut. Auf der Bühne des Theatre, und wer weiß, in naher Zukunft vielleicht auch anderswo, etwa im Curtain, im Rose oder im Swan.

Ich hatte vorgesorgt, das war mein Glück. Wie ich bereits erwähnte, bestand meine Aufgabe darin, die Eingebungen meines Herrn zu Papier zu bringen. Da er sich selbst offenbar nicht über den Weg traute, sah er jede Manuskriptseite noch einmal durch. Egal, wie geschliffen die Dialoge waren, es gab immer etwas, das ihm missfiel. Nicht selten dauerte die Korrektur länger als die Abfassung des Stücks, aber das schien meinen Herrn nicht zu kümmern. Er war und blieb ein Perfektionist, korrigierte, kommentierte und probierte so lange an einem einzigen Monolog herum, bis ich nicht mehr wusste, wo mir der Kopf stand. Aber das war noch nicht alles. Wenn die Reinschrift fertig war, bat er mich, sie ihm vorzulesen, Zeile für Zeile, Szene für Szene, Akt für Akt. Dann saß er einfach nur da, wie entrückt, ein glückseliges Lächeln im Gesicht. In jenen Stunden, die ich mein Lebtag nicht vergessen werde, stand die Zeit still, und wenn ich geendet hatte, gingen wir schweigend auseinander.

Allein, meine Arbeit fing erst da richtig an. Um einem etwaigen Verlust der Manuskripte vorzubeugen, fertigte ich Kopien der Reinschrift an, eine Mühe, die nicht vergebens sein sollte. Nur dadurch war es möglich, die geplante Transaktion zu verwirklichen, ohne Wissen meines Herrn, der die Originale in seinem Schreibsekretär verwahrte. Hätte ich keine Kopien besessen, wäre der Schwindel aufgeflogen, und was dann passiert wäre, wagte ich mir nicht vorzustellen.

Für den Fall, dass man mich des Betrugs bezichtigen möchte: Nur zu! Ich hatte erreicht, was ich wollte – und nur das zählte in diesem Moment für mich.

Gefragt, weshalb er seine Werke nicht wie manch anderer in seinem Metier unter einem Pseudonym veröffentlichen wolle, hatte der Earl stets abgewinkt. Irgendwann, meinte er, käme jeder Schwindel ans Licht, und wenn es etwas gäbe, das er vermeiden wolle, dann die Blamage, vor der Öffentlichkeit als Betrüger dazustehen. Was das betraf, verstand die Königin keinen Spaß, umso weniger, da sie ihm eine jährliche Pension zugesprochen hatte. Ohne die 1.000 Pfund, die er aus der Staatskasse erhielt, wäre mein Herr bankrott gewesen, das kann ich mit Bestimmtheit sagen. In Zeiten, wo es um die Finanzen der Krone nicht zum Besten stand, war das eine Menge Geld, und es bedeutete, dass er sich nichts, aber auch gar nichts mehr zuschulden kommen lassen durfte. Skandale um seine Person hatte es weiß Gott zur Genüge gegeben, zu viele, als dass es ratsam gewesen wäre, die Geduld der Königin zu strapazieren.

Wie gut, dachte ich bei mir, dass ich die Dinge in die Hand genommen hatte. Dank der Fäden, die ich im Verborgenen gesponnen hatte, war Shakespeare zu einer Art Pseudonym geworden, ein Pseudonym der besonderen Art. Die Werke aus der Feder meines Herrn würden ihm zu Ruhm und Ansehen verhelfen und sämtliche Stückeschreiber, allen voran Marlowe, zu bloßen Statisten degradieren. Ein nahezu unbekannter und nur mäßig begabter

Schauspieler aus der Provinz, der zum gefragtesten Autor der Londoner Theaterszene avanciert. Welch ein Aufstieg, welch staunenswerte Karriere. Auf den Geschmack gekommen, würde Shakespeare alles tun, um den auf dubiose Art errungenen Lorbeer zu verteidigen. Außer um Ruhm und Ansehen ging es nämlich auch um Geld, um mehr, als er jemals besessen hatte. Kurzum, wenn er es schlau anstellte, würde Shakespeare ein wohlhabender Mann werden, vermögender als sämtliche Konkurrenten zusammen.

Einfacher ging es nicht. Die Stücke, mit denen ich ihn belieferte, würden für ein ausverkauftes Haus sorgen. Zweiter Akt: Die Theaterunternehmer, allen voran Burbage, würden sich erkenntlich zeigen. Sprich, sie würden Shakespeare an den Einnahmen beteiligen. Akt drei: Wenn er es richtig anstellte, würde der Mime aus Warwickshire nicht nur ein gefragter, sondern auch ein gemachter Mann werden. Und den größtmöglichen Nutzen aus seiner Rolle als Pseudonym des Earl of Oxford ziehen.

Raffiniert ausgetüftelt, oder?

Machen wir es kurz, zunächst klappte alles wie am Schnürchen. Anfang 1594, genauer gesagt am Aschermittwoch, ging die erste Transaktion über die Bühne. An einem geheimen Ort, unter vier Augen und, unnötig zu erwähnen, minutiös geplant. Von da an, angesichts der Tatsache, dass ich aus dem Vollen schöpfen konnte, ging es Schlag auf Schlag. Meisterwerk folgte auf Meisterwerk, Erfolg auf Erfolg, gefüllte Börse auf gefüllte Börse. Anders ausgedrückt, mein Plan ging auf – und alle Beteiligten profitierten davon.

Egal ob Historienstück, ob Komödie oder Tragödie, egal ob *Richard III.*, *Ein Sommernachtstraum* oder die zu

Tränen rührende Geschichte von *Romeo und Julia*: Das zu Tausenden und binnen kurzer Zeit zu Hunderttausenden zählende Publikum war aus dem Häuschen. Alles, was Shakespeare anpackte, schien sich zu Gold, sprich in klingende Münze zu verwandeln. Kein Wunder also, dass er von den Abschriften aus meinem Fundus nicht genug bekommen konnte.

Kein Wunder auch, dass sich die Kunde von seiner Meisterschaft bis in höchste Kreise herumzusprechen begann.

Mission erfüllt?

Oder, um es mit dem Titel eines Stücks meines Herrn auszudrücken: *All's Well That Ends Well*?

Weit gefehlt. Wie so häufig, wenn man sich auf der Gewinnerseite wähnt, kam etwas dazwischen.

Etwas, womit ich nicht im Traum gerechnet hatte.

X

DIARIUM [IV]

Zeitpunkt der Niederschrift: 21. September 1599, eineinviertel Stunden vor Mitternacht

[22.45]

»HALUNKEN-HERZ, was begehrst du mehr!«, jubilierte der Coroner beim Anblick des Newgate-Gefängnisses, eines Ortes, um den nicht nur Kriminelle einen Bogen machen. »Also wirklich, Hampton Court ist nichts dagegen.«

»Dein Humor in allen Ehren, Brendan, aber momentan ist mir nicht nach Scherzen zumute.« Auf der Liste der berüchtigtsten Lokalitäten von London nimmt das Newgate-Gefängnis einen der vorderen Plätze ein. Insoweit lag mein Freund mit seiner makabren Bemerkung richtig. Wäre da nicht der Tower, der noch mehr Schrecken als die in den Obergeschossen des Stadttors untergebrachten Kerkerzellen verbreitet. Viele Prominente, darunter die Königin, konnten ein Lied davon singen. In jungen Jahren war sie auf Befehl ihrer Halbschwester im Tower inhaftiert gewesen. Eine Zeit, die man nicht so leicht vergisst.

Nun ja, ich will nicht übertreiben. Je nach Stand, Schwere des Vergehens oder Beweislast lebt es sich dort relativ komfortabel, und man kann davon ausgehen, dass unsere Königin zu den Privilegierten gehörte. Hast du was, dann bist du was, dieses Sprichwort gilt auch für den Tower. Wer im Gegensatz zu mir das nötige Kleingeld besitzt, kann sich Wein, erlesene Speisen und Bücher kommen lassen, auch Frauen, so ihm der Sinn nach trauter Zweisamkeit steht. Alles andere als zuvorkommend werden dagegen Hochverräter behandelt. Quasi als Willkommensgruß werden sie in das sogenannte Loch geworfen, eine abgedeckte, circa 20 Fuß tiefe Grube, wo sie ohne Tageslicht dahinvegetieren. Unter welchen Umständen dies geschieht, brauche ich nicht zu schildern. Vom Hörensagen ist mir außerdem eine Kammer bekannt, in der man weder aufrecht stehen noch bequem liegen oder sich ausruhen kann. Der Storch, ein eiserner Apparat zum Fesseln von Hals, Händen und Füßen, schnürt das Opfer zu einem Paket zusammen, mit welchen Folgen, sprengt die Grenzen meiner Fantasie.

Ob Verwandter, Höfling, väterlicher Freund oder Berater, jeder, der den gekrönten Häuptern ein Dorn im Auge war, lief Gefahr, für immer hinter den Mauern der Festung zu verschwinden. Fälle, die für traurige Berühmtheit sorgten, gab es zuhauf, allen voran die Mutter der Königin, die anno 1536 wegen angeblicher Untreue im Innenhof enthauptet worden war. Thomas More, seines Zeichens Lordkanzler und enger Berater Heinrichs VIII., war ein Jahr zuvor das Gleiche widerfahren. Grund: Festhalten am katholischen Glauben. Weitaus am schlimmsten mitgespielt worden war jedoch den beiden Neffen Richards III., der eine zwölf, der andere gerade einmal neun Jahre alt. Da sie ihrem Onkel auf dem Weg zur Macht im Weg standen, waren sie unter fadenscheinigen Vorwänden in den Tower verbracht und von Stund an nicht mehr lebend gesehen worden. Wann genau und vor allem wie sie zu

Tode kamen, wurde nie aufgeklärt – und wird vermutlich auch nie mehr aufgeklärt werden.

Im Newgate-Gefängnis, vor dessen Pforte Brendan und ich zu Beginn der achten Stunde standen, ging es zwar nicht ganz so blutig, dafür aber nicht minder unmenschlich zu. Wie viele Gefangene hinter den mit Eisengittern gesicherten Fensteröffnungen ihr Dasein fristeten, wusste kein Mensch, unter welchen Bedingungen, war jedoch ein offenes Geheimnis. Nicht etwa, dass es ihnen im Fleet-Gefängnis oder im Bridewell besser ergangen wäre. Davon konnte nun wirklich keine Rede sein. Das Einzige, mit dem man sich auch hier aus der Bredouille retten konnte, war Geld. Insofern man es in ausreichender Menge besaß, konnte man es dafür verwenden, um möglichst viele Wächter mit möglichst hohen Handsalben bei Laune zu halten. Gegen Schmutz, Kot, Schimmel, Feuchtigkeit und die allerorten grassierende Rattenplage, Nährboden für Fleckfieber und dergleichen mehr, kam jedoch alles Geld der Welt nicht an. Um es mit den Worten eines früheren Klienten zu sagen: »Für die Dirne und faule Weibsperson, für den Randalierer, der alles zerstört, und für den Vagabunden, der es an keinem Ort aushält, war das Gefängnis oftmals Endstation, allen voran das Newgate, das den Ruf, ein Ort ohne Wiederkehr zu sein, beileibe nicht zu Unrecht besaß.«

Eine Einschätzung, die den Nagel auf den Kopf zu treffen schien.

»Na, dann wollen wir mal, bringen wir es hinter uns.«

»Ich muss schon sagen, Percy«, stichelte Brendan, ein Scherzbold, der keine Gelegenheit ausließ, um mich auf den Arm zu nehmen. Dann packte er den Klopfring und hämmerte wie ein Berserker auf die spitzbogenförmige

Pforte ein. »Von einem Anwalt mit deinen Qualitäten hätte ich wahrhaftig mehr Enthusiasmus erwartet. Solange der Henker nicht zum Beil greift, ist noch Hoffnung!«

»Behalt deine Sprüche für dich, klar?«

»Aber, aber, wer wird denn gleich an die Decke gehen«, fuhr Brendan schmunzelnd fort, der Blick so belustigt, dass es schien, die hellgrünen Augen würden aus den Höhlen springen. »Weißt du was, alter Knabe? Du siehst müde und abgespannt aus. Ein Rat gefällig, sozusagen unter Freunden?«

»Tu, was du nicht lassen kannst, Ire. Und tu es schnell, wir sind nicht zum Vergnügen hier.«

»Wenn wir gerade von Vergnügen reden, kennst du den neuesten Franzosenwitz?«

»Nein.«

»Was meinst du, warum sind die französischen Landstraßen auf beiden Seiten von Bäumen flankiert?«

»Keine Ahnung«, gab ich achselzuckend zurück, nahm den Klopfring zur Hand und unternahm einen weiteren Versuch, die Aufmerksamkeit der Wachen auf uns zu lenken. »Jetzt lass schon hören, Double-Double, mich kann nichts mehr erschüttern.«

»Damit die englischen Soldaten im Schatten gehen können, wieso denn sonst!«, platzte Brendan in der für ihn typischen Mischung aus Humor und Geringschätzung gegenüber unseren Dauerrivalen auf der anderen Seite des Kanals heraus. »Oder wie wär's mit dem hier: Was ist der Unterschied zwischen einer irischen Hochzeit und einer irischen Beerdigung?«

»Ein Betrunkener weniger?«, antwortete ich und seufzte schicksalsergeben auf. »War's das, oder hast du noch mehr auf Lager?«

»Für den Fall, dass du es verlernt haben solltest: Lachen hat noch niemandem geschadet.«

»Danke für den Hinweis«, konterte ich, während die Pforte von innen aufgesperrt wurde. »Wie du weißt, ist mir das Lachen …«

»Was gibt's?«

»Mein Name ist Clayton Percival«, antwortete ich, rang mir ein Lächeln ab und richtete den Blick auf den vierschrötigen Koloss, der sich mit verschränkten Armen vor mir aufbaute. »Ich bin Strafverteidiger von Beruf. Falls möglich, würde ich gern mit James Norton reden. Unter vier Augen, wenn es Euch nichts ausmacht. Ich nehme an, Ihr seid im Bilde, von wem die Rede ist.«

»Bin ich.«

»Wie schön. Falls es keine Umstände macht, würden wir jetzt gern mit meinem Mandanten sprechen. Ich fürchte, die Sache duldet keinen Aufschub.«

»Da könnte ja jeder kommen«, grunzte der unrasierte und schmutzstarrende Fettwanst, so beleibt, dass er die Türöffnung nahezu komplett ausfüllte. »Und überhaupt, wer garantiert mir, dass Ihr wirklich Anwalt seid?«

»Ich.« Es gibt Momente, in denen ich froh bin, Brendan an meiner Seite zu haben. Diese sind zwar rar gesät, aber immerhin gibt es sie. Natürlich werde ich den Teufel tun und dies laut herausposaunen, aber was Robustheit angeht, ist er mir gegenüber im Vorteil. »Zu deiner Information, Fleischpastete: Mein Name ist Brendan O'Reilly, Chief Coroner der City of London. Du weißt, was ein Coroner ist?«

»Natürlich. Ich bin doch nicht bekloppt.«

»Ja, wenn das so ist, habe ich mich in dir geirrt. Tut mir leid, soll nicht wieder vorkommen.« Brendan lachte amüsiert auf. »Dann pass mal auf, was ich dir jetzt flüstere, du Schlaumeier. Mein Freund und ich ermitteln in einem Mordfall. Falls du so ausgeschlafen bist, wie du behauptest, dann hältst du jetzt deine große Klappe, machst brav Männchen und tust, worum dich der Herr Anwalt gebeten hat. Andernfalls sehe ich mich gezwungen, dir eine Lektion zu erteilen, die du nie vergisst. Habe ich mich klar ausgedrückt, Hackfleischbällchen, oder muss ich nachhelfen?«

Um seiner Drohung Nachdruck zu verleihen, ballte Brendan die Rechte zur Faust und schlug gegen die Fläche der linken Hand.

»Jetzt guck nicht so ängstlich aus der Wäsche, der Onkel tut dir nichts.«

Der Wink mit dem Zaunpfahl zeigte Wirkung. »Meinetwegen«, brummte der Fettwanst und ließ die mausgrauen Augen zwischen Brendan und mir hin- und herwandern. »Aber auf Eure Verantwortung.«

»Na also, wusste ich's doch, dass du Vernunft annehmen würdest.«

Ich erwähne es zwar ungern, aber wie die geschilderte Episode beweist, sind Iren nicht so untalentiert, wie gemeinhin angenommen. »Nach Euch, der Herr«, fügte ich mit breitem Grinsen hinzu, überließ Brendan den Vortritt und wartete ab, bis der Wärter die Tür abgeschlossen hatte. Dann folgte ich den beiden ins Obergeschoss.

Am Ende der ausgetretenen Wendeltreppe angekommen, hielt ich kopfschüttelnd inne. Im Verlauf meiner Tätigkeit hatte ich zwar mehrfach Gelegenheit gehabt, mich mit den Zuständen hinter Gittern vertraut zu machen, aber so etwas hatte ich noch nie gesehen. Will heißen, der Anblick des Zellentrakts übertraf meine schlimmsten Befürchtungen. Schmutzlachen, in denen verschimmelte Brotkrumen lagen, verfaultes Stroh, auf dem es von Ungeziefer nur so wimmelte, Haufen mit Rattenkot und über allem der Geruch von Schweiß, Ausdünstungen und menschlichen Exkrementen, so durchdringend, dass einem speiübel wurde. Kein Zweifel, der Ruf des Newgate-Gefängnisses kam nicht von ungefähr.

»Folgt mir.« Der Wärter griff nach einer Fackel, die in einem verrosteten Zylinder steckte, griff nach seinem Schlüsselbund und trottete den dämmrigen Korridor entlang. Wie viele Gefangene in den nur wenige Quadratyard messenden Käfigen eingepfercht waren, konnte ich nur schätzen. Dass sich weitaus zu viele darin befanden, war jedoch trotz Dämmerlichts nicht zu übersehen. »Beutelschneider, Huren, Taschendiebe, Falschmünzer, Ale-Panscher – alles, was das Herz begehrt«, grummelte der Fettwanst und deutete mit der Daumenspitze nach rechts. »Wenn Ihr die alle rauspauken wollt, seid Ihr ausgelastet.«

»Ihr werdet lachen, das ist mein Freund auch«, konterte Brendan mit Blick auf die gegenüberliegende Seite, wo sich ein halbes Dutzend Einzelzellen befand. »Ist ja auch kein Wunder, wenn man so viele prominente Mandanten hat. Was ist denn los, Percy, warum sagst du nichts?«

Da Schweigen nach landläufiger Meinung Gold ist, verkniff ich mir die irenfeindliche Bemerkung, die mir auf der Zunge lag, tat so, als sei ich mit den Gedanken woanders, und wartete ab, bis der Wärter die Zelle am Gangende aufgesperrt hatte.

»So, da wären wir. Eine Viertelstunde, und keinen Augenblick länger.«

»Sagen wir lieber eine halbe«, gab ich mit aufgesetzter Jovialität zurück, kramte einen Penny aus der Hosentasche und drückte ihn dem sichtlich überraschten Aufseher in die Hand. »So, das hier ist für Euch.«

Der Grobian wusste nicht, wie ihm geschah. »Ja … Ja, wenn das so ist«, stammelte er, gegenüber vorhin nicht wiederzuerkennen, »dann …«

»Am besten, wir einigen uns auf eine Stunde«, vollendete Brendan, kaum zu übertreffen, was seine Reaktionsschnelligkeit anging. Dann nahm er seinem Gegenüber die Fackel aus der Hand, überließ mir den Vortritt und schloss die Tür, bevor der Wärter etwas erwidern konnte. »Man kann ja nie wissen, vielleicht werden auch zwei daraus.«

»Das wohl kaum.« Der Mann neben der Fensteröffnung, durch die ein schmaler Lichtstreifen in die Zellenmitte sickerte, war Anfang 30, ein wenig übernächtigt zwar, aber dennoch stattlich, gut aussehend, aufgetakelt wie eine Hofschranze und so sehr von sich eingenommen, dass sich der Eindruck aufdrängte, man habe einen leibhaftigen Earl vor sich. Wie um diesen Eindruck zu bekräftigen, trug James Archibald Norton ein wattiertes und mit Schlitzen nebst Seidenstickereien und Goldborten versehenes Wams von scharlachroter Farbe. Hinzu kamen eine kurze Kniehose aus dunklem Samt und Strumpfhosen aus reiner Seide, bei Männern seines Schlags nicht weiter verwunderlich. Ein Hosenband mit den Initialen »AS« und direkt unterhalb der Kniescheibe festgezurrt, durfte bei dem Möchtegern-Aristokraten natürlich genauso wenig fehlen wie die Halbschuhe aus Hirschleder, von denen Menschen wie du und ich nur träumen konnten. Kurz und gut, Norton sah aus wie aus dem Ei gepellt, als denke er nicht daran, den Ernst der Lage zur Kenntnis zu nehmen. »Mit wem habe ich das Vergnügen?«

»Mein Name ist Percival, und das hier ist Brendan O'Reilly, mein Freund und Gefährte. Ach so, ich bin Anwalt, das sollte ich vielleicht hinzufügen.«

»Wie interessant. Die Herren wünschen?«

Na, du machst mir vielleicht Spaß!, fuhr es mir durch den Sinn, während ich einen entgeisterten Blick mit Brendan wechselte. Da ließ ich mich beschwatzen, einen Fall zu übernehmen, bei dem ich von vornherein keine guten Karten besaß, und jetzt baute sich dieser Lackaffe vor mir auf und tat so, als lasse ihn die ganze Angelegenheit kalt. »Verzeiht die Frage, aber könnt Ihr Euch das nicht denken?«

»Dürfte ich wohl erfahren, wer Euch veranlasst hat, mich aufzusuchen?«

»Eine Frau«, antwortete ich und kam mir dabei ziemlich dämlich, um nicht zu sagen wie der letzte Einfaltspinsel vor. »Eine Frau, die mir versicherte, Euch gut zu kennen.«

»Eine Frau, so, so. Klingt ziemlich vage, wenn Ihr mich fragt.«

»Eine Bekannte von Euch, falls Ihr es genau wissen wollt.« Um es nochmals zu betonen, bei Norton handelte es sich nicht nur um einen arroganten und sorgsam herausgeputzten, sondern auch um einen überdurchschnittlich gut aussehenden und in der Blüte seiner Jahre stehenden Mann. Ich gebe es zwar ungern zu, aber neben ihm sahen Brendan und ich wie zwei Köhler aus den Cotswolds aus.

Erst auf den zweiten Blick fiel auf, dass Nortons Physiognomie zu perfekt war, um wahr zu sein. Was ich damit sagen will, ist, sie besaß keinerlei markante Kennzeichen. Nur zum Vergleich, Brendan sah zwar aus wie ein Raubein, benahm sich wie ein Raubein und trank eine beliebige Anzahl von Trunkenbolden unter den Tisch, wenn ihm danach war. Trotz alledem war respektive ist er einer der intelligentesten Menschen, die mir über den Weg gelaufen sind. Bei Norton, das sagte mir mein Instinkt, lagen die Dinge anders. Er sah aus wie ein Mann von Welt, benahm sich wie ein Mann von Welt und redete daher, als habe er die Weisheit mit der Muttermilch eingesogen. So weit, so gut. Nichtsdestotrotz hatten die ebenmäßigen Gesichtszüge, die weiche und nahezu faltenlose Haut, die wohlproportionierte Nase, das wellige und sorgsam zurechtgestutzte kastanienbraune Haupthaar und die fein geschwungenen Brauen etwas Gekünsteltes an sich. Etwas Unwirkliches, hinter dem sich ein Spross aus ärmlichen Verhältnissen verbarg, der aus der Gosse in schwindelerregende Höhen geklettert war. Je größer der Ruhm, desto tiefer der Fall, prägnanter als mithilfe dieses Sprichwortes hätte man seinen Werdegang nicht in Worte kleiden können. »Ich nehme an, Ihr wisst, um wen es sich bei der unbekannten Wohltäterin gehandelt haben könnte.«

Norton schnaubte amüsiert. »Hand aufs Herz, Herr Anwalt«, sprach er gedehnt, als sei ich es nicht würdig, einer Antwort aus dem Munde seiner Exzellenz teilhaftig zu werden. »Sehe ich aus, als hielten sich meine Damenbekanntschaften in Grenzen?«

»Sagen wir es einmal so, Ihr erweckt den Anschein, als hieltet Ihr Euch für den Nabel der Welt.« Man konnte über ihn sagen, was man wollte, Brendan war immer dann zur Stelle, wenn es brenzlig wurde. Und war, wie Nortons Reaktion bewies, wie kaum ein anderer in der Lage, seine Mitmenschen auf Anhieb zu durchschauen. »Fragt sich, ob Ihr Euch einen guten Dienst damit erweist.«

»Schreibt es Euch hinter die Ohren, Ihr … Ihr …«, giftete Norton und stürmte mit ausgestrecktem Zeigefinger auf Brendan los, nur um mitten im Satz zu verstummen.

»Gestattet, dass ich mich vorstelle. Brendan O'Reilly, Chief Coroner der City of London«, kam mein Gefährte dem sichtlich aufgebrachten Stenz zuvor und richtete sich ruckartig zu voller Größe auf. »Damit Ihr Bescheid wisst: Ich hatte die beneidenswerte Aufgabe, den Leichnam eines gewissen Bartholomew Cranston zu untersuchen, jenes Mannes, wie wir alle wissen, mit dem Ihr vorige Nacht aneinandergeraten seid. Alles klar, oder muss ich noch deutlicher werden?«

»Nein, verdammt noch …«

»So, nachdem dies geklärt ist: Seid Ihr gewillt, die Fragen meines Begleiters zu beantworten, ja oder nein?«

»Und was versprecht Ihr Euch davon?«

»Letzter Versuch: ja oder nein?«

»Na schön!«, blaffte Norton und ließ sich auf die Holzpritsche sinken, welche nahezu die gesamte Länge der Zelle einnahm. »Wenn es unbedingt sein muss.«

»Muss es nicht – falls Euch der Sinn danach steht, mit dem Henker Bekanntschaft zu machen«, gab Brendan achselzuckend zurück. Dann suchte er meinen Blick und sagte: »Zeit, die Zelte abzubrechen, meinst du nicht auch?«

»Ihr habt gehört, was der Chief Coroner gesagt hat«, warf ich ein, trat unter die vergitterte Fensteröffnung und sog die Luft, die von außen in die vor Feuchtigkeit triefende Zelle strömte, mit tiefen Zügen ein. Die Öffnung war nicht sehr groß, zwei Fuß im Quadrat, wenn ich mich recht entsinne. Um die Häftlinge während des Winters in einen Eisklumpen zu verwandeln und sie langsam, aber sicher ins Jenseits zu befördern, dazu reichte sie allemal aus. »Darum nochmals die Frage: Seid Ihr bereit, uns Rede und Antwort zu stehen?«

»Was soll das werden, etwa ein Kreuzverhör?«

Mit der Geduld am Ende, drehte ich mich auf dem Absatz um. »Wer von uns beiden sitzt hier eigentlich in der Klemme, Master Norton, Ihr oder ich?«

»Ich«, erwiderte der Angesprochene mit matter Stimme, die Hände abwehrend in die Höhe gereckt. »Echauffiert Euch nicht, ich hab's kapiert.«

»Freut mich zu hören.« Da saß er nun, der Abgott des Londoner Theaterpublikums und ehemalige Wortführer der Lord Chamberlain's Men, Held unzähliger Dramen, die aus der Feder seines Alter Ego Shakespeare stammten. Herabgestürzt von den Höhen des Ruhms, quasi über Nacht in der Versenkung verschwunden und nur noch ein Schatten früherer Tage, obwohl er sich nach Kräften sträubte, dies zur Kenntnis zu nehmen. Der Kontrast zu dem Naturtalent, das in der Rolle Heinrichs V. geglänzt hatte, war indes übersehbar, so eklatant, dass ich mich fragte, ob es sich um ein und dieselbe Person handelte. »Dann habt die Güte, uns den Tathergang zu schildern.«

»Es war Notwehr. Mehr möchte ich dazu nicht sagen.«

»Hand aufs Herz, Master Norton«, erwiderte ich, durchmaß die Zelle und stieß ein halblautes Seufzen aus. »Wie oft, denkt Ihr, habe ich diesen Satz schon gehört?«

Der Angesprochene schwieg sich mit trotziger Miene aus.

»Kanntet Ihr den Mann?«

Norton schüttelte den Kopf.

»Wirklich nicht?«

»Nie gesehen.«

»Und weshalb gerade der Black Swan?«

»Gegenfrage. Was, mit Verlaub, hat das mit diesem … mit diesem …«

»Cranston. Er hieß Bartholomew Cranston«, versetzte ich und begann, in der Zelle auf und ab zu gehen. »In einschlägigen Kreisen auch Bart the Bully genannt, spezialisiert auf das Eintreiben von Schulden. Kein unbeschriebenes Blatt, wenn ich es mal so sagen darf.«

»Sehe ich aus, als hätte ich Schulden?«

»Auf großem Fuß zu leben, Master Norton, ist keine Kunst.«

»Was Ihr nicht sagt.«

»Die Kunst ist, die dafür erforderlichen Mittel aufzubringen. Oder, um es dezent auszudrücken, geeignete Quellen zu erschließen.«

»Keine Ahnung, was Ihr damit sa…«

»Jetzt kommt schon, Master Norton, Ihr wisst genau, was ich damit sagen will. Um Euren Lebensunterhalt zu finanzieren, seid Ihr auf reiche Gönner angewiesen. Respektive *Gönnerinnen*, falls Ihr versteht, was ich meine.«

»Ihr meint, ich brächte es fertig, mich von einer Frau aushalten zu lassen?«, giftete Norton, kurz davor, die Contenance zu verlieren. »Das glaubt Ihr doch wohl selbst nicht, oder?«

»Wenn nicht von einer Frau, von wem dann?«, giftete ich zurück, nicht willens, mich an der Nase herumführen zu lassen. »Soweit ich informiert bin, seid Ihr nicht mehr als Schauspieler tätig. Woraus sich die Frage ergibt, wie Ihr Euren Lebensunterhalt bestreitet. Es sei denn, Ihr verfügt über Quellen, von denen ich nichts weiß.«

»Darf man fragen, was dies mit gestern Abend zu tun hat?«

»Ihr habt recht, Master Norton«, erwiderte ich, wechselte einen kurzen Blick mit Brendan und tat so, als gäbe ich klein bei. »Reden wir über gestern Abend. Deswegen sind der Coroner und ich ja hier. Also. Was genau ist im Black Swan passiert?«

»Ob Ihr es glaubt oder nicht, ich bin einen trinken gegangen. Einfach so.«

»Auf die Gefahr hin, mich zu wiederholen, warum ausgerechnet in den Black Swan?«

»Zufall.«

»Etwas ganz anderes, Master Norton. Wo wohnt Ihr eigentlich?«

»In der Foster Lane.«

»Nähe Goldsmiths' Hall?«

»Ihr sagt es.«

»Zur Untermiete?«

»Wie sonst. Ihr wisst doch, ich muss sparen.«

»Merkwürdig.«

»Was denn?«

»Der Umstand, dass Ihr zweieinhalb Meilen Fußweg auf Euch nehmt, um ein Ale zu trinken.«

»Und was, bitte schön, soll daran merkwürdig sein?« Spätestens jetzt, als er mich aus dem Augenwinkel anfunkelte, war mir klar geworden, dass Norton etwas zu verbergen hatte. Die Frage war nur, was. »Ist es etwa verboten, einen kleinen Spaziergang zu machen?«

»›Klein‹ ist gut. Aber lassen wir das.« Die Hände in den Hosentaschen, nahm ich meine Wanderung durch die Zelle wieder auf. »Wie lang habt Ihr Euch im Black Swan aufgehalten?«

»Ein, zwei Stunden, was weiß ich.«

»Mit Verlaub, geht es ein wenig präziser?«

»Ich weiß es nicht mehr, liegt wahrscheinlich am Ale.«

»Aber ich«, mischte sich Brendan mit süffisantem Tonfall ein. »Erstens: Laut Auskunft des Chief Constable, in dessen Auftrag ich den Leichnam untersuchte, seid Ihr kurz vor Mitternacht verhaftet worden. Zum Zweiten: Nach Aussage des Wirts, dem ein Verfahren wegen Überschreiten der Sperrstunde ins Haus steht, seid Ihr kurz nach Sonnenuntergang im Black Swan aufgetaucht. Ergo: Falls mich meine Rechenkünste nicht im Stich lassen, habt Ihr knappe fünf Stunden dort verbracht. Fünf Stunden, Master Norton – wird einem da nicht langweilig?«

»Was, bitte schön, wollt Ihr damit sa…«

»Mein Freund Brendan will damit sagen, dass fünf Stunden lang werden können. Es sei denn, man befindet sich in Gesellschaft.«

»Ob es die Herren glauben oder nicht, ich war allein.«

»Wirklich?«

»Denkt Ihr, ich lüge Euch etwas vor?«

»Was ich denke, Master Norton, steht derzeit nicht zur Debatte.« Am Fenster angekommen, hielt ich einen Moment lang inne. Dann drehte ich mich um und sagte: »Ein Wort noch zu der Messerstecherei, in die Ihr verwickelt wart.«

»Verwickelt? Der Schuft hat mir aufgelauert, nehmt das gefälligst zur Kenntnis!«, begehrte Norton auf. Und fügte missgestimmt hinzu: »Ist ja wohl etwas anderes, als wenn man sich mit jemandem in die Wolle kriegt, oder?«

»Apropos ›in die Wolle kriegen‹, habt Ihr Feinde, Master Norton?«

»Feinde? Die hat ja wohl jeder.«

»Ich meine richtige Feinde, Personen, denen zuzutrauen ist, dass sie Euch nach dem Leben trachten.«

Norton lachte verächtlich auf. »Nicht, dass ich wüsste.«

»Darf man fragen, was daran so witzig ist?«

»Nichts, Herr Anwalt, kein Grund zur Aufregung.«

»Na schön, auf ein Neues. Was genau ist gestern Abend vorgefallen?«

»Dieser … Wie hieß der Dreckskerl doch gleich?«

»Cranston.«

»Ist ja auch egal. Wie gesagt, ich bin kaum zur Tür hinaus, da höre ich, wie sich etwas bewegt. Und da steht auf einmal dieser Halunke vor mir, zückt den Dolch, will mir den Garaus machen.«

»Einfach so, aus Spaß an der Freude? Ohne Euch nach dem Namen zu fragen?«

Norton grinste schief. »Sagen wir mal so, dieser Heckenbastard kam gar nicht mehr dazu. Pech gehabt, kann ich da nur sagen. Um mich ins Jenseits zu befördern, sollte man in guter Form sein. War der Mistkerl leider nicht, um es pietätvoll zu formulieren. Aber was soll's, wegen dem wird sich niemand in die Kissen heulen. Möge er in Frieden ruhen.«

»Mit anderen Worten, Angriffe aus dem Hinterhalt gehören für Euch zum Alltag. Mitten in der Nacht und außerhalb der Sperrstunde durch London spazieren, wie langweilig.«

»Brendan, bitte!« Immer eine launige Bemerkung auf den Lippen. So sind diese Iren nun einmal. »Zum wiederholten Mal, Master Norton, mit der Bitte um eine aufrichtige Antwort: Gibt es jemanden, der Euch so sehr hasst, dass er auf die Idee kommen könnte, einen Auftragsmörder anzuheuern?«

»Oh ja, den gibt es«, platzte Norton wutentbrannt heraus und ballte die Faust, verstummte jedoch augenblicklich. Um nach lang anhaltendem Schweigen hinzuzufügen: »Vergesst es, war nur so dahergeredet.«

»Vorausgesetzt, dieser Jemand existiert«, ließ ich jedoch nicht locker, im Gefühl, auf der richtigen Fährte zu sein. »Kann es sein, dass er William Shakespeare heißt?«

Norton schwieg.

Nun ja, keine Antwort war auch eine Antwort.

XI

MEMORANDUM

Aus dem Sitzungsprotokoll des Kronrats, verfasst von Archibald Pearson, Privatsekretär von Robert Cecil, 1. Earl von Salisbury

Zeitpunkt der Niederschrift: 21. September 1599, Mitte der 8. Stunde

[13.30 h]

Tagesordnungspunkt eins:

Wie aus sicherer Quelle verlautet, hob Ihre Majestät hervor, dass die Gefahr eines neuerlichen Angriffs vonseiten der Spanier nicht von der Hand zu weisen sei. Sollten die Invasoren die Absicht hegen, auf der Isle of Wight an Land zu gehen, werde dem Unternehmen jedoch ein ebenso kläglicher Misserfolg wie vor elf Jahren beschieden sein. Der Katholizismus, um mit den Worten der Königin zu reden, müsse mit allen zur Verfügung stehenden Mitteln bekämpft werden, sowohl zu Wasser, wo Englands Seestreitkräfte dem Gegner schon oft Paroli geboten hätten, als auch zu Lande, wo es immer noch zu viele Hochverräter gebe, die dem Bischof von Rom die Treue hielten. Wie der Fall ihrer vor zwölf Jahren in Fotheringhay hinge-

richteten Cousine zeige, würden diese nicht müde, Zwietracht unter ihren Untertanen zu säen und das Gift des Papismus in die Ohren des gemeinen Mannes zu träufeln. Allein ihren Agenten, die jede noch so vage Spur verfolgten, sei es zu verdanken, dass die Heimtücke der Handlanger Roms nicht von Erfolg gekrönt gewesen sei. Darum gelte es vor allem angesichts der drohenden Gefahr, die Anstrengungen zu verdoppeln und jederzeit auf der Hut vor den Ränkespielen der Spanier zu sein.

Tagesordnungspunkt zwei:

Was die irischen Angelegenheiten betraf, bekräftigte die Königin ihre Absicht, dass der Aufruhr unter Anwendung aller zu Gebote stehenden Mittel niederzuschlagen sei. Leider, so unsere allseits verehrte Monarchin, sei es dem zum Lord Lieutenant ernannten Earl of Essex trotz erheblicher finanzieller Aufwendungen der Krone immer noch nicht gelungen, die Rebellen in die Schranken zu weisen und die Rädelsführer der gerechten Strafe zuzuführen. Besonders von Hugh O'Neill, Earl of Tyrone, gehe weiterhin eine nicht zu unterschätzende Gefahr aus, allein schon aufgrund seiner Streitmacht, welche dem Vernehmen nach 10.000 Mann umfasse. Aus diesem Grund habe die Königin dem Earl of Essex strikte Weisung erteilt, unter allen Umständen auf seinem Posten zu verharren und weder zu rasten noch zu ruhen, bis die Rebellion gegen ihre gottgewollte Herrschaft ausgetilgt sei. Im Übrigen, so die Königin, sei ihr bewusst, dass man Essex nicht über den Weg trauen könne und dass die Gerüchte, er strebe nach der Krone, allen Treueschwüren zum Trotz nicht aus der Luft gegriffen seien. Sowohl in den spanischen als auch in den irischen Angelegenheiten sei somit Wachsamkeit oberstes Gebot, wolle man nicht riskieren, dass England irreparablen Schaden erleide.

Tagesordnungspunkt ›Verschiedenes‹:

In Abwesenheit der Königin kam eine Reihe von Problemen zur Sprache, die, so Robert Cecil, 1. Earl von Salisbury, keinesfalls auf die lange Bank geschoben werden dürften. Um der allgegenwärtigen Kriminalität vorzubeugen, sei hartes Durchgreifen dringender denn je gefragt, egal ob es sich um Straßenraub, Taschendiebstahl, Steuerbetrug, Piraterie, Schmuggel, Münzfälschung oder vermeintlich harmlose Messerstechereien handele. In diesem Sinne sei er in seiner Eigenschaft als Vorsitzender des Kronrates entschlossen, die ihm zur Verfügung stehenden Mittel in vollem Umfang auszuschöpfen. Im Hinblick auf die Messerstecherei vom Vorabend, bei der ein einschlägig bekannter Gesetzesbrecher zu Tode gekommen sei, bedeute dies, dass der mutmaßliche Täter so bald als möglich unter Mordanklage gestellt werde. Nach Rücksprache mit dem Kronanwalt könne man davon ausgehen, dass der Vertreter der Anklage auf Tod durch Erhängen plädieren werde, in Absprache mit Ihrer Majestät, die das Vorgehen mit großer Wahrscheinlichkeit billigen werde.

Auf die Frage, wer der vermeintliche Täter sei, gab der Earl in seiner Eigenschaft als Principal Secretary Ihrer Majestät bekannt, es handele sich um einen gewissen James Norton, vormals Schauspieler am Globe Theatre in Southwark und einstmaliger Weggefährte von William Shakespeare, dessen Dramen momentan in aller Munde seien. Wie aus sicherer Quelle verlaute, führte der Principal Secretary aus, seien die genannten Personen vor circa einem halben Jahr im Zorn voneinander geschieden, aus welchem Grund, sei einstweilen nicht geklärt. Am wahrscheinlichsten sei, dass Norton eine höhere Gage als seine Kollegen gefordert habe, nicht ohne Grund, wie seine immense Popularität beweise. Ob und inwieweit der besagte Mord etwas mit dem Zerwürfnis zwischen Shakespeare und Norton zu tun habe, könne der Earl zum gegenwärtigen Zeitpunkt nicht sagen.

Was Shakespeare betreffe, seien die Gerüchte, er habe seine Dramen nicht selbst verfasst, bis zum heutigen Tag nicht verstummt. Christopher M., mit der Überwachung der Theaterszene betrauter Agent Ihrer Majestät, habe kurz vor seinem Tod behauptet, bei Shakespeare handele es sich um einen Spitzbuben, dem jede noch so große Schandtat zuzutrauen sei. Auch Anthony T., im unmittelbaren Umfeld Shakespeares als Inspizient tätiger Vertrauensmann der Krone, sei unlängst zum selben Schluss gelangt und habe dies unter anderem damit begründet, dass es sich bei Shakespeare um einen Menschen von allenfalls durchschnittlicher Bildung und gleichermaßen durchschnittlichen schauspielerischen Fähigkeiten handele. Dies mache er jedoch durch einen untrüglichen Geschäftssinn und ein Gespür für die Erwartungen des Theaterpublikums wett. Allein, die Beweise seien sowohl M. als auch Anthony T. bislang schuldig geblieben, weshalb es weitergehender Nachforschungen bedürfe, um Licht ins Dunkel des mysteriösen Mordfalles zu bringen. Mysteriös auch deshalb, weil es sich beim Opfer um einen einschlägig bekannten Kriminellen mit umfangreichem Sündenregister handele. Norton jedenfalls bleibe bis auf Weiteres in Haft, um, wie bereits angedeutet, so schnell wie möglich vor Gericht gestellt zu werden.

Gott schütze die Königin!

Gez. Archibald Pearson, Chefprotokollant des Privy Council Ihrer Majestät und Privatsekretär von Robert Cecil, 1. Earl von Salisbury

XII

CONFESSIO (IV)

Zeitpunkt der Niederschrift: 21. September 1599, dreidreiviertel Stunden vor Mitternacht

[20:15 h]

»ZUM TEUFEL NOCH MAL, Calvin: Was hast du dir eigentlich dabei gedacht?«, herrschte mich mein Herr mit wutentbrannter Miene an. »Wenn das herauskommt, geht es mir an den Kragen!«

»Wieso Euch?«, wandte ich in einem Anflug von Widersetzlichkeit ein. »Wenn hier jemand die Schuld trägt, dann ich.«

»Sag mal, Calvin – bist du wirklich so naiv oder tust du nur so?« Edward de Vere, Peer von England, 17. Earl of Oxford und Lordkämmerer Ihrer Majestät der Königin, war vor Wut außer sich. Und das, wie ich reumütig eingestehen musste, nicht ohne Grund. »Selbst wenn du die Schuld auf dich nimmst, außer mir wird dir kein Mensch Glauben schenken. Und was noch schlimmer ist, bei Hof wäre ich ein toter Mann. Bis in alle Ewigkeit. Was, glaubst du, würde die Königin dazu sagen, wenn herauskäme, dass du diesen Gernegroß aus Stratford dazu angestiftet hast, *meine* Stücke unter *seinem* Namen aufzuführen? Hast du auch nur einen Moment überlegt, welche Folgen das für mich haben könnte? Anscheinend nicht. Sonst hättest du gemerkt, wie sehr du mit dem Feuer spielst. Wir beide wissen doch, dass ich knapp bei Kasse bin, oder nicht? Und du weißt genauso gut wie ich, dass ich auf die Zuwendungen der Königin angewiesen bin. Wenn sie mir die Freundschaft kündigt, was dann? Schau mich nicht so an, das macht mich verrückt. Dann wäre ich gezwungen, meine Besitztümer zu veräußern, und was das bedeutet, muss ich dir nicht auseinanderdividieren. Gesetzt den Fall, ich ginge bankrott, würde das bedeuten, dass du in die Dienste eines andern Herrn treten müsstest.« Der Earl schnappte wütend nach Luft. »Nur zu, Calvin, lass dich nicht aufhalten. Wenn dir danach ist, ich lege dir keine Steine in den Weg.«

»Aber Euer Gnaden, ich habe es doch nur gut gemeint.«

»Und einen Schaden angerichtet, der schwerlich wiedergutzumachen ist.« Kaum imstande, seinen Unmut zu bezähmen, drehte mir der Earl den Rücken zu, ließ mich stehen und trat ans Erkerfenster seines Studierzimmers, von wo aus man einen ungestörten Blick auf die Themse genoss. Im Licht der Abenddämmerung, das sich in den behäbig dahinfließenden Fluten spiegelte, sahen die Prunkbarken, Fährboote und mit Bauholz beladenen Lastkähne wie von unsichtbarer Hand gelenktes Miniaturspielzeug aus. »Alles, was recht ist, Calvin«, drang es geraume Zeit später wie aus weiter Ferne an mein Ohr, obwohl uns nur wenige Yards voneinander trennten. »Aber ich hätte dich wirklich für klüger gehalten.«

Im Nachhinein, mit vier Jahren Abstand zu den Geschehnissen, kann ich nicht sagen, was mir an jenem Spätsommerabend mehr zusetzte: Die Scham über den Kummer, den ich meinem Herrn zugefügt hatte, oder die Erkenntnis, wie rasch er binnen kurzer Zeit gealtert war. Edward,

17. Earl of Oxford, stand an der Schwelle zum Greisenalter, an dieser Tatsache führte kein Weg vorbei. Der Lebemann von einst existierte nicht mehr, was blieb, waren die hohlwangigen Züge, die grauen Strähnen im Haar, das an Fülle merklich eingebüßt hatte, die rissigen Lippen und ein Sammelsurium von Gesichtsfalten, wie Meißelspuren eines Bildhauers beim Bearbeiten einer Marmorbüste. Der letzte von sieben Akten, um mit den Worten einer seiner Komödienfiguren zu reden, hatte begonnen: »Der letzte Akt, mit dem die seltsam wechselnde Geschichte schließt, / Ist zweite Kindheit, gänzliches Vergessen, / Ohn' Augen, ohne Zahn, Geschmack und alles.«

Hinsichtlich der Neigung, die Welt aus dem Blickwinkel des amüsierten Beobachters zu betrachten, war Edward de Vere jedoch der Gleiche geblieben, und das galt auch für die scharfzüngigen Bemerkungen, auf die nicht nur ich liebend gern verzichtet hätte. »Meine Hochachtung, Calvin, das war ein Meisterstück. Auf dich ist wirklich Verlass.«

»Mit Verlaub, Euer Gnaden, aber von Schaden kann meines Erachtens keine Rede sein.«

»Was du nicht sagst, und wieso nicht?«

»Ganz einfach, Herr: Weil die Welt ein Stück ärmer wäre, wenn es Eure Dramen nicht gäbe.«

»Calvin Flanders, du bist ja ein kleiner Philosoph! Schande über mich, dass ich es nicht bemerkt habe.«

»Bei allem gebührenden Respekt, Herr – es ist die Wahrheit.« Wäre dem nicht so gewesen, ich hätte es nicht ausgesprochen. Über ein Jahr lang waren nahezu alle Vorstellungen im Theatre ausverkauft gewesen, von den Lobeshymnen, mit denen Shakespeare überschüttet wurde, nicht zu reden. Quasi über Nacht war er zum meistgefragten Stückeschreiber von London geworden – und zu einem Mann, der sich keine Sorgen über seine Zukunft zu machen brauchte. Während andere von der Hand in den Mund lebten und nicht wussten, wie sie den nächsten Tag überstehen sollten, da war Shakespeare auf Rosen gebettet, um es mithilfe der abgegriffenen Metapher zu formulieren. Pro Theaterstück, hatte ich mir sagen lassen, strich er zwischen sieben und zehn Pfund ein. Davon konnten andere, allen voran meine Wenigkeit, im Hinblick auf ihr Salär nur träumen. Ein wenig Geschick und das nötige Quäntchen Glück, dachte ich bei mir, und der obskure Abenteurer aus der Provinz wäre ein gemachter Mann.

Für immer.

Und ich, Joost de Witte, am Ziel meiner Wünsche.

Dass zwischen Wunsch und Realität bisweilen eine Lücke klafft, hatte ich nicht wahrhaben wollen. Und so geschah es, dass mein Herr während einer Spazierfahrt durch die City auf ein Plakat aufmerksam geworden war, welchen Inhalts, kann sich der Leser dieser Zeilen denken.

Die Tragödie, für deren Premiere auf Plakaten, per Ausrufer und auf Hunderten von Handzetteln geworben wurde, trug den Titel *Romeo und Julia*.

Noch Fragen?

»Was hast du dir eigentlich dabei gedacht, Calvin?«

Genau das hatte ich mich damals auch gefragt.

»Und was nun, kannst du mir das verraten?«

»Ich weiß es nicht, Mylord«, antwortete ich, verkroch mich in den hintersten Winkel des Studierzimmers und hoffte, der Zorn meines Herrn werde sich wieder legen.

Das tat er auch, wenngleich es geraume Zeit dauerte, bis der Earl das Wort an mich richtete. »Weißt du, wo ich gestern Abend gewesen bin, Calvin?«, sagte er eines Morgens, als ich mich in seinem Refugium einfand, um mich nach seinen Wünschen zu erkundigen.

»Nein, Mylord«, antwortete ich, nicht ahnend, worauf mein Herr und Meister hinauswollte. »Wo denn?«

»Im Theatre in Shoreditch.«

»Im …?«, begann ich, kaum imstande, das Gehörte zu begreifen. »Mylord erlauben sich einen Scherz mit mir.«

»Keineswegs«, bekräftigte der Earl und griff in eine Schale aus venezianischem Glas, in der sich Kekse, Konfekt und allerlei Naschwerk befanden. »Du hast richtig gehört.«

Mir blieb die Sprache weg, und das aus gutem Grund. Es war beileibe nicht die erste Aufführung, der mein Herr beiwohnte, aber das erste Mal, dass er sich unters Volk gemischt und eine jener Spielstätten besucht hatte, wo Leute seines Standes eine verschwindende Minderheit darstellten. Vorstellungen bei Hofe waren nämlich eine Sache, das Stehparterre im Swan, im Curtain oder im Theatre etwas anderes. Dort nämlich, zum Eintrittspreis von einem Penny, tummelte sich das gemeine Volk, unter anderem Viehhändler, Fischverkäuferinnen, Fuhrknechte oder Handwerksmeister, essend, schwatzend, Zoten reißend, überschwänglich applaudierend oder einen Becher Ale in der Hand, um sich daran gütlich zu tun. Nicht etwa, dass der Earl Menschen von niederer Geburt verachtet hätte, davon konnte nicht die Rede sein. Aber das Volkstheater war nun einmal nicht seine Welt, deshalb hatte er sich davon ferngehalten.

Bis zum Sommer des Jahres 1595.

Von da an, das heißt nach dem spontanen Abstecher ins Theatre, wurde alles anders. Und auch mein Herr wurde ein anderer.

Seit jener Zeit, das kann ich guten Gewissens versichern, hat der Earl auch nicht eine Aufführung eines seiner Stücke versäumt. Ob Tragödie, Komödie oder Historiendrama, er ließ es sich nicht nehmen, die Triumphe seines Pseudonyms aus nächster Nähe zu verfolgen. Inkognito, versteht sich, um Gerüchte um seine Person erst gar nicht aufkommen zu lassen.

Allein, mir war es nicht vergönnt, Zeuge jener denkwürdigen Nachmittage zu werden. Shakespeare und ich hatten vereinbart, keinerlei Kontakt miteinander zu pflegen, es sei denn, die Umstände verlangten danach. Hinzu kam, dass ich automatisch jedermanns Blicke auf mich gezogen hätte, eine Gefahr, die es zu vermeiden galt.

Und so geschah es, dass sich der 17. Earl of Oxford allabendlich, als Handwerksmeister verkleidet, ins Stehparterre schlich, ein unscheinbarer Mann im fortgeschrittenen Alter, vom Publikum, das sich dort einfand, nicht zu unterscheiden. Wie sehr er den Applaus genoss, der am Ende der Vorstellungen über sein Haupt hinwegbrandete, kann man nur erahnen. Deutlich anzumerken war ihm jedoch die Freude, die ihm bei seiner Rückkehr aus dem Theater ins Gesicht geschrieben stand. Endlich, nach den schier endlosen Nächten, die er in seinem Studierzimmer verbrachte, hatte er den verdienten Lohn erhalten, auf eine Art, die wichtiger war als alles Hab und Gut der Erde.

Auf eine Art, die alles bisher Dagewesene in den Schatten stellte.

Und ich? Ich, der ich mich am Ziel meiner Wünsche wähnte, hörte wie gebannt zu, wenn der Earl seine Erlebnisse schilderte. Fast schien es, als hätte ich mit eigenen Augen verfolgt, wie Romeo das todbringende Gift zu sich nahm oder wie Tybalt von der Hand Mercutios starb.

Fast schien es, als sei ich Teil der zu Tausenden zählenden Menge gewesen, die das Geschehen auf der Bühne mit angehaltenem Atem verfolgte. Szenen, wie sie das Theater bislang nicht gekannt hatte, Dialoge, die so echt wirkten, dass man das Gefühl hatte, selbst Teil der dramatischen Geschehnisse zu sein, dazu eine Sprache, die zum Schönsten zählte, was der menschliche Geist je hervorgebracht hatte. Ich fühlte mich wie im Rausch, in einem nicht enden wollenden, beseligenden Rausch.

Dass die Glücksmomente, derer ich teilhaftig wurde, ein abruptes Ende finden würden, hätte ich damals nicht für möglich gehalten. Und doch war dem so. Wie pflegt es der Volksmund hierzulande doch zu formulieren: »The jug goes to the well until it breaks.«

Der Krug geht zum Brunnen, bis er bricht. Wie wahr, kann ich da nur sagen.

Wie wahr.

Es begann vor fünf Wochen, als mein Herr mich spätabends zu sich rufen ließ. Anfangs dachte ich mir nichts dabei, aber dann, als er eine verschnürte Ledermappe öffnete, fiel es mir wie Schuppen von den Augen. »Hier, Calvin«, sagte er schmunzelnd und überreichte mir den ersten einer Reihe von Papierbögen, dicht beschriftet mit der für ihn typischen gestochen scharfen Schrift. »Damit du nicht denkst, ich sei untätig geblieben.«

»Aber … Aber Herr«, stammelte ich, den Bogen in der Hand, der die Aufschrift *Viel Lärm um nichts* trug. »Das … Das sind ja mindestens …«

»Das sind über ein Dutzend neue Stücke, messerscharf erkannt. Mir war langweilig, weißt du.« Ohne von meiner Verblüffung Notiz zu nehmen, warf mein Herr einen Blick in die Mappe, zog einen weiteren Bogen hervor und bedeutete mir, ich solle den Text lesen. »Na, was sagst du jetzt, damit hast du nicht gerechnet, oder?«

Bei Melpomene, Muse der Tragödie – damit hatte ich in der Tat nicht gerechnet. Weder mit der Möglichkeit, mein Herr könne ohne mein Wissen weitere Stücke verfasst haben, noch damit, dass er imstande war, noch tiefer als bisher in die menschliche Seele einzudringen.

»Lies vor!«, forderte mich der Earl auf, nachdem ich meine Verblüffung überwunden hatte, ließ sich auf seinem Polstersessel nieder und sah mich mit erwartungsvoller Miene an. »Nun komm schon, Calvin, stell dich nicht so an.«

Ich tat, wie mir geheißen, hin- und hergerissen zwischen ungläubigem Staunen und dem Mitgefühl, welches ich für den Protagonisten der Tragödie empfand: »Sein oder Nichtsein, das ist hier die Frage: / Ob's edler im Gemüt, die Pfeil' und Schleudern / Des wütenden Geschicks erdulden, oder, / Sich waffnend gegen eine See von Plagen, / Durch Widerstand sie enden. Sterben – schlafen – Nichts weiter! – und zu wissen, dass ein Schlaf / Das Herzweh und die tausend Stöße endet, die unsers Fleisches Erbteil – 's ist ein Ziel / Aufs innigste zu wünschen.«

»Na, was sagst du?«

»Genau das ist das Problem, Herr«, erwiderte ich, nachdem ich den Monolog zu Ende gelesen hatte. »Ich finde keine Worte.«

»Ja, wenn das so ist, kann ich mit mir zufrieden sein.«

»Zufrieden? Nichts gegen Eure Kollegen der dichtenden Zunft, aber besser geht es nicht.«

»Übertreib nicht, Calvin, du weißt, dass ich das nicht ausstehen kann.«

»Mit Verlaub, dazu besteht kein Anlass.«

»Na schön«, erwiderte mein Herr, erhob sich und nahm mir den Bogen aus der Hand. Dann legte er ihn zurück in die Mappe, auf deren Vorderseite ein Eber abgebildet war, von alters her Wappentier der de Veres, eine der angesehensten Familien des Landes. »Dann will ich dir mal glauben.«

»Das könnt Ihr, Herr.«

»Gut zu wissen«, versetzte der Earl, verschnürte die Mappe und öffnete die Schublade seines Schreibsekretärs, wo er sie von nun an aufbewahrte. »Du ahnst, was demnächst auf dich zukommt, Calvin?«

»Nein, Herr«, schwindelte ich, lange genug in seinen Diensten, um zu wissen, worauf der Earl hinauswollte. »Was denn?«

»Als Sekretär bist du unersetzbar, Calvin Flanders. Aber ich fürchte, als Schauspieler kannst du noch dazulernen«, witzelte der Earl und goss sich ein Glas Malvasier ein, was er mit den Worten kommentierte: »Auch ein Glas, zur Feier des Tages?«

»Habt Dank«, wehrte ich mit erhobenen Händen ab. »Und was, wenn die Frage erlaubt ist, habt Ihr mit den Stücken …«

»Jetzt komm schon, Calvin, kannst du dir das nicht denken?«

Natürlich konnte ich es mir denken. Insofern hörte sich meine Frage reichlich naiv, um nicht zu sagen plump und beinahe einfältig an. Erneut, aber diesmal mit dessen ausdrücklicher Billigung, würde Shakespeare aus der Kreativität meines Herrn Profit schlagen, das heißt, ich bekam den Auftrag, die Transaktion in gewohnter Manier abzuwickeln. Anders als zuvor, wo ich mit Feuereifer bei der Sache gewesen war, keimte jedoch Unmut in mir auf. Wieder einmal würde der Komplize von einst den Nutzen davontragen, und wieder einmal war er es, der sich mit unverdienten Lorbeeren schmückte. Je eingehender ich *Hamlet*, *Was ihr wollt* oder *Macbeth* studierte, desto mehr wuchs der Widerwille, welcher in mir emporzukeimen begann.

Allein, es war der Wunsch meines Herrn, und wer war ich, dass ich es gewagt hätte, Widerworte zu geben. Und so machte ich mich vorgestern auf den Weg, bei Nacht und Nebel, damit auch nicht der Hauch eines Verdachts auf meinen Herrn falle.

Anders als früher, wo wir uns in den Ruinen der St Bartholomew's Priory getroffen hatten, hatte ich mir etwas Besonderes einfallen lassen. Keine unerbetenen Lauscher, keine Mitwisser, kein unnötiges Risiko. Dank des Plans, den ich ausheckte, würde ich sogar drei Fliegen mit einer Klappe schlagen.

Am Ende der White Friars Lane angekommen, blickte ich mich um. Entgegen meinen Befürchtungen, man könne mir gefolgt sein, regte sich jedoch nichts. Das Themseufer und die angrenzenden Gärten lagen in tiefem Dunkel, und das Gleiche galt für die Prachtbauten, wo die Standesgenossen meines Herrn Quartier nahmen.

Die Ledermappe unter dem Arm, umklammerte ich den Griff meines Windlichts, atmete tief durch und betrat den Bootssteg, der wie ein Zeigefinger in die nachtschwarze Finsternis ragte. Wie fast immer um diese Jahreszeit trieben Nebelschwaden über dem Fluss, und von Bord einer Schaluppe, die so schnell verschwand, wie sie aus dem Nichts aufgetaucht war, drang ein halblauter Kommandoruf an mein Ohr.

Der Wille meines Herrn war mir Befehl, und so verlor ich keine Zeit, umschlang die Ledermappe und stieg in eins der Ruderboote, die am Ende des Landungsstegs vertäut waren. Die Fahrt zum vereinbarten Treffpunkt konnte beginnen, eine Fahrt, von der ich hoffte, dass sie die letzte ihrer Art sein würde.

Blieb mir nur noch, die Mappe unter der Ruderbank zu verstauen, die Haltetaue zu entknoten und Kurs auf das gegenüberliegende Themseufer zu nehmen. Damit, so hoffte ich, würde dem Gelingen des Unterfangens nichts im Wege stehen.

Ich hätte es besser wissen müssen.

Kaum hielt ich die Rudergriffe in der Hand, wurde ich vom Nebel verschluckt. Anfangs dachte ich, dies sei nicht weiter schlimm, doch dann, circa 150 Yards vom Ufer entfernt, wurde ich eines Besseren belehrt. Die Schwaden waren so dicht, dass ich die Orientierung verlor, und je verzweifelter ich gegen die aufkommende Panik ankämpfte, desto mehr erlahmten meine Kräfte. Wohin ich auch schaute, türmten sich undurchdringliche Nebelbänke vor mir auf, und mir war, als befände ich mich auf dem Styx, auf halbem Weg ins Reich der Schatten. Doch es kam noch schlimmer. Als sei ich auf hoher See, wurde das Boot von der an Stärke gewinnenden Strömung erfasst und begann so heftig zu schaukeln und zu schlingern, dass ich fürchtete, die Fahrt würde in eine Katastrophe münden.

Allein, Fortuna meinte es gut mit mir. Urplötzlich und ohne mein Zutun tauchten die Umrisse der Southwark Cathedral zu meiner Rechten auf. Jetzt galt es nur noch, das Boot sicher ans Ufer zu steuern, die Mappe mit dem unersetzlichen Inhalt unter den Arm zu klemmen und den Weg zum vereinbarten Treffpunkt fortzusetzen. Dann würde ich tun, was mir aufgetragen worden war – und im Anschluss so schnell wie möglich das Weite suchen.

Gewiss doch, dem Tapferen half das Glück, aber nur ein Tor würde es über Gebühr strapazieren.

»Na, auch schon da?« Die Stimme des Mannes, der unweit der Uferböschung wie aus dem Nichts aufgetaucht war, hatte sich mir so tief eingeprägt, dass ich nicht einmal mit der Wimper zuckte. »Ihr seid spät dran, wisst Ihr das?«

»Besser spät als nie, oder?«

Shakespeare gab keine Antwort. Aus der Ferne drangen Gelächter und der Klang einer Laute an mein Ohr, gefolgt von frenetischem Applaus, der kein Ende zu nehmen schien.

»Schlagfertig seid Ihr ja, das muss Euch der Neid lassen«, hänselte mich mein Gesprächspartner, nicht ohne die Replik durch ein nervöses Lachen zu komplettieren. »Und, wie sieht es aus – habt Ihr sie dabei?«

»Ihr meint die Stücke, die Ihr dazu benutzen werdet, um Euren Beutel zu füllen?«, erwiderte ich und musste meine ganze Selbstbeherrschung aufbieten, um nicht kehrtzumachen und auf Nimmerwiedersehen zu verschwinden. »Ja, Shakespeare, die habe ich dabei.«

»Schreit gefälligst nicht so!«, zischte der Scharlatan, dessen Ruhm bislang unerreichte Höhen erklommen hatte. »Sonst haben wir ein halbes Dutzend Knüppelschwinger am Hals. Und überhaupt, wollt Ihr andeuten, ich arbeite in die eigene Tasche? Damit Ihr Bescheid wisst, ich kann auch anders.«

Das war nicht nur dreist, respektlos und ungehörig, das war mehr, als ich ertragen konnte. »Frage: Haltet Ihr 13,5 Prozent Anteile am Globe-Theater, ja oder nein?«

»Das lasse ich mir nicht bieten«, knurrte Shakespeare, dessen Atem nach Wein und Austern roch. »Schreibt Euch das hinter die …«

»Ob Ihr Anteile haltet, will ich wissen«, fuhr ich dazwischen und verspürte große Lust, den impertinenten Gernegroß stehen zu lassen. »Antwortet!«

»Und wenn ja, was kümmert es Euch?«

»Überhaupt nichts«, versetzte ich und verstärkte den Griff, mit dem ich die Ledermappe umklammert hielt. »Aber wenn Ihr Euch schon mit fremden Federn schmückt, dann tut wenigstens nicht so, als schulde ich Euch Dank. Wenn hier jemand zu Dank verpflichtet ist, dann seid Ihr es, merkt Euch das. 13,5 Prozent Anteil am Globe, zehn an den Lord Chamberlain's Men und obendrein noch Teilhaber des Blackfriars Theatre, die Tantiemen, die Ihr einstreicht, nicht mitgerechnet. Wenn das keine fette Pfründe ist, dann weiß ich auch nicht mehr. Ohne mich, Master Shakespeare, wärt Ihr ein Nichts, ich kann nur hoffen, Ihr seid Euch dessen bewusst. Macht meinetwegen, was Ihr wollt, rafft so viel Geld zusammen, wie Ihr wollt, und reißt Euch so viel Besitz wie möglich unter den Nagel. Aber behandelt mich nicht von oben herab, sonst bekommt Ihr es mit mir zu tun.«

»Seid Ihr jetzt fertig?«

»Mit Euch oder mit meiner Philippika?«, blaffte ich zurück, unterbrochen vom Gegröle eines Betrunkenen, der unweit von mir an der Uferpromenade entlangtorkelte, auf dem Weg in eine der zahlreichen Tavernen, in denen man sich in Southwark amüsieren kann. »Aber lassen wir das, besser, wir kommen auf den Punkt.«

»Nichts lieber als das«, entgegnete Shakespeare, trat einen Schritt näher und deutete mit dem Zeigefinger auf die Ledermappe, die ich unter den rechten Arm geklemmt hatte. »Nachschub, hab ich recht?«

Nachschub, aha. Als hätte es eines Beweises bedurft, welchen Stellenwert die Stücke aus seiner Sicht besaßen, stieß Shakespeare einen verächtlichen Grunzlaut aus. »Wie viele sind es denn diesmal?«

»Mehr als genug.«

»Jetzt kommt schon, wie viele sind es?«

»Über ein Dutzend.«

»Nicht übel.« Shakespeare pfiff anerkennend durch die Zähne. »Damit kommen wir eine Weile über die Runden.«

»So kann man es natürlich auch sehen«, entgegnete ich spitz, auf dem besten Weg, einen unerquicklichen Disput vom Zaun zu brechen. »Hauptsache, die Kasse klingelt, was, Shakespeare?«

»Besser, als von der Hand in den Mund zu leben, findet Ihr nicht?«

»Ich weiß zwar nicht, wie Ihr darüber denkt«, erwiderte ich, bemüht, meinen Unmut im Zaum zu halten, »aber mir scheint, es gibt hierzulande nur wenige, für die Geld nicht alles ist. Anwesende selbstredend ausgeschlossen.«

»Danke für die Blumen«, erwiderte Shakespeare, darauf bedacht, nicht noch mehr Öl ins Feuer zu gießen. »Darf man fragen, um was für Stücke es sich handelt?«

»Um Stücke, die Euch unsterblich machen werden«, versetzte ich und griff einige der Dramen heraus, deren Inhalt ich kurz zusammenfasste. »Interessiert?«

»Nicht so sehr, wie Ihr vielleicht denkt«, antwortete mein Gesprächspartner, in einem Tonfall, der meine Antipathie in Feindseligkeit verwandelte. Dann streckte er die Hand aus, um die Mappe in Empfang zu nehmen. »Darf ich, oder wolltet Ihr noch etwas sagen?«

»Ihr dürft, Shakespeare, Ihr dürft«, entgegnete ich, händigte ihm die Werke schweren Herzens aus und wandte mich zum Gehen, um mich vor mir selbst zu schützen. »Ich hoffe, Ihr macht guten Gebrauch davon.«

»Guter Gebrauch«, stieß Shakespeare hervor, begleitet von einem Windstoß, der aus nördlicher Richtung über die Themse fegte. »Ob Ihr es glaubt oder nicht, momentan habe ich andere Sorgen.«

Der Tonfall, den Shakespeare anschlug, ließ mich aufhorchen. »Sorgen?«, fragte ich und wandte mich auf dem Absatz um. »Wie darf ich das verstehen?«

»So, wie ich es sage«, lautete die barsche Antwort, wobei sich meine Anteilnahme in Grenzen hielt. Im Verlauf der Schilderung, die auf die launige Antwort folgte, sollte sich dies jedoch ändern. »Anders ausgedrückt, es gibt Schwierigkeiten«, begann Shakespeare, vergeblich bemüht, so zu tun, als ließen ihn diese kalt. »Am besten, Ihr überlasst die Sache mir.«

Ich ahnte Böses, und das, wie der weitere Verlauf des Gesprächs bewies, nicht ohne Grund. »Ihr sprecht in Rätseln, Shakespeare.«

»So, meint Ihr.«

»Raus mit der Sprache, was ist geschehen?«

»Jemand ist aus der Reihe getanzt«, raunzte Shakespeare, blickte sich um und fand offenbar nichts dabei, seinem Groll durch Ausspeien Luft zu machen. »Der Hundsfott wird mich kennenlernen, darauf könnt Ihr wetten.«

»Dieser Hundsfott, wie Ihr Euch auszudrücken geruhtet –«, tastete ich mich mit der gebotenen Vorsicht voran, »kann es sein, dass er über unsere Transaktion im Bilde ist?«

Shakespeare gab ein verächtliches Schnauben von sich. »Im Bilde«, höhnte er und trat nach einem Kieselstein, den er in hohem Bogen ins Gebüsch beförderte. »So kann man es natürlich auch sagen.«

»Mit anderen Worten, er versucht, Euch unter Druck zu setzen.«

Shakespeare wich einer Antwort aus. »Ich muss gestehen, ich habe Euch unterschätzt«, murmelte er, zog seinen Umhang über die Schultern und starrte ins Leere. Im Schein meines Windlichts, dessen Flamme beinahe erloschen war, schien er um Jahre gealtert zu sein, gegenüber dem Mann, der mich vor sechs Jahren angesprochen hatte, fast nicht wiederzuerkennen. »Wie gesagt, das Beste ist, Ihr überlasst ihn mir.«

»Und was habt Ihr vor?«

»Was ich im Sinn habe, wollt Ihr wissen?«, stieß Shakespeare belustigt hervor und zog eine kleine Feldflasche aus seinem Wams, um sich an ihrem Inhalt gütlich zu tun. »Könnt Ihr Euch das nicht denken?«

Natürlich konnte ich es mir denken, und je mehr ich darüber nachdachte, desto größer wurden meine Befürchtungen. »Haltet Euch im Zaum, Shakespeare«, beschwor ich mein Gegenüber, bei dem meine Worte jedoch auf taube Ohren stießen. »Das führt doch zu nichts. Wenn Ihr Norton Schaden zufügt, schneidet Ihr Euch ins eigene …«

»Wie gesagt, ich habe Euch unterschätzt«, spöttelte Shakespeare, verschloss die Feldflasche und ließ sie in die Innentasche seines Wamses wandern. »Darf man fragen, wie Ihr darauf kommt, Norton könne etwas mit meinen Kalamitäten zu tun haben?«

»Eure Kalamitäten? Mir scheint, Ihr verkennt die Situation.«

Aus Shakespeares Mund erklang ein schrilles Lachen. »Wer hat denn hier mehr zu verlieren, Euer Auftraggeber oder ich?«

»Das ist nicht der Punkt, Shakespeare.«

»Sondern?«

»Wenn Ihr Euch zu unbedachten Handlungen hinreißen lasst, dann …«

»Dann was? Wir müssen diesem Bastard das Handwerk legen, sonst zieht er uns das Fell über die Ohren. Echauffiert Euch nicht, ich weiß, wie man mit Abschaum umgeht!«

»Nämlich?«

»Vorschlag zur Güte: Wie wär's, wenn Ihr Euch vor Ort von meinen Fertigkeiten überzeugt?«, entgegnete mein Gegenüber mit verkniffener Miene, zog seinen Zierdolch aus der Scheide und ließ das flache Ende der Klinge über den ausgestreckten Zeigefinger gleiten. »Habt Ihr die Hosen voll, oder warum glotzt Ihr so dämlich aus der Wäsche?«

»Das wird nicht gut gehen, und Ihr wisst es auch.«

Shakespeare tat so, als habe er die Bemerkung nicht gehört. »Also, wie gehabt: morgen Abend im Black Swan, eine Stunde nach Sonnenuntergang«, schärfte er mir ein, lachte nervös auf und verschwand so schnell, wie er aufgetaucht war. »Und seid pünktlich, von mir könnt Ihr nämlich noch etwas lernen!«

XIII

DIARIUM (V)

Zeitpunkt der Niederschrift: 21. September 1599, eine Stunde vor Mitternacht

[23.00 h]

HOME, SWEET HOME. Es ging doch nichts über englische Hausmannskost, und absolut gar nichts über Humbles, eine meiner Leibspeisen. Schon beim Gedanken an die Innereien, zumeist vom Reh oder vom Hirsch, gebacken mit Kräutern und exotischen Gewürzen, läuft mir das Wasser im Mund zusammen. Wenn dann noch eine Nachspeise aufgetischt wird, kennt meine Verzückung keine Grenzen. Man nehme gekochten Reis und in Scheiben geschnittenen Kapaun, dazu Mandelmilch und eine gehörige Portion Zucker. Und fertig ist das opulente Dessert. Schmeckt deliziös, wenn man den französischen Namen ignoriert. Manche schütteln sich beim Gedanken, aber was mich betrifft, kann ich von Blancmanger nicht genug bekommen. Besonders dann, wenn das Dessert von Margie zubereitet wurde.

Auf sie lasse ich nichts kommen, was auch geschieht. Ohne meine ehemalige Amme, die in meinem Haus und der Kanzlei für Ordnung sorgt, hätte ich es nie und nimmer bis zum Strafverteidiger gebracht. Darüber habe ich ja bereits berichtet. Sie war es, die rund um die Uhr für mich da war, und sie war es auch, die ein Auge dafür besaß, wenn mir die Arbeit über den Kopf zu wachsen drohte. Wie berichtet, war dies am heutigen Dienstag mehr denn je der Fall gewesen, weshalb sie meine Klienten auf den nächsten Tag vertröstet und mir nichts, dir nichts eine Mahlzeit auf den Tisch gezaubert hatte, bei deren Anblick der Fall Norton vergessen war.

Vorläufig jedenfalls.

Im Hinblick darauf, was ich binnen weniger Stunden erlebt hatte, war das auch gut so. Ich gebe es zwar ungern zu, aber der verlorene Prozess hatte tiefere Wunden hinterlassen, als ich mir gegenüber eingestehen wollte. Selbst wenn man das Gefühl hat, alles Menschenmögliche für seinen Mandanten getan zu haben, ist ein Todesurteil wie ein Schlag ins Gesicht. Es gibt zwar Kollegen, die dagegen immun sind, aber was mich betrifft, fällt es mir schwer, einfach zur Tagesordnung überzugehen.

Auf dich, Clayton – und auf deine Blauäugigkeit. Eigentlich bin ich nicht der Typ, der seinen Unmut im Ale ertränkt, aber was meine vorläufige Bilanz betraf, hatte ich die Labsal bitter nötig. Anstatt das einzig Vernünftige zu tun, nämlich mir einen freien Tag zu gönnen, hatte ich mir einen Fall aufhalsen lassen, der mir mehr Ärger bescheren würde als alle bisherigen Aufträge zusammen. Bei der Begegnung mit meiner mysteriösen Auftraggeberin, die ich insgeheim als »Dark Lady« bezeichnete, war dies mehr als deutlich geworden. Gewiss, Norton war nicht die erste zwielichtige Figur, mit der ich im Verlauf meiner Tätigkeit zu tun gehabt hatte. Aber dass ich seine Verteidigung übernahm, ohne dass der Beschuldigte davon wusste, so etwas war noch nicht dagewesen. Auch noch nicht dagewesen war die Blauäugigkeit, die mich während des Gesprächs in meinem Stammlokal geritten hatte. Nicht einmal ein Anfänger hätte eingewilligt, sich vor den Karren einer Unbekannten spannen zu lassen, einer Frau, die zwar überaus attraktiv, allem Anschein nach jedoch schwer zu durchschauen war.

Mysterium hin oder her, die Unbekannte hatte eine Aura, der man sich nur schwer entziehen konnte. Ich konnte anstellen, was ich wollte, ihre Stimme ging mir nicht mehr aus dem Sinn. Das Gleiche galt für ihr Haar, und ich stellte mir vor, wie sie wohl aussähe, wenn sie im Gegensatz zu heute früh kein Haarnetz trug. Haut so hell wie Tyrrhenischer Marmor, Haare so dunkel wie Ebenholz aus dem Orient, Lippen so rot wie überreife Kirschen und über allem der Duft von Rosenblüten und Lavendel, der jedem, den sie umgarnte, die Sinne vernebelte. Frauen wie sie vergaß man nicht, und wäre ich ein Poet gewesen, hätte mich die dunkelhaarige Circe zu Höchstleistungen angespornt.

Ich weiß, es klingt verrückt, aber ich hatte große Mühe, einen kühlen Kopf zu bewahren. Darüber hinaus sehnte ich mich nach Ruhe, weshalb ich nach dem Verlassen des Newgate-Gefängnisses zum Rückzug blies. Margie, eine unerschöpfliche Quelle von Spruchweisheiten, pflegte es gewöhnlich so zu formulieren: »Essen und Trinken hält Leib und Seele zusammen.« Der Grund, weshalb ich den Kochkünsten meiner Haushälterin den Vorzug gegeben und den Fall Norton vorläufig ad acta gelegt hatte. So viel Zeit, um in Ruhe über alles nachzudenken, musste einfach sein.

Bei Brendan, der sich mit Feuereifer in die Ermittlungen gestürzt hatte, war ich damit auf wenig Gegenliebe gestoßen. Ich solle mich was schämen, hatte er mich angeschnauzt, ausgerechnet er, der Tafelfreuden über die Maßen schätzte. Und hatte sich auf den Weg in den Black Swan gemacht, um dem Wirt ein wenig auf den Zahn zu fühlen. Was er darunter verstand, bedurfte keiner Erläuterung, und was blieb, war die Hoffnung, dass er sein Temperament im Zaun halten würde.

»Na, mein Junge, wieder einigermaßen bei Kräften?« Die gute alte Margie, sie war wirklich ein Schatz. »Was sagt man dazu, fast alles aufgegessen.«

»Ist ja auch kein Wunder, bei den Kochkünsten«, antwortete ich, verzehrte den Rest von meinem Dessert und stieß einen Seufzer des Entzückens aus. »Du hast dich selbst übertroffen, Margie.«

»Freut mich zu hören, Herr Strafverteidiger«, antwortete die resolute, rotwangige, korpulente und mit einer verschlissenen Schürze bekleidete Mittsechzigerin, der man ihr Alter so gut wie überhaupt nicht ansah. »Wie wär's mit einer Portion Good King Henry, als krönenden Abschluss sozusagen?«

»Um Himmels willen!«, rief ich aus und lockerte den Gürtel meiner Kniehose, damit ich bequemer sitzen konnte. Margies Kochkünste waren wirklich legendär, aber was zu viel war, war nun einmal zu viel. Erst Humbles, dann Blancmanger und danach noch Spinat mit pfefferigem Beigeschmack, das war mehr, als mein Magen fassen konnte. »Willst du mich umbringen?«

Die Alte, auf deren Charakterkopf eine geklöppelte Haube thronte, bekam sich vor Heiterkeit fast nicht mehr ein. »Das nun nicht gerade«, prustete meine Wohltäterin, deckte den Tisch ab und stellte das Geschirr auf das Tablett, um es in die Küche zu tragen. »*Ein* Mord ist ja wohl genug, oder?«

»Mehr als genug sogar«, bekannte ich, nippte an meinem Ale und lamentierte: »Tja, so kann's gehen. Kaum hat man wieder Freude am Leben, da holt einen die Realität auch schon ein. Einmal Anwalt, immer Anwalt, was will man machen.«

»Sei froh, dass du es so weit gebracht hast, Clayton«, entgegnete Margie, deren Heiterkeitsausbruch so schnell verschwand, wie er aufgebrandet war. »Und danke Gott auf den Knien, dass er seine Hand über dich gehalten hat.«

Das war Margie, wie sie leibte und lebte. Fürsorglich, verlässlich, selbstlos und aufopferungsvoll – und schnell bei der Hand, wenn es galt, mir den Kopf zu waschen. »Wenn hier jemand schützend seine Hand über mich gehalten hat, dann doch wohl du, Margie«, ließ ich im Brustton der Überzeugung verlauten. »Tut mir leid, aber außer dir fällt mir niemand ein, dem ich zu Dank verpflichtet wäre.«

»Du versündigst dich, Clayton Percival«, gab Margie zur Antwort und warf mir einen jener Blicke zu, die mich immer dann trafen, wenn ich Zweifel am Walten höherer Mächte geltend machte. »Noch so eine Bemerkung, und der Bannstrahl des Herrn wird dich treffen.«

Typisch Margie, das sah ihr wieder mal ähnlich. Um mich in die Schranken zu weisen, war ihr jedes Mittel recht, auch wenn es noch so deplatziert wirkte. »Du lebst gefährlich, Margie, weißt du das?«

»Nicht gefährlicher als du, Clayton.«

»Lenk nicht ab, Margie, du weißt genau, was ich meine.« Natürlich wusste meine Ersatzmutter, was ich meinte. Jeder weiß es, vom Tagelöhner bis zum Parlamentsmitglied. Katholiken werden hierzulande in einem Atemzug mit dem Leibhaftigen genannt, und wenn sie wie Margie keinen Hehl aus ihren Überzeugungen machen, laufen sie Gefahr, als Hochverräter gebrandmarkt zu werden. Gerät man in die Fänge der Kommissionen, die es in jeder Grafschaft zwecks Überwachung der Gläubigen gibt, ist der Weg zum Schafott nicht mehr allzu weit. Aber auch staatstreue Gläubige, meine Wenigkeit inklusive, leben mitunter gefährlich. Beten ist gewiss gut, einen Gottesdienst zu besuchen jedoch wesentlich besser. Ein Monat Abwesenheit, und schon wandert man ins Gefängnis. Kaum zu begreifen, aber wahr. Darüber hinaus ist es Katholiken laut Gesetz verboten, Reisen in andere Grafschaften zu unternehmen oder sich mehr als fünf Meilen von ihrem Wohnort zu entfernen. Bei Zuwiderhandlung, das sollte man hinzufügen, laufen die Abtrünnigen Gefahr, Hab und Gut zu verlieren. Und zwar für immer.

Daher empfiehlt es sich, mit den Wölfen zu heulen, wenn auch nur zum Schein. Es sei denn, man verfügt über das nötige Kleingeld. Ein Beispiel unter vielen: Laut Gesetz aus dem Jahre 1581 wird die Abwesenheit beim Gottesdienst unter Strafe gestellt und mit der Kleinigkeit von 20 Pfund geahndet. Doch damit nicht genug, Ordnung muss ja schließlich sein. Feiert man eine Messe, muss man sage und schreibe 133 Pfund, 6 Schilling und 8 Pence berappen, eine wahrhaft astronomische Summe, wie ein Großteil der Bevölkerung bestätigen wird.

Ich kann es nicht oft genug sagen, Anhänger des Papstes leben gefährlich. Verdammt gefährlich sogar. Und das nicht nur aufgrund der horrenden Summen, die ihnen von Staats wegen aufgebrummt werden. »Wer sein Herz auf der Zunge trägt, riskiert sein Leben, das weißt du genauso gut wie ich. Und wer die Zeichen der Zeit nicht erkennt, muss …«

»Die Konsequenzen tragen, ich weiß«, vollendete Margie in schnippischem Ton, setzte ihre Leichenbittermiene auf und wandte sich abrupt zum Gehen. »Wenn wir gerade über missliebige Personen reden, was macht eigentlich dein Freund Brendan?«

»Brendans Vater ist konvertiert, das weißt du genauso gut wie ich.«

»Das meine ich nicht, Clayton«, grummelte Margie zurück, an der Stubentür angekommen, wo sie sich noch einmal umdrehte. »Jetzt tu nicht so, du weißt genau, worauf ich anspiele.«

»Ach so, das meinst du.«

»Ja, *das* meine ich«, echote Margie, nur zu gern bereit, den Finger in die offene Wunde zu legen. »Es geht mich zwar nichts an, mit wem du deine Zeit verbringst, aber dieser irische Trunkenbold muss es doch nun wirklich nicht sein.«

»Er ist Coroner der City of London, schon vergessen?«

»Na und? Große Reden schwingen und an Leichen herumdoktern kann ja wohl jeder.«

»Mal ehrlich, möchtest du mit ihm tauschen?«

»Dreh mir nicht das Wort im Mund herum, Clayton Percival, wir sind hier nicht vor Gericht.«

»Was du nicht sagst, Margie«, setzte ich mich mit gequälter Miene zur Wehr. »Darauf wäre ich nun wirklich nicht gekommen.«

»Noch ein Wort, du unverschämter Bengel«, drohte Margie mit dem Zeigefinger und richtete sich zur vollen Höhe ihres fünf Fuß und sieben Inch großen Körpers auf, ein Körper, der demjenigen eines Ringers in nichts nachstand. »Noch ein Wort, und ich setze dich auf halbe Kost. Überleg dir genau, was du sagst, sonst ist es mit dem Wohlleben vorbei.«

Ich schwieg, und sei es nur der lukullischen Genüsse wegen. Zugegeben, Brendans Lebenswandel entsprach nicht unbedingt meinen Vorstellungen, aber was seine Fähigkeiten betraf, war er über jeden Zweifel erhaben. »Er steht sich eben manchmal selbst im Weg, weißt du.«

»Und duelliert sich mit Ehemännern, deren Frauen er ihnen abspenstig gemacht hat.« Margie schnitt eine übellaunige Grimasse. »Höflich ausgedrückt, ich weiß ja schließlich, was sich gehört.«

»Jetzt komm schon, Margie, das ist doch wirklich ein alter Hut.«

»Ist es nicht!«

»Kommt drauf an, von welcher Seite aus man die Kalamität betrachtet.« Margie hatte nicht ganz unrecht, das muss ich der Ehrlichkeit halber einräumen. Schon an der Universität, wo er zu den unumstrittenen Koryphäen zählte, war Brendan von einer Affäre in die andere gestolpert. Er war bestimmt kein Adonis gewesen – beziehungsweise das genaue Gegenteil davon. Und er hatte auch damals schon keine Manieren gehabt, hatte dem Glücksspiel gefrönt, die Nacht zum Tage gemacht und keine Gelegenheit ausgelassen, eine Rauferei anzuzetteln. Aber er hatte etwas gehabt, das die Frauen anzog, was es war, wussten die Götter. An seinem Benehmen, das sämtliche Magnifizenzen in Harnisch brachte, kann es jedenfalls nicht gelegen haben. Und an seinem Aussehen natürlich auch nicht.

Brendan hätte es weit bringen können, wäre da nicht das hitzige Temperament gewesen, das dem Sohn des 7. Earl von Armagh zu eigen war. Von wem er das Übermaß an gelber Galle geerbt hatte, sei dahingestellt, gleichwohl weiß ich nicht mehr, wie oft er deswegen in die Irre geleitet worden war. Wäre er Sanguiniker, Melancholiker oder

Phlegmatiker gewesen, hätte er nicht einmal halb so viel Ärger gehabt. Das ist und bleibt meine feste Überzeugung. »Glaub mir, Margie, im Grunde seines Herzens ist er ein guter Mensch.«

»Ein guter Mensch, dass ich nicht lache.«

»Jetzt mach aber mal halblang, Margie«, entgegnete ich im Brustton der Überzeugung, wohl wissend, dass ich mich auf unsicheres Terrain begab. »Als sein Freund werde ich es ja wohl wissen, oder?«

»Du sollst nicht begehren deines Nächsten Weib – mehr habe ich dazu nicht zu sagen.«

Wie wahr, Margie, wie wahr. Kurz vor dem Examen, das Brendan mit links bestanden hätte, war es schließlich gekommen, wie es hatte kommen müssen. Dass mein Freund die Frau seines Lehrmeisters verführte, war indes nur ein Teil des Problems gewesen. Das andere, nicht minder tragisch, hatte darin bestanden, dass mein in Liebe entflammter Freund zum Zweikampf gefordert worden war. Ein Duell, bei dem der gehörnte Ehemann um ein Haar auf der Strecke geblieben wäre.

Und ein Duell mit Folgen, wie man sich unschwer denken kann. Das heißt, Brendan konnte sich bei seinem Schöpfer bedanken, dass er nicht in den Tower oder sonst wohin wanderte. Mit einer Karriere, bei der er es unter günstigen Umständen zum Physikus oder sogar zum Leibarzt der Königin hätte bringen können, war es jedoch unwiderruflich vorbei. Brendan konnte von Glück sagen, dass er einer von circa 100 Wundärzten wurde, die es momentan in London gibt. Die Position eines Gerichtsmediziners, die er seiner Reputation als Fachmann verdankte, natürlich nicht zu vergessen.

»Was soll das werden, ein Tutorium in Religion?«

»Überleg dir genau, was du jetzt sagst!«, schimpfte Margie mit wutentbrannter Miene. »Sonst …«

»Gibt es nur noch Wasser und Brot, ich weiß«, vollendete ich, darum bemüht, den häuslichen Frieden wiederherzustellen. »Beruhige dich, Margie, es war nicht so gemeint.«

»Ihr Männer seid doch alle gleich«, brummte meine Ersatzmutter, deren Miene sich erst dann aufhellte, als ich ihr einen Kuss auf die pausbäckige Wange drückte. »Erst werden sie frech, dann machen sie einen auf Schönwetter.«

»Tut mir leid, wenn ich Euch widerspreche, schöne Frau – aber das kann man nicht einfach stehen lassen.«

Sowohl Margie als auch ich schraken zusammen, so vertieft in unser Rededuell, dass wir Brendans Eintreten nicht bemerkt hatten.

»Ihr seht hervorragend aus, oh Zierde Eures Geschlechts, wisst Ihr das?«, nutzte mein Freund die Verblüffung meiner Haushälterin aus, machte eine theatralische Verbeugung und ließ ihr einen Handkuss folgen, der in puncto Schauspielkunst nichts zu wünschen übrig ließ. »Schöner Tag heute, nicht wahr?«

»Fahrt zur Hölle, Konvertit, dort gehört Ihr nämlich hin«, grummelte Margie, gleichermaßen verblüfft wie geschmeichelt, wie die zarte Rötung ihrer Wangen verriet. »Besser, ich lasse die Herren jetzt allein. Sonst sage ich etwas, das ich hinterher bereue.«

Ein finsterer Blick, ein Kopfschütteln, und schon war Margie verschwunden.

»Na, du Überläufer«, spottete ich, deutete auf den Stuhl neben meinem Stehpult und goss Brendan einen Humpen Ale ein, um ihn für die erlittene Unbill zu entschädigen. »Was gibt's Neues?«

»Eine Menge«, antwortete Brendan und dachte offenbar nicht daran, den Humpen anzurühren. »Setz dich, mein Freund, sonst haut es dich um.«

Ich tat, wie mir geheißen. »Jetzt mach's nicht so spannend, was gibt's?«

»Immer mit der Ruhe, Clayton. Wer vor der Zeit beginnt, der endigt früh.«

»Wo hast du denn das aufgeschnappt?«

»Keine Ahnung, ist mir einfach so rausgerutscht.« Die Tatsache, dass Brendan einen Humpen frisch gezapftes Ale ignorierte, verhieß nichts Gutes, ein Grund mehr, meine Neugierde zu bezähmen. »Trink einen Schluck, du wirst ihn brauchen.«

»Rück schon raus, Brendan – was war los?«

»Um es vorwegzunehmen, du hattest recht«, begann Brendan, gegenüber vorhin, als er Margie den Hof gemacht hatte, nicht wiederzuerkennen. »An Shakespeares Händen klebt so viel Dreck, das hältst du nicht für möglich. Also, wenn der nichts mit dem Mord zu tun hat, dann rede ich dich einen Monat lang mit ›Eure Lordschaft‹ an.«

»Und wie kommst du darauf?«, fragte ich und konnte der Versuchung nicht widerstehen, mir einen kräftigen Schluck einzuverleiben. »Du hast doch nicht etwa einen Zeugen aufgetrieben?«

»Einen Zeugen? Schön wär's«, jammerte Brendan und kratzte sich hinterm Ohr. »Aber ich habe den Wirt befragt, falls du verstehst, was ich meine.«

Und ob ich verstand, was Brendan damit meinte. »Ich hoffe, du hast ihn am Le…«

»Jetzt mach dir nicht gleich ins Hemd, Clayton«, fiel Brendan mir ins Wort, auf dem Weg der Besserung, wie der raubeinige Tonfall bewies. »Anders kommt man bei diesem Gesindel nicht weiter. Die nehmen dich nicht für voll, wenn du sie mit Samthandschuhen anfasst, wie oft soll ich dir das noch sagen.«

»Heißt das, er hat ausgepackt?«

»Hat er«, antwortete Brendan und ließ den Worten ein bekräftigendes Nicken folgen. »Und wie.«

»Quintessenz?«

»Sagen wir mal so, der gute Mann … Augenblick, wie hieß der hintertriebene Strolch doch gleich? Genau. Crook, Matt Crook.« Brandon gab ein höhnisches Lachen von sich. »Eins kann ich dir versichern, dieser Crook hat gelogen, dass sich die Balken biegen.«

»Inwiefern?«

»Behauptet doch glatt, Norton noch nie gesehen zu haben«, grollte Brendan. Er ergänzte: »Aber den Zahn hab ich ihm gezogen, das kannst du mir glauben. Klar, ich musste ihn ein bisschen in die Bredouille bringen, anders geht es anscheinend nicht. Aber dann lief alles wie geschmiert. Der hat geplaudert, dass es eine reine Freude war, wie ein Wasserfall und ohne Luft zu holen.« Brendan grinste mich zufrieden an. »Und jetzt rate mal, mit wem sich Norton im Black Swan getroffen hat. Kommst du von allein drauf, Paragrafenreiter, oder muss ich dir auf die Sprünge helfen?«

»Doch nicht etwa mit Shakespeare?«

»Bist ein schlaues Kerlchen, Percy-Boy, das muss dir der Neid lassen.«

»Wann genau?«

»Circa eine Stunde vor Mitternacht.«

»Irgendwelche Zeugen?«

»Genau das ist das Problem, Euer Ehren.«

»Und was ist mit dem Wirt?«

»Behauptet, die beiden hätten anfangs so leise gesprochen, dass er kaum etwas davon mitbekommen hat. Anfangs, wohlgemerkt. Auf einmal sei es dann aber ziemlich laut geworden. Die hätten sich Dinge an den Kopf geworfen, da sei alles zu spät gewesen.«

»Aha. Und was für Dinge sollen das ge…?«

»Tu mir den Gefallen und lass mich ausreden, ja?« Brendan machte eine besänftigende Geste. »Wie gesagt, auf einmal sind die Fetzen geflogen, und zwar gewaltig. Irgendwann, behauptet der Wirt, sei es ihm dann zu bunt geworden und er habe die beiden vor die Tür gesetzt. Was dann geschah, wisse er nicht. Er habe seine Bude verrammelt und das sei es dann gewesen.«

»Sag bloß, du hast ihm das geglaubt.«

»Natürlich nicht, wo kämen wir da hin.« Der Coroner atmete geräuschvoll aus. »Du weißt ja, was man in solchen Fällen tut.«

»Klar weiß ich das, die Frage ist nur, ob es seine Richtigkeit …«

»Richtigkeit? Jetzt komm mir bloß nicht damit!«, stieß Brendan unwirsch hervor und verdrehte die pechschwarzen Augen. »Sei unbesorgt, es ist ihm kein Leid geschehen. Es gibt viele Methoden, um die Leute zum Sprechen zu bringen.«

»Verstehe. Wie viel musstest du berappen?«

»Einen Schilling, falls du es genau wissen willst.«

»Na, das geht ja noch.« Das Ale schmeckte vorzüglich, deshalb trank ich einen weiteren Schluck. »Und – hat es sich wenigstens gelohnt?«

»An ein paar Wortfetzen könne er sich jedoch erinnern, hat mich der Halunke unter dem Siegel der Verschwiegenheit wissen lassen.«

»Nämlich?«

»Shakespeare habe gesagt, Norton sei das größte Dreckschwein, das in London herumläuft. Wenn er so weitermache, müsse er sich nicht wundern, wenn er die Quittung präsentiert bekomme. Er lasse sich nicht erpressen, schon gar nicht von einem Habenichts wie Norton. Wenn er denke, er könne ihn über den Tisch ziehen, ginge es ihm an den Kragen.«

»Waren das seine Worte?«

Brendan bejahte. »Und jetzt kommt's, Herr Anwalt, spitz die Ohren. Norton habe sich das nicht bieten lassen, sei aufgesprungen, habe Shakespeare am Kragen gepackt und gesagt, wenn er mit ihm fertig sei, könne er seinen Laden dichtmachen. Dann wüssten alle, dass er ganz London zum Narren gehalten habe. Und dann könne er von Glück sagen, wenn er vom Publikum nicht in Stücke gerissen werde.«

»Das war alles?«

»So ziemlich.«

»Nur heraus damit, Brendan«, forderte ich meinen Gefährten auf, beugte mich nach vorn und ließ den Ellbogen auf der Tischkante ruhen. »Mich kann nichts mehr erschüttern.«

»Das bezweifle ich.«

Brendan sollte recht behalten. Wenn ich gedacht hatte, mich könne nichts mehr aus der Fassung bringen, befand ich mich im Irrtum. »Das darf doch wohl nicht wahr sein«, murmelte ich, nachdem Brendan am Ende seiner Schilderung angelangt war, erhob mich und begann in der Stube auf und ab zu gehen. »Und du bist dir sicher, dass ...«

»Jetzt mach aber mal einen Punkt, Clayton!«, fiel Brendan mir ins Wort und hieb mit der Handfläche auf den

Tisch. »Denkst du vielleicht, ich habe Halluzinationen? Noch mal, damit du es endlich kapierst. Ich dachte, es sei das Beste, Nägel mit Köpfen zu machen und diesem Norton mal so richtig auf den Zahn zu fühlen, falls du verstehst, was ich meine.«

»Und warum dann ohne mein Beisein?«

»Weil ich volljährig bin, Clayton«, gab Brendan indigniert zurück. »Und außerdem: Wer hatte denn vorhin die Schnauze voll gehabt, du oder ich? Getrennt ermitteln, gemeinsam einen heben, was, bitte schön, spricht dagegen?«

»Deinen Humor wollte ich haben, Brendan.«

»Humor ist, wenn man trotzdem lacht, Clayton«, tat mein Freund mit grimmiger Miene kund, griff nach dem Humpen und nahm einen kräftigen Schluck. »Wie dem auch sei, ich dachte, ich traue meinen Ohren nicht. Da willst du diesen Gecken zur Rede stellen, und was passiert? Der Schwachkopf von Gefängniswärter teilt dir mit, er sei nicht mehr am Leben. Ohne eine Miene zu verziehen, als sei es die normalste Sache auf der Welt.«

»Mehr hast du nicht herausbekommen?«

»Was soll denn das schon wieder heißen?«, blaffte Brendan, mit dessen Nervenkostüm es nicht zum Besten stand. »Denkst du, ich bin ein Anfänger, oder was? Geh hin und überzeuge dich selbst, wenn du mir nicht glaubst. Die geben keine Auskunft, und wenn du dich auf den Kopf stellst. Schließlich bin ich nicht irgendwer, sondern der Coroner von London. Noch mal zum Mitschreiben. Der Fleischklops hat sich fast in die Hosen geschissen vor Angst. Er dürfe keinen Piep verlauten lassen, hat er gesagt – auf Anordnung von ganz oben.«

»Von ganz oben, so, so«, wiederholte ich, kratzte mich

am Kinn und trat in die Erkernische, von der aus man das Geschehen auf der Thames Street beobachten konnte. »Weißt du, was ich denke, Brendan?«

»Du und denken, das wäre ja mal was Neues.«

»Im Ernst. Weißt du, wem wir umgehend einen Besuch abstatten werden?«

»Doch nicht etwa der Königin?«, flachste Brendan, leerte den Humpen und ließ ihn mit lautem Krachen auf die Tischplatte niedersausen. »Schon gut, war nur ein Scherz. Ich weiß schon, du hast momentan nicht viel zu lachen.«

»Wenn hier jemand bald nichts mehr zu lachen haben wird, dann ist es ein gewisser Master Shakespeare«, erwiderte ich, knöpfte mein Wams zu und bedeutete Brendan, mir zu folgen. »Na warte, Freundchen, jetzt wirst du mich aber kennenlernen.«

XIV

CONFESSIO (V)

Zeitpunkt der Niederschrift: 21. September 1599, dreieinhalb Stunden vor Mitternacht

[20.30 h]

ZUERST DACHTE ICH, Shakespeare habe mich zum Narren gehalten. Doch dann, nach schier endlosem Warten, bemerkte ich eine Gestalt, die sich auf leisen Sohlen näherte. Sie bewegte sich zielsicher, wie ein Raubtier, das im Schutz der Nacht auf Beutefang geht. Kein Zweifel, der Mann im dunklen Umhang, der behutsam an die Tür des Black Swan pochte, wollte unerkannt bleiben. Weshalb, bedurfte keiner Erklärung.

»Na endlich!«, stieß der verspätete Gast hervor, als die Tür der Taverne einen Spalt weit geöffnet wurde. »Sag mal, bist du taub? Oder hast du einen über den Durst getrunken?«

»Du kommst spät, er wartet schon auf dich.«

»Besser spät als nie, oder?«, antwortete die Gestalt, an deren Identität ich spätestens jetzt keinen Zweifel mehr hegte. »Jetzt mach schon auf, oder willst du, dass ich hier Wurzeln schlage?«

Die Antwort seines Gegenübers, dessen aufgedunsene Züge von einem Windlicht erhellt wurden, ging im Knarren der Wirtshaustür unter.

Dann wurde es wieder still.

Also doch. Die Maske vor dem Gesicht, kauerte ich hinter den Weinfässern, die unweit der Taverne aufgestapelt waren. Shakespeare hatte nicht übertrieben. Er war entschlossen, die Angelegenheit aus der Welt zu schaffen. Fragte sich nur, auf welche Weise.

Egal wie, das drohende Unheil musste aus der Welt geschafft werden. Ohne Zögern, ohne Aufsehen und so schnell als irgend möglich. Von dem, was zwischen Shakespeare und mir vereinbart worden war, durfte kein Wort an die Öffentlichkeit dringen. Falls doch, würde dies unabsehbare Folgen haben. Konsequenzen, die mir jetzt, da ich mir meine Situation vergegenwärtigte, den kalten Schweiß aus den Poren trieben.

Ein Mitwisser mehr, das lag auf der Hand, bedeutete ein hohes Risiko. Ungleich höher als zuvor. Folglich gab es nur zwei Möglichkeiten. Entweder Shakespeare ging auf den Erpressungsversuch ein, oder es gelang ihm, das Zerwürfnis mit dem ehemaligen Weggefährten beizulegen. Eine höhere Gage, eine Beteiligung an den Einnahmen, freie Kost und Logis und die eine oder andere Vergünstigung oder eine Anstellung auf Lebenszeit, und schon wären der Möchtegern-Poet und auch ich aus dem Schneider. So einfach war das, vorausgesetzt, mein Komplize bewahrte einen kühlen Kopf.

Ergo: Vieles, wenn nicht gar alles, hing davon ab, welchen Verlauf die Unterredung der ehemaligen Busenfreunde nehmen würde.

Und davon, ob der Diplomat in Shakespeare die Oberhand gewann.

Halb zwölf. Die beiden Glockenschläge, die vom Turm der nahen Pfarrkirche herüberschallten, rissen mich aus den

Gedanken. Der Wind frischte spürbar auf, wirbelte Abfall, Laub und abgeknickte Zweige durch die Luft, rüttelte an dem Wirtshausschild, auf dem ein pechschwarzer Schwan mit gespreizten Flügeln prangte. Binnen kurzer Zeit, womöglich noch vor Mitternacht, würde sich herausstellen, wem Fortuna ihre Gunst zuwandte. Oder ob sich der Plan, den ich vor sechs Jahren ausgetüftelt hatte, als Chimäre erwies.

Und dann, nach einer Viertelstunde bangen Wartens, geschah es. Die Tür des Black Swan flog krachend auf, und Shakespeare stürmte in die winddurchtoste Nacht hinaus, spie aus, fluchte, was das Zeug hielt, blickte sich um, zog die Kapuze ins Gesicht und verschwand eiligen Schrittes in der Dunkelheit.

Allein.

Und Norton? Was war mit Norton?

Die Antwort ließ nicht lange auf sich warten. Kaum war mein Komplize verschwunden, da trat auch schon James Norton auf den Plan, gefolgt vom Wirt, von dem er sich ein unstet flackerndes Windlicht aushändigen ließ. Im Gegensatz zu Shakespeare, der mit geducktem Haupt von dannen gestürmt war, schien es sein ehemaliger Intimus nicht eilig zu haben, wechselte noch ein paar Worte mit dem Wirt, der mit angespannter Miene auf ihn einredete, und spazierte ohne erkennbare Hast davon.

Weiter als bis zu der Stelle, wo eine schmale Seitengasse in die Cornhill Street mündete, sollte Norton jedoch nicht kommen. Plötzlich, wie aus dem Nichts aufgetaucht, stand ein Mann vor ihm, vermummt, mittelgroß und nicht annähernd so groß wie er. Ein Mann, der offenbar nichts Gutes im Schilde führte.

Selbst jetzt, da ich die Geschehnisse zu Papier bringe, ist mir immer noch nicht klar, weshalb ich dem Geschehen seinen Lauf gelassen habe. Eins möchte ich jedoch betonen, und zwar in aller Entschiedenheit: An dem, was im Folgenden passierte, trifft mich keine Schuld. Wenn es jemanden gibt, der sie auf sich nehmen muss, dann ist es jemand anderes.

Ein Schurke, dessen Namen ich nicht auszusprechen brauche.

Und so nahmen die Dinge ihren Lauf. Bevor ich wusste, was gespielt wurde, kam es zu einem Wortwechsel, in dessen Verlauf der Unbekannte einen Dolch zückte. Doch wenn er geglaubt hatte, leichtes Spiel zu haben, befand er sich im Irrtum. Norton wehrte sich nach Leibeskräften, wich den Dolchstößen geschickt aus und legte eine Gewandtheit an den Tag, die ich einem Mann seines Schlages nicht zugetraut hätte. Nicht lange, und die beiden wälzten sich am Boden, und je näher ich mich heranpirschte, desto klarer wurde mir, dass dies ein Kampf auf Leben und Tod werden würde.

Der Kampf endete so abrupt, wie er begonnen hatte. Wildes Gerangel, Keuchen, verzweifeltes Aufbäumen, Schmerzenslaute, gefolgt von einem Aufschrei, der in ein unterdrücktes Röcheln mündete.

Und dann Stille, abrupt und ohne jeden Übergang.

Trügerische Stille, wie ich mittlerweile weiß.

Norton hatte Glück gehabt. Oder Riesenpech, je nachdem, wie man es betrachtete. Im Gegensatz zu mir, mithin einziger Augenzeuge des Geschehens, trafen die beiden Wachtmeister just dann am Ort des Geschehens ein, als der Unglücksrabe die Flucht ergriff. Das Schicksal wollte es, dass Norton den Ordnungshütern direkt in die Arme lief, den Dolch, mit dem er den tödlichen Stich geführt hatte, immer noch in seiner Hand.

Der Fall, so hatte es zumindest den Anschein, war klar.

Aber nicht für mich. Das Naheliegendste war, dass Norton alles daransetzen würde, seine Haut zu retten. Das bedeutete, er würde auspacken und die Behauptung aufstellen, Shakespeare habe ihm nach dem Leben getrachtet. Angesichts der Messerattacke, die ich mit eigenen Augen verfolgt hatte, war der Vorwurf mitnichten aus der Luft gegriffen. Auf welche Weise Norton davon Wind bekommen hatte, dass Shakespeare als eine Art Pseudonym fungierte, war mir zwar ein Rätsel. Das änderte freilich nichts daran, dass er versucht hatte, aus seinem Wissen Kapital zu schlagen. Ohne Einkünfte, nach seinem Abschied bei den Lord Chamberlain's Men bestimmt nicht üppig lebend, war dies der einzige Weg gewesen, um rasch an eine erkleckliche Summe Geldes zu kommen.

Wie groß die Summe war, um die er seinen ehemaligen Busenfreund erleichtern wollte, spielte jetzt, da das Kind in den Brunnen gefallen war, keine Rolle mehr. In die Enge getrieben, hatte Shakespeare keinen anderen Ausweg gesehen, als das Alter Ego von einst mithilfe eines gedungenen Mörders beseitigen zu lassen. Dass dabei etwas schiefgehen könnte, hatte er offenbar nicht einkalkuliert.

Ein Denkfehler, der sich bitter rächen würde.

Was also tun? Was tun, um zu verhindern, dass der Schwindel aufflog?

Ich hatte nicht die geringste Ahnung. In meiner Not, die mich an den Rand der Verzweiflung trieb, irrte ich stundenlang durch die Stadt, erwog bald diesen, bald jenen Plan, nur um festzustellen, dass sich sämtliche Lösungen als Trugbilder erwiesen. Ich saß in der Klemme, und sosehr ich mir auch das Gehirn zermarterte, der rettende Einfall wollte einfach nicht kommen.

Ich musste meinen Herrn einweihen, daran führte kein Weg vorbei. Anders als befürchtet hielt er sich jedoch mit Vorwürfen zurück. Der Earl blieb ganz ruhig, so beherrscht, dass es fast schon unnatürlich wirkte.

»Jetzt ist guter Rat teuer, was, Calvin?«, murmelte der Mann, der Shakespeare unsterblich gemacht hatte, die Hände auf dem schmiedeeisernen Geländer, das den Balkon seines Landsitzes umgürtete. Am Horizont türmten sich dunkle Wolken auf, und die Parkanlage, welche an die Rückfront von King's Hall angrenzte, war mit Herbstlaub, Ahornblättern und verwelkten Oleanderblüten übersät. »Ich weiß nicht, aber irgendwie habe ich das alles kommen sehen.«

»Es … Es ist alles meine Schuld, Mylord«, flüsterte ich mit gesenktem Haupt. »Was auch geschieht, ich werde dafür geradestehen.«

Die Antwort meines Gebieters blieb aus.

»Ich allein trage die Verantwortung«, fügte ich nach längerem Schweigen hinzu, den Blick auf dem Gartenlabyrinth, das auf Geheiß meines Herrn angelegt worden war. Zwei Bedienstete waren gerade dabei, die Hecken zurechtzuschneiden, und je länger ich die verschlungenen Pfade betrachtete, desto unbehaglicher war mir zumute. »Wäre ich nicht so töricht gewesen, diesem Scharlatan Eure Stücke anzuver…«

»Damit wir uns richtig verstehen, Calvin«, fiel mir mein Herr mit sanfter Stimme ins Wort, »ich mache dir keinen Vorwurf. Wärst du nicht gewesen, wer weiß, ob ich nicht schon längst Hand an mich gelegt hätte.«

»Aber Mylord!«, begehrte ich auf, trat durch die Flügeltür und gesellte mich zu meinem Herrn, dessen Blick auf dem Gewirr von Kreuzungen, Wegeschleifen und mit

Kieselsteinen bestreuten Sackgassen ruhte. »So etwas dürft Ihr nicht sagen.«

»Sterben – schlafen – nichts weiter!«

»Wie meinen, Mylord?«

»Und zu wissen, dass ein Schlaf das Herzweh und die tausend Stöße endet, die …«

»Unsers Fleisches Erbteil – 's ist ein Ziel aufs innigste zu wünschen«, vollendete ich, Seite an Seite mit dem 17. Earl of Oxford, dessen Blick auf dem weit verzweigten Labyrinth ruhte. »Was auch geschieht, einen begnadeteren Poeten als Euch wird die Welt nicht mehr erleben.«

»Begnadet!«, rief der Earl mit gequälter Miene aus. »Ich wünschte, du hättest recht, Calvin.«

»Bei allem Respekt, das habe ich, Mylord.«

»Und was macht dich so sicher?«

Um die Frage zu beantworten, musste ich nicht lange nachdenken. »Die Tatsache, dass die meisten Vorstellungen im Globe ausverkauft sind«, gab ich zurück, wohl wissend, in wessen Taschen der Profit wanderte. »Ohne die Leistung der Schauspieler schmälern zu wollen: Wenn es jemanden gibt, dem sie zu Dank verpflichtet sind, dann seid Ihr es, Mylord. Nichts gegen einen Marlowe, Ben Jonson oder wen auch immer; verglichen mit Eurer Lordschaft kommen sie mir wie Grünschnäbel im ersten Lehrjahr vor.«

»Findest du?«

»Wenn es nicht so wäre, Herr, würde ich es nicht sagen«, erwiderte ich und sah den Earl aus dem Augenwinkel an. »Ich weiß, Ihr hört es nicht gern, aber es gibt niemanden, der Euch den Lorbeerkranz abspenstig machen kann.«

»Tut mir leid, lieber Freund, aber ich muss dir widersprechen.«

Ich weiß nicht, was in jenem Moment überwog, die Verblüffung, dass der Earl mich als seinen Freund bezeichnete, oder die Erkenntnis, wie sehr ihn das Stückeschreiben in Mitleidenschaft gezogen hatte. Bisher war ich stets der Meinung gewesen, es hielte ihn jung, doch als ich ihn aus der Nähe musterte, musste ich mein Urteil revidieren. Der Kopf vornübergebeugt, die Haut übersät von Falten, die Schläfen ergraut und Ränder unter den Augen, die mit jedem Tag, den er an seinem Stehpult verbrachte, tiefer zu werden schienen. Kein Zweifel, das Dasein im Dienst der Musen forderte seinen Tribut. Einzig die Augen, die mit einer Mischung aus Überdruss und Amüsiertheit in die Welt blickten, zeugten von dem Mann, der wie kein anderer die Untiefen der menschlichen Seele erkundet hatte.

»Ich bin nur ein Mensch wie jeder andere, um keinen Deut besser als die Lackaffen, die um die Gunst der Königin wetteifern.« Edward de Vere machte eine wegwerfende Gebärde. »Die paar Stücke, was ist das schon.«

»Das Herrlichste, was von Poetenhand geschaffen wurde, ob Ihr es akzeptieren wollt oder nicht«, versetzte ich, hart an der Grenze zur Respektlosigkeit. »Dessen bin ich mir …«

»Sicher?«

»Absolut, Mylord.«

»Dann will ich dir mal glauben, Calvin«, räumte der Earl, in dessen Tonfall unüberhörbare Skepsis mitschwang, widerstrebend ein. »Wenn du nichts von meinem Metier verstehst, wer dann?«

»Zu viel der Ehre, Herr«, antwortete ich, kaum imstande, meine Verlegenheit zu verbergen. »Ich bin nicht der Einzige, der sich darin auskennt.«

»Aber der Fähigste.«

»Ich und fähig!«, rief ich aus, so laut, dass die beiden Gärtner auf uns aufmerksam wurden. »Ihr seid es, der ein Meisterwerk nach dem andern aus dem Ärmel schüttelt, nicht ich.«

»Ich schüttle meine Stücke nicht aus dem Ärmel, Calvin«, entgegnete mein Herr und ließ den Worten ein tiefes Aufseufzen folgen. »Wer das annimmt, befindet sich im Irrtum. Zugegeben, es gibt Tage, an denen mir die Verse nur so aus der Feder fließen, aber wenn du denkst, das ist immer so, muss ich dich enttäuschen. Oft sitze ich stundenlang herum, ohne etwas Vernünftiges zu Papier zu bringen. Frag mich nicht, wie viele Bögen ich schon zerrissen habe, sie gehen in die Hunderte, wenn nicht gar in die Tausende. Schreiben ist nicht einfach, Calvin, das weißt du so gut wie ich. Es ist schwerer, als die meisten denken, die paar Wenigen, die etwas davon verstehen, kann man an den Fingern einer Hand abzählen. Weißt du, manchmal gibt es Tage, an denen ich zwischen Realität und Poesie nicht unterscheiden kann. Du verstehst, was ich damit meine?« Der Earl atmete mit geschlossenen Augen aus. »Irgendwann kommt nämlich der Punkt, wo die Grenzen zwischen Realität und Fiktion verschwimmen, wo die Figuren zum Leben erwachen und dir vorgaukeln, sie seien aus Fleisch und Blut, wo sie dich aussaugen, bis dir das letzte Quäntchen Energie abhandengekommen ist. Schau mich doch an, Calvin, und dann weißt du Bescheid. Sieht so ein Mann aus, der die Einfälle nur so aus dem Ärmel schüttelt? Ganz bestimmt nicht, oder was meinst du?«

»Ihr besitzt eine herausragende Gabe, Herr«, beharrte ich, nicht bereit, ohne Weiteres klein beizugeben. »Das lasse ich mir nicht ausreden.«

»Auch von mir nicht?«

»*Gerade* von Euch nicht«, ließ ich mit Blick auf den fast 50-jährigen Lebemann verlauten, über dessen Züge ein mattes Lächeln huschte. »Schade nur, dass andere den Ruhm einheimsen.«

»Der ist vergänglich, es sei diesem Shakespeare gegönnt.« Der Earl, mit Ausnahme des Leinenhemdes unter dem Wams komplett in Schwarz, winkte mit lässiger Gebärde ab. »Hauptsache, er führt meine Stücke auf, alles andere interessiert mich nicht.«

»Das sollte es aber, Herr.«

»Mit anderen Worten, du befürchtest, dieser … Wie war doch gleich sein Name?«

»Norton, James Norton.«

»Meinst du wirklich, er wird alles ausplaudern?«

»Die Gefahr ist nicht von der Hand zu weisen, Mylord.« Um meinen Worten die gewünschte Wirkung zu verleihen, legte ich eine kurze Pause ein. »Versetzen wir uns in seine Lage, Herr. Norton wird die Behauptung aufstellen, Shakespeare trachte ihm nach dem Leben.«

»Eine Behauptung, die ihre Berechtigung zu haben scheint.«

»Das will ich meinen.« Ich deutete ein Nicken an. »Fehlt nur noch das Motiv.«

»Das Norton dem Chief Constable auf dem Silbertablett servieren wird.«

»Will heißen, er wird Shakespeare bezichtigen, er habe ihn mundtot machen wollen, um vor der Öffentlichkeit nicht als Betrüger dazustehen. Schließlich geht es nicht nur um seinen Ruf, sondern um eine Menge Geld.«

»Verstehe.« Der Earl ließ die Handfläche über seine zerfurchte Stirn gleiten. »Fragt sich, wie genau Norton über deine Transaktion im Bilde ist.«

»Und ob er weiß, wer sich hinter dem lebenden Pseudonym verbirgt«, ergänzte ich und betrachtete das Wolkengebirge, welches sich King's Hall bis auf wenige Meilen genähert hatte. »Wüsste er es nicht, wären Eure Lordschaft aus dem Schneider.«

»Was also sollten wir deiner Meinung nach tun, Calvin?«

»Ich finde, wir sollten auf Nummer sicher gehen.«

Der Earl horchte erschrocken auf. »Verstehe ich dich richtig, Calvin –«, flüsterte er, noch bleicher, als er mir in letzter Zeit erschienen war, »du hältst es für das Beste, Norton hinterrücks zu er…?«

»Sosehr es mir widerstrebt, Mylord, ich fürchte, es führt kein Weg daran vorbei.«

Der Angesprochene verfiel in betroffenes Schweigen. Wind kam auf, und während wir wie erstarrt innehielten, braute sich ein Unwetter über unsern Häuptern zusammen.

»Ich werde mir die Sache durch den Kopf gehen lassen«, murmelte der Earl, die Augen starr geradeaus gerichtet, wo sich ein dichter Regenschleier über den Park herabsenkte. Nicht lange, und das Labyrinth entschwand meinen Blicken, so plötzlich, als habe es nur in meiner Einbildung existiert. »Die Angelegenheit will wohlbedacht sein, Calvin. Ich finde, wir sollten nichts überstürzen.«

Mehr hatte mein Herr nicht zu sagen.

So weit also das Gespräch, das wir vor etwa sieben Stunden führten. Woher der Earl die Ruhe nahm, war mir schleierhaft. Die Zeit lief uns davon, und nichts wäre fataler gewesen, als die Hände in den Schoß zu legen. Solange die

Möglichkeit bestand, Schaden von meinem Herrn abzuwenden, mussten alle Hebel in Bewegung gesetzt werden.

Alle, ohne Ausnahme.

Ich musste handeln, je früher, desto größer die Chance, das rettende Ufer zu erreichen.

Deshalb verlor ich keine Zeit, stahl mich davon und schlug den Weg zum Newgate-Gefängnis ein. Es war das erste Mal, dass ich mich am helllichten Tag unter die Leute wagte, ungeachtet der Maske, die meine verunstalteten Züge verhüllte. Ob und inwieweit ich für Aufsehen sorgen würde, spielte keine Rolle. Die Zeit des Taktierens war vorbei, Wagemut das Gebot der Stunde.

Dass ich mit dieser Einstellung richtiglag, wurde mir klar, als ich den Versuch unternahm, Erkundigungen über das Befinden von Norton einzuziehen. Sosehr ich den Pförtner auch bedrängte, er hielt sich bedeckt, sogar dann, als ich ihm einen Silbergroschen offerierte. In der Wachstube, schräg gegenüber dem Eingang gelegen, hatte ich jedoch mehr Erfolg. Ein Rechtsanwalt, so die vertrauliche Information eines Torwächters, habe die Verteidigung von Norton übernommen. Fazit: Die Chancen, die Wahrheit um jeden Preis unter den Tisch zu kehren, standen schlecht.

Mehr als schlecht sogar.

Von wegen Norton aus dem Weg räumen. Das war leichter gesagt als getan.

Ratlosigkeit machte sich in mir breit, gefolgt von Erbitterung, die sich zu ohnmächtigem Zorn steigerte. An allem, was mir das Schicksal an Widrigkeiten beschert hatte, war nur dieser Rosstäuscher namens Shakespeare schuld. Gesetzt den Fall, er hätte Vernunft walten lassen, anstatt einen gedungenen Mordbuben anzuheuern, dann wäre das alles nicht passiert. An dieser Tatsache führte kein Weg vorbei.

Tief in Gedanken, fiel mein Blick auf ein Plakat, auf dem Werbung für eine Aufführung von *Julius Cäsar* gemacht wurde. Autor: William Shakespeare. Beginn der Vorstellung: neunte Stunde.

Außer mir vor Wut, riss ich das Plakat von der Wand, zerknüllte es, warf es weg und reihte mich in den Strom der Passanten ein, welche den Weg vom Newgate zu St Paul's einschlugen. Dafür würde mir dieser Hochstapler büßen, so wahr ich Joost de Witte hieß.

Und siehe da, ich hatte Glück. Ungeachtet meines Aufzugs und des Gedränges, das am Eingang des Globe-Theatres herrschte, gelang es mir, einen Platz im Stehparterre zu ergattern. Von dort aus, so mein Plan, würde ich einen günstigen Moment abwarten, um mich nach Beginn der Vorstellung hinter die Bühne und von dort aus in Shakespeares Garderobe zu schleichen.

Fehlte nur noch die passende Gelegenheit, um meinem Gegenspieler den Garaus zu machen.

Aber auch diese würde sich bestimmt finden.

XV

DIARIUM (VI)

Zeitpunkt der Niederschrift: 21. September 1599, eine Dreiviertelstunde vor Mitternacht

[23.15 h]

»Du und deine Knausrigkeit!«, raunzte Brendan mir ins Ohr, im Begriff, eine Schafherde passieren zu lassen, die laut blökend das Nordtor der London Bridge passierte. »Bei St. Patrick, wie kann man bloß so geizig sein!«

»Einmal Katholik, immer Katholik – oder wie siehst du das?«

»Lenk nicht ab, du alter Geizkragen, über Religion reißt man keine Witze.«

»Du weißt doch, Brendan: Die London Bridge wurde gebaut, damit kluge Leute darüber gehen«, lenkte ich ein, damit beschäftigt, einen aufdringlichen Widder auf Distanz zu halten. »Und dumme … Verschwinde, du Mistvieh, sonst gerbe ich dir das Fell!«

»Und dumme darunter durch, was du nicht sagst«, vollendete Brendan und amüsierte sich königlich, als der Widder zusehends Gefallen an mir fand. »Jetzt hab dich mal nicht so, du Mimose, er will doch bloß Freundschaft mit dir schließen. Du weißt schon, Gleich und Gleich gesellt sich gern.«

»Noch ein Wort, und …«, giftete ich, mit der Geduld definitiv am Ende. Der Widder nahm mich jedoch so in

Anspruch, dass mir die Drohung unter Freunden im Hals stecken blieb. »Mach, dass du fortkommst, jetzt ist es aber genug!«

»Siehst du, er versteht dich«, lästerte Brendan und schüttelte sich vor Lachen, als das Wollknäuel laut blökend von dannen trottete. »Es geht doch nichts über einen Plausch unter Artverwandten, oder?«

Na warte, Freundchen, Rache ist süß!, dachte ich, tat so, als könnten mir Brendans Frotzeleien nichts anhaben, und wartete ab, bis die Herde samt Schäfer und Hunden den Torbogen durchquert hatte. Von hier aus war es nicht mehr weit zum Leadenhall Market, Hauptumschlagplatz für Fleisch, Geflügel und Lebensmittel, mit denen London tagtäglich beliefert wird. Laut Gesetz ist das Schlachten innerhalb der Stadtmauern zwar verboten, wovon unter anderem Schafe betroffen sind, aber wenn sich ein Fleischgroßhändler nicht lumpen lässt, drücken die Aufsichtsbeamten beide Augen zu.

»Auf geht's, du Möchtegern-Schotte – die Pflicht ruft.« Brendan hatte recht, das muss ich der Ehrlichkeit halber eingestehen. Anstatt die London Bridge zu überqueren, wo um diese Tageszeit hektische Betriebsamkeit herrschte, hätten wir besser daran getan, einen Ruderer anzuheuern. Der Preis für die Hin- und Rückfahrt in einer Jolle betrug zwei Pence, beileibe kein Klacks, um Zeit zu sparen jedoch das einzig Richtige. »Sag mal, träumst du oder was ist mit dir los?«

»Falls du es noch nicht bemerkt hast, ich denke nach«, gab ich zurück, bedeutete Brendan, mir zu folgen, und stürzte mich mit grimmiger Miene ins Getümmel. »Na, dann wollen wir mal, auf in den Kampf.«

Die London Bridge am frühen Nachmittag, ein Bienenstock war nichts dagegen. Nirgendwo gibt es einen Ort, wo der Verkehr so stark, die Passanten so zahlreich und das Gedränge so dicht und beängstigend ist. Karren reiht sich an Karren, Fuhrwerk an Fuhrwerk, Einspänner an Einspänner. An Tagen wie heute, wo Theatervorstellungen, Ringwettbewerbe, Bärenhatzen oder Hahnenkämpfe auf dem Programm standen, waren da auch noch Dutzende von Sänften, Mietkutschen oder Prunkkarossen, bevorzugte Fortbewegungsmittel für Betuchte, die sich zu fein sind, den Weg zum Südufer per pedes zurückzulegen. Nichts wichtiger, als sich unters gemeine Volk zu mischen, sehen und gesehen werden, so lautet die Devise.

Die London Bridge ist eine Attraktion für sich, errichtet auf 20 Bögen, jeder davon mit einer Spannweite von 30 Fuß. In weitem Umkreis ist sie die einzige Brücke, die über die Themse führt, knapp 900 Fuß lang und breit genug, um Kollisionen zwischen entgegenkommenden Fuhrwerken zu vermeiden.

Darüber hinaus ist sie eine Stadt für sich, mit über 100 mehrstöckigen Häusern, in denen sich Läden, Garküchen und Werkstätten befinden. An alles wurde gedacht, sogar an eine Zugbrücke, um Schiffen aus Übersee die Durchfahrt zu ermöglichen. Zusätzlich abgeschirmt wird die Brücke durch sogenannte Pfeilerköpfe, will heißen durch Inseln aus Felsbrocken, Kies und Gestrüpp, die sie vor der Strömung, Gezeitenschäden und den Unbilden der hiesigen Witterung schützen.

Und dann erst das Getriebe, das dort herrscht. Man muss es mit eigenen Augen sehen, das Gewühl, Geschiebe, Getümmel und den Lärm am eigenen Leib verspüren. Sonst würde man die Berichte, die darüber kursieren, nicht glauben. Abgesehen von den Schafherden, Rindern und Zugochsen, die tagtäglich nach Norden oder in umgekehrter Richtung über die Brücke getrieben werden, wimmelt es geradezu von streunenden Hunden, Müßiggängern, Bettlern, Taschendieben und Prostituierten, die sämtliche Tricks anwenden, um zahlungskräftige Kavaliere zu umgarnen.

Wohin man auch blickt, es gibt überall etwas zu entdecken. Geldwechsler mit Rechentafeln, eine Hökerin, die unter der Hand Schmuggelware offeriert, Wasserverkäufer mit trichterförmigen Behältnissen auf dem Rücken, Fischverkäuferinnen, die lauthals ihre Waren anpreisen, fliegende Händler, den Trageriemen um den Hals geschlungen und ein Holzbrett mit Fleischpasteten und Krammetsvögeln vor der Brust, Tagelöhner, die unter der Last eines Getreidesacks ächzen, die allgegenwärtigen Straßenmusikanten, welche um die Aufmerksamkeit der Passanten buhlen, natürlich nicht zu vergessen. Sie alle treiben sich hier herum, und sie alle versuchen, ein möglichst großes Stück vom Kuchen zu erhaschen.

Mithin die größte Attraktion, in diesem Punkt herrscht weitgehend Einigkeit, ist das sogenannte Nonsuch House, ein Lustschloss im Kleinen, mit vier Zwiebeltürmen, einer Säulengalerie und den prächtigsten Schnitzereien weit und breit. Das Bemerkenswerte daran ist, dass die Materialien für das Gebäude aus den Niederlanden stammen, jedes noch so winzige Bauteil aus Holz, ohne Nägel, Mörtel oder Eisenklammern. Bemerkenswert auch, dass die komplette Endmontage in London erfolgte, eine Vorgehensweise, welche auf der Welt ohne Beispiel dasteht.

»Mensch, pass doch auf, wohl keine Augen im Kopf, oder was?«

Der Ausruf meines Freundes, der vor Wut rot angelaufen war, riss mich aus meinen Grübeleien. »Was ist denn los?«, erkundigte ich mich, kurzzeitig abgelenkt, weil ich einen Blick auf den gefürchtetsten Ort von London warf. Am besten, man tut dies aus gehöriger Distanz, je weiter vom Tower entfernt, lautet ein Sprichwort, desto größer die Chancen auf ein langes Leben. »Warum regst du dich so auf?«

»Rüpel gibt's, bei denen ist Hopfen und Malz verloren«, schnaubte Brendan, tippte mit dem Zeigefinger gegen die Stirn und machte seiner Wut auf den Mann, von dem er im Vorbeihasten angerempelt worden war, durch eine Serie lautstarker Flüche Luft. »Und kein Wort der Entschuldigung, hast du so was schon erlebt.«

Dank einschlägiger Erfahrungen, die ich mit dem irischen Heißsporn an meiner Seite gesammelt hatte, gab ich mich konziliant, machte eine beschwichtigende Handbewegung und hoffte, Brendans Temperamentsausbruch werde ohne Folgen bleiben. Mit dem, was im gleichen Augenblick passierte, hatte ich jedoch nicht gerechnet.

Der Unbekannte blieb abrupt stehen, wirbelte herum, reckte sich, spähte über die Köpfe der Menge – und richtete den Blick auf Brendan, dessen Hand auf dem Knauf seiner Dolchscheide ruhte.

Die Wirkung, die von dem in Schwarz gewandeten Mann ausging, war frappierend. Mein Freund und ich wechselten einen verblüfften Blick. Verglichen mit den Umstehenden, die ihm mit scheuem Blick auswichen, war der Fremde im Kapuzenmantel ungewöhnlich groß, mehr als sechs Fuß, falls meine Beobachtungsgabe nicht trog. Doch war es etwas anderes, das mich stutzig machte, ein Umstand, der uns wie auf Kommando innehalten ließ.

Der Mann trug eine Maske aus dunklem Samt, so groß, dass sie sein Gesicht komplett verhüllte.

An sich war dies nichts Ungewöhnliches. Jeder, der eine Pestepidemie miterlebt hat, wird den Anblick von vermummten Totengräbern, Abdeckern, Kärrnern oder Ärzten mit Schnabelmaske vor dem Gesicht nicht vergessen. Da die letzte Epidemie jedoch fünf Jahre zurücklag, war es ungewöhnlich, dass der Unbekannte, der wie festgewurzelt auf der Stelle verharrte, sein Gesicht vor den Blicken der Umstehenden verbarg.

Ungewöhnlich, um nicht zu sagen merkwürdig.

Und dass er keinerlei Anstalten machte, etwas zu erwidern.

Er stand einfach nur da, reglos, stumm und bedrohlich, wie ein Fels, dem die Passanten in weitem Bogen auswichen.

»Beim Gemächt des Leibhaftigen«, murmelte Brendan, im Zweifel, wie er das Verhalten deuten sollte. »Wenn der nichts auf dem Kerbholz hat, bin ich ein illegitimer Sohn der Kö...«

»Willst du wohl still sein!«, fuhr ich dazwischen, während mir der Schreck in sämtliche Glieder fuhr. Auf Majestätsbeleidigung stand der Tod, und wenn Brendan so weitermachte, würde er mit dem Scharfrichter Bekanntschaft machen. »Guck mal da droben«, flüsterte ich und wies mit der Kinnspitze auf den Turm, der das südliche Ende der Brücke markierte. Als Warnung waren dort Dutzende von Köpfen aufgespießt, in Teer getaucht und gekocht, um nachfolgenden Generationen als Warnung zu dienen. Bei den Hingerichteten handelte es sich zumeist um Hochverräter – oder um solche, denen man Hochverrat unterstellte. Am Anfang des unsäglichen Brauchs stand ein gewisser William Wallace, von Geburt Schotte und nach drei Jahrhunderten immer noch in aller Munde. Anno 1305 hatte er einen Aufruhr gegen die Engländer angezettelt, mit Folgen, über die ein Patriot wie ich nur ungern spricht. Leider haben sich die Schotten dies zur Gewohnheit gemacht, und wie ich sie einschätze, werden sie auch in Zukunft daran festhalten. »Oder hast du Lust, dass dein Dickschädel auf einer Pike landet? Wenn ja, mach ruhig so weiter, im Tower ist noch eine Zelle frei.«

»Sagen wir mal so, ich hätte Lust, diesem Hundsfott eine Abreibung zu verpassen«, gab Brendan mit zerknirschter Miene zurück, die Hand immer noch am Dolch, den er an seinem Gürtel aus dunklem Hirschleder trug. »Und zwar so, dass ihm die Lust am Mummenschanz vergeht.«

»Das lässt du hübsch bleiben, ist das klar?«

Brendan murmelte etwas auf Gälisch, was er immer dann tat, wenn sein Unmut am Siedepunkt angelangt war. »Aber nur, weil du es bist, Percy. Sonst würde ich mir den Schwarzkittel zur Brust nehmen.«

»Und wegen versuchten Totschlags vor dem Richter landen, wie weise.«

»Weißt du was, du Klugscheißer? Wenn du weiter an mir rummeckerst, kannst du zusehen, dass du deinen Fall im Alleingang …«

»Halt die Luft an, du weißt doch, Aufregung bekommt dir nicht.« Um Brendan den Wind aus den Segeln zu nehmen, hob ich die Hand, verpasste ihm einen Klaps und richtete den Blick auf die Stelle, wo der Unbekannte in Position gegangen war. Der Mann mit der Gesichtsmaske war jedoch verschwunden, wohin, würde ich vermutlich nie erfahren. »Siehst du, manche Dinge erledigen sich schneller, als man denkt.«

»Schade drum«, knurrte Brendan, revanchierte sich seinerseits mit einem Rippenstoß und setzte den Weg an meiner Seite fort. Kurz drauf durchquerten wir das Brückentor, in etwa eine halbe Meile vom Globe-Theater entfernt. »Ein bisschen Abwechslung hätte uns beiden gutgetan.«

»Kein Grund, den Kopf hängen zu lassen«, erwiderte ich und lenkte meine Schritte nach rechts, vorbei an der Kirche St Saviour and St Mary Overie, der Kürze wegen auch St Mary genannt. Auf der Bankside, wie die Uferpromenade gemeinhin bezeichnet wird, herrschte reger Betrieb, wenngleich mich der Wind, der vom Nordufer herüberwehte, unwillkürlich frösteln ließ. »Glaub mir, du wirst schon noch auf deine Kosten kommen.«

Die Bankside, was soll man noch dazu sagen. Nirgendwo in London gibt es so viele Tavernen, Ale-Häuser und Bordelle, und nirgendwo, schon gar nicht in der City, tummeln sich so viele Prostituierte wie hier. Egal ob freitags, samstags oder unter der Woche, in Southwark ist immer etwas geboten. Nicht für jeden Geschmack, wie ich in aller Entschiedenheit betonen muss, aber für all jene, die sich amüsieren wollen. Zuerst ins Theater, dann in die Taverne, und dann, falls einem der Alkohol keinen Strich durch die Rechnung macht, in eins der zwei Dutzend Freudenhäuser, in denen sich die Halbwelt, Spielsüchtige und Amüsierwillige die Klinke in die Hand geben. Nicht zu jedermanns Freude, das kann man sich ausmalen, aber da der Arm des Lord Mayer nur bis zum Nordufer reicht, sind den Herren aus dem Rat die Hände gebunden.

Unter uns, die hohen Herren sind nicht besser als so mancher Hafenarbeiter, der einen Tageslohn für ein Techtelmechtel verprasst. Auch sie lassen sich ihr Vergnügen etwas kosten, wenngleich sie es vorziehen, Häuser der gehobenen Klasse zu frequentieren. Für Geld kann man bekanntlich alles kaufen, und wer die Kosten nicht scheut, dem stehen sämtliche Schlafzimmertüren offen.

»Willkommen, ihr Herren – Stehplatz oder Loge?«

»Weder das eine noch das andere«, ließ ich die dralle und wie für ein Tanzvergnügen herausgeputzte Vorstadt-Venus wissen, die vor dem Haupteingang des Globe in Position gegangen war. »Wir sind nicht zum Vergnügen hier.«

»Sondern?«

»Gestatten, mein Name ist Percival, ich bin Anwalt von Beruf.«

»Und ich bin Kassiererin«, erwiderte die forsche Maid, eine grün glasierte Keramikdose mit einem Schlitz in der Hand, die sie mir mit fordernder Gebärde entgegenstreckte. »Entweder Ihr zahlt, oder Ihr bleibt draußen, so einfach ist das.«

»Wie gesagt, wir sind nicht …«, begann ich, kam jedoch nicht dazu, den Satz zu vollenden.

»Spart Euch die Worte«, fiel mir die Kassiererin ins Wort, nicht geneigt, sich auf Diskussionen einzulassen. »Mit der Tour kommt Ihr bei mir nicht durch. Für den Fall, dass Ihr es noch nicht wisst: Das Stehparkett kostet einen Penny, ein überdachter Stehplatz kostet zwei Pence, ein überdachter Stehplatz mit Schemel drei, ein überdachter Stehplatz mit Schemel und Kissen vier, ein Platz auf der Galerie fünf und ein Platz auf der Galerie inklusive Kissen lächerliche sechs Pence. Und so weiter und so fort. Take it or leave it, gentlemen, es liegt ganz bei Euch.«

»Zwei Plätze im Stehparkett, oh Zierde des schwachen Geschlechts«, mischte sich Brendan mit zuckersüßer Miene ein, öffnete seine Geldbörse und förderte den geforderten Obolus zutage. »Sehe ich das richtig, es ist gerade Pause?«

Die Kassiererin nickte knapp.

»Wie wär's dann mit dem halben Preis?«

Der Versuch stieß auf taube Ohren. »Ich dachte, ich hätte mich klar ausgedrückt.«

»Habt Ihr«, stieß Brendan frohgemut hervor, berappte den geforderten Preis und schnurrte: »Und jetzt, schöne Helena von Southwark, habt die Güte und lasst meinen umtriebigen Freund und mich passieren.«

Das Geld einfach zum Fenster hinauswerfen. Das sah diesem irischen Schürzenjäger ähnlich. »Musste das sein?«, raunzte ich Brendan an, während mein Blick ein Plakat streifte, auf dem das Programm für die laufende Woche verzeichnet war. »Wohl eine Erbschaft gemacht, oder wie?«

Brendan ließ sich nicht beirren. »Entspann dich, Percy«, erwiderte er, ein Lächeln im Gesicht, als könne er kein Wässerchen trüben. »Falls du es noch nicht gemerkt hast, wir sind hier im Theater.«

»Deinen Humor wollte ich haben, Ire.«

»Du wiederholst dich, Percy-Boy, weißt du das?«, raunte Brendan mir ins Ohr und bahnte sich den Weg durch die Menge, die das Stehparkett bevölkerte. Wie in den übrigen Theatern, die um die Gunst des Hauptstadtpublikums wetteiferten, waren es die kleinen Leute, die im Globe den Ton angaben. Und das im wahrsten Sinne des Wortes. Nur wer wirklich etwas von seiner Kunst verstand, war imstande, ein Publikum wie das hiesige in seinen Bann zu ziehen, gutes Aussehen allein reichte bei Weitem nicht aus. »Nette Leute hier, findest du nicht auch? Und so sprachgewandt und gebildet.«

»Wenn ich du wäre, würde ich mir das Witzereißen verkneifen«, flüsterte ich meinem Begleiter zu, umringt von einem Pulk von Fuhrknechten, die sich lautstark über die Willkür der Zollbeamten mokierten. Nur ein paar Schritte weiter torkelten zwei betrunkene Lehrlinge an uns vorüber, eine schokoladenbraune Wollmütze auf dem Kopf, wie sie typisch für die Angehörigen einer Handwerkerzunft ist. »Sonst bekommst du eins auf die Nase, und zwar schneller, als du ›Piep‹ sagen kannst.«

»Na und?«, frotzelte Brendan, auf der Suche nach einem Platz, von wo aus man die beste Aussicht auf die Bühne besaß. »Ich kann's kaum erwarten, hoffentlich geht's bald weiter.«

»Weißt du was, ich geb's auf«, erwiderte ich, wandte mich ab und ließ den Blick durch das vollbesetzte Theater schweifen. In Anbetracht der Tatsache, dass heute ein Werktag war, kam mir dies sonderbar, um nicht zu sagen widersinnig vor. Der Freude an der Vorstellung von *Julius Cäsar*, die laut Ankündigung auf dem Programm stand, schien dies jedoch keinen Abbruch zu tun. Unter anderem merkte man das auch daran, dass die knapp 3.000 Besucher einen gesunden Appetit mitgebracht hatten. Ganz oben auf der Wunschliste standen Nüsse, aber auch Früchte, getrocknet oder frisch, waren heißbegehrt. Die Preise waren zwar nicht ohne, dafür gab es jedoch alles, was der Gaumen des Theaterbesuchers begehrte. Trauben, Holunderbeeren, Pflaumen, Birnen, Kirschen, je nach Geschmack waren dem Appetit keine Grenzen gesetzt. Und Meeresfrüchte gab es natürlich auch, angefangen bei Muscheln, Spitzschnecken und Tintenfisch bis hin zu Austern, so wohlfeil, dass man sich für einen Spottpreis den Magen vollschlagen konnte. Kein Wunder, dass die Austern-Dirnen, wie die Verkäuferinnen im hiesigen Jargon genannt werden, wie Heuschrecken im Theater umherschwirrten. Das war auch der Grund, weshalb die meisten Männer ein Messer bei sich trugen, und nicht, um sich ihrer Haut zu erwehren. Ohne Messer tut man sich beim Öffnen der Austern schwer, so köstlich die aus Gezeitengewässern stammenden Muscheln auch sein mögen.

Das Ganze hat jedoch einen Nachteil, und der hat es in sich. Bei Hunderten von Konsumenten ist es unausweichlich, dass man überall, wo man geht und steht, auf Austernschalen tritt. Kein angenehmes Gefühl, vom Geruch, den sie verströmen, nicht zu reden.

Apropos Geräusche. Bei allem Verständnis für die Durstigen dieser Welt, aber wenn ich Schauspieler wäre, würde mich das Zischen beim Öffnen der Ale-Flaschen in Rage versetzen. Da lobe ich mir schon die Betuchten in den Logen, die wissen sich wenigstens zu benehmen, benutzen Gläser und Besteck und verfügen über genug Personal, um sich auf standesgemäße Art bedienen zu lassen. Wenn es sein muss, auch während der Vorstellungen. Adel verpflichtet, da sieht man es mal wieder.

Scherz beiseite – und zurück zum Thema. Da stand ich nun, eingekeilt zwischen schwatzenden, schmatzenden und scharwenzelnden Zuschauern, auf der Suche nach einem Mann, mit dem ich nur zu gern ein paar Takte geredet hätte. Hofiert von fliegenden Händlern, die mir gebratene Äpfel, Ingwerkuchen oder Weinschläuche in sämtlichen Größen offerierten. Und auf der Suche nach meinem Freund, der von jetzt auf nachher von der Bildfläche verschwunden war.

Ein dumpfes Grollen, nach meiner Schätzung nur noch wenige Meilen entfernt, riss mich aus den Gedanken. Auch das noch. Die Stirn in Falten, warf ich einen Blick nach oben. Ausgerechnet jetzt, wo sich die Pause ihrem Ende zuneigte, zog ein Gewitter auf.

Das hatte gerade noch gefehlt.

Ich musste mir etwas einfallen lassen, und zwar schnell. Fragte sich nur, was.

Einerlei, dachte ich, drückte einer Austernverkäuferin ein Pennystück in die Hand und erkundigte mich nach dem Weg zur Garderobe. Zu meinem Leidwesen ging ein Teil der Antwort im Lärm von einem halben Dutzend Fanfaren unter, das Zeichen, dass sich die Pause ihrem Ende zuneigte.

Ich stieß einen Fluch aus, der eines Gentleman unwürdig war, wünschte Brendan in die tiefste Hölle und steuerte auf den nächstgelegenen Seiteneingang zu. Wider Erwarten erwies sich dies als äußerst schwierig, wenn nicht gar riskant. Wie oft ich angepöbelt, geschubst oder mit Schimpfwörtern bedacht wurde, vermag ich beim besten Willen nicht zu sagen. Da mir jedoch nichts anderes übrig blieb, als gute Miene zu bösem Spiel zu machen, übte ich mich in Zurückhaltung, zwängte mich zwischen Marktfrauen, Metzgergesellen, Ale-Kutschern, Pastetenbäckern und wahren Heerscharen von Imbissverkäufern hindurch und strebte dem Ausgang zu, um mein Vorhaben in die Tat umzusetzen.

Laut Auskunft der Austernverkäuferin befand sich der Bühneneingang im rückwärtigen Teil des Theaters, eines Fachwerkbaus mit 20 Ecken, der über eine Vielzahl von Räumlichkeiten verfügte. An erster Stelle war diesbezüglich die Garderobe zu nennen, der Ort, wo ich Shakespeare zu finden hoffte.

Noch ein Wort zu den Darstellern, man möge mir den Exkurs verzeihen. Respektive zu dem, was man hierzulande darunter versteht.

Das Theater ist eine Männerdomäne. Das gefällt nicht jedem, auch mir nicht. Am Verbot der Behörden, Frauenrollen auch mit Frauen zu besetzen, ändert dies jedoch nichts.

Die königliche Zensurbehörde, allen voran der Master of the Revels, lässt diesbezüglich nicht mit sich reden, und wer Unannehmlichkeiten aus dem Weg gehen will, findet sich damit ab. Ich persönlich halte es zwar für anstößig, wenn Jünglinge in Frauenkleidern über die Bühne stolzieren, aber wie sagt man doch so schön: Manchmal bleibt einem nichts weiter übrig, als mit den Wölfen zu heulen.

Es sei denn, man zieht es vor, vom Leitwolf höchstpersönlich in Stücke gerissen zu werden.

Unter den Vermögenden, welche sie als einen Hort der Insubordination betrachten, stehen die Theater ohnehin in keinem guten Ruf. Besonders die Puritaner, die in London immer mehr den Ton angeben, würden sie lieber heute als morgen schließen, was Gott, so er auf meine Meinung Wert legen sollte, um jeden Preis verhindern möge. London ohne Theater, wenn ich es einmal so ausdrücken darf, wäre wie ein Bankett ohne Wein, eine Einstellung, die ich mit der Mehrzahl meiner Mitbürger teile.

»Sag mal, hast du keine Augen im Kopf? Das ist der Bühneneingang, da haben Holzköpfe wie du nichts zu suchen. Verpiss dich, du Bohnenstange, oder willst du, dass ich den Hund von der Leine lasse?«

»*Ihr*, wenn es *Euch* nichts ausmacht«, konterte ich und warf einen Blick auf das Schild, auf dem sich das Konterfei eines bellenden Hundes befand. »Oder ist das etwa zu viel verlangt?«

Der Schlägertyp, mit verschränkten Armen vor dem Bühneneingang postiert, zog die mit Eiterpickeln übersäte Trinkernase hoch. »Nimmst den Mund ganz schön voll, wenn du mich fragst«, grunzte er, spie aus und fletschte die angefaulten Zähne. »Ich zähle jetzt bis drei. Wenn du bis dahin nicht ver…«

»Was dann? Wenn Ihr es darauf ankommen lassen wollt, nur zu!«

»Na schön, anscheinend willst du es nicht anders«, knurrte der schmutzstarrende Gnom, einen Schlagring in der Hand, den er mit sichtlichem Vergnügen überstreifte. »Schade um das schöne Wams, hat bestimmt ein Heidengeld gekostet.«

»Schade um das Wams, aber nicht um dich«, versetzte ich und verstand nicht, was auf einmal in mich gefahren war. Egal wann oder unter welchen Umständen, ein Gentleman darf nie die Beherrschung verlieren. Auch dann nicht, wenn sein Widersacher einen Streit vom Zaun brechen will. »Na komm schon, bringen wir es hinter uns.«

»Schluss jetzt, sonst setzt es was.« Der Mann im Türrahmen, dessen Zurechtweisung den Gnom jäh innehalten ließ, trug ein ockerfarbenes Wams, dazu passende Kniehosen und einen Hut, an dessen Krempe eine Pfauenfeder befestigt war. Unter den Zuschauern, deren Applaus aus dem Inneren des Polygons herüberschallte, wäre er zunächst nicht aufgefallen. Bei näherem Hinsehen jedoch wurde klar, dass von der wimpernlosen, blassgesichtigen und mich mit ausdruckslosen Reptilienaugen taxierenden Erscheinung in mittleren Jahren eine Respekt erheischende Aura ausging. Eine Ausstrahlung, die dafür sorgte, dass der Gnom wie ein geprügelter Hund von dannen schlich. »Womit kann ich dienen, junger Herr?«

»Mein Name ist Clayton …«

»Wie ungehobelt von mir«, fiel mir der in etwa gleich große Unbekannte ins Wort, in einem Tonfall, der zwischen Hohn und Geziertheit hin und her schwankte. »Darf ich mich vorstellen: Mein Name ist Jenkins, ich bin der Inspizient.«

»Clayton Percival, Anwalt der Rechte.«

»Was kann ich für Euch tun, Master Percival?«

»Könnt Ihr mir sagen, wo ich Master Shakespeare finde? Ich hätte nämlich ein paar Fragen an ihn.«

»In welcher Angelegenheit?«

»Mit Verlaub, das würde ich ihm gern unter vier Augen mitteilen«, entgegnete ich, zum Missfallen des Inspizienten, der seinen Argwohn nur mit Mühe verbergen konnte. »Umgehend, falls Ihr nichts dagegen habt.«

»Das wird nicht gehen.«

»Und wieso nicht?«

»Master Shakespeare hat zu tun.« Der Körper meines Gesprächspartners straffte sich. »Kommt morgen wieder, dann sehen wir weiter.«

»Schade.«

»Wieso?«

»Wisst Ihr, was ein Haftbefehl ist, Master Jenkins?«

Der Reptilienblick des Inspizienten weitete sich.

»Na also«, kam ich einer Erwiderung vonseiten des sichtlich verdutzten Theatermitarbeiters zuvor, zuständig für den reibungslosen Ablauf der Vorstellungen, was ein hohes Maß an Sachkenntnis voraussetzte. »Nach Euch, Master Jenkins, so viel Zeit muss sein.«

»Bitte fasst Euch kurz, Master Shakespeare spielt zwar nicht die Hauptrolle, aber …«

»Sondern?«

»Wie meinen?«

»Welche Rolle er spielt, möchte ich wissen.«

»Cassius«, gab der Inspizient kurz angebunden zurück, während er die Treppen erklomm, die in den rückwärtigen Teil des Bühnenhauses führten. Dort ging es zu wie in einem Taubenschlag und niemand schien uns eines Blickes zu würdigen. Schauspieler auf dem Weg zur Bühne, Maskenbildnerinnen, die Frauendarstellern Schminke auflegten, Requisiteure, die stapelweise Stoßdegen durch die Gegend schleppten, Bühnenarbeiter mit Kerzenleuchtern, Helfer mit Wassereimern, Schneiderinnen mit ausgebesserten Kostümen, Bedienstete mit Ale-Krügen, Fanfarenbläser, Komparsen, Köche. In diesem Durcheinander verstand man sein eigenes Wort nicht mehr, und wer nicht aufpasste, lief Gefahr, über den Haufen gerannt zu werden. »Einer der Verschwörer.«

»Honi soit qui mal y pense«, presste ich in einem Anflug von Galgenhumor hervor, auf dem Weg ins zweite Obergeschoss, wo sich eine Druckerei, Schreibstuben und der Kostümfundus befanden. »Ich finde, die Rolle ist ihm auf den Leib geschneidert.«

»Wie darf ich das verstehen?«

»So, wie ich es sage«, erwiderte ich und wich einer Schneiderin aus, die eine Robe über dem Arm trug, die sie aus dem Fundus geholt hatte. »Echauffiert Euch nicht, das geht nur Shakespeare und mich etwas an.«

Der Inspizient blieb abrupt stehen. »Gibt es etwas, das ich wissen muss?«

»Ja.«

»Und was?«

»Dass ein Anwalt der Schweigepflicht unterliegt und seine Erkenntnisse nicht überall herumposaunen sollte.« Jenkins stierte mich wutentbrannt an, wagte jedoch nicht, mir Kontra zu geben. »Schon gar nicht, wenn er seine Gesprächspartner nicht kennt.«

»Mit anderen Worten, es geht mich nichts an.«

»So hart würde ich es nicht formulieren«, entgegnete ich mit zuckersüßer Stimme, Auge in Auge mit dem Inspizienten, dessen Reptilienblick mich förmlich zu durchbohren schien. »So, wenn Ihr nichts dagegen habt, würde ich jetzt gern Master Shakespeare …«

»Da hinein!«, fuhr Jenkins mir über den Mund und deutete auf die Tür, vor der er soeben stehen geblieben war. Und fügte in süffisantem Tonfall hinzu: »Dann mal viel Glück, Herr Rechtsanwalt, Ihr werdet es brauchen.«

Ich klopfte, fand jedoch kein Gehör.

Dann wiederholte ich die Prozedur, das Ohr an der Tür, während sich Jenkins ohne Abschiedsworte entfernte.

Schließlich fasste ich mir ein Herz und trat ein.

Der Zustand, in dem sich die sieben bis acht Yards im Quadrat große Stube befand, ließ mich verwundert innehalten. Von Ordnung konnte nicht im Entferntesten die Rede sein, eher vom exakten Gegenteil. Überall, auch vor dem von Spinnweben überzogenen Wandschirm und auf den Holzdielen oder den wurmstichigen Hockern, lagen Pergamentrollen, Notizzettel, großformatige Plakate und in Schweinsleder eingebundene Folianten herum, die sich bei näherem Hinsehen als Kontobücher erwiesen. Auf dem Schreibpult, an der Querseite des Raums unter der Fensteröffnung untergebracht, das gleiche Bild: ein wahres Sammelsurium von abgenutzten Schreibfedern, Pergamentstreifen, Briefbögen, mit unleserlicher Schrift bekritzelten Zetteln und Papierfetzen mit Zahlenkolonnen, allem Anschein nach Additionen. Womit sie sich beschäftigten, machte ein Blick auf den Tisch in der Mitte des Raumes klar. Dort nämlich befanden sich knapp zwei Dutzend Keramikdosen, und man musste kein Prophet sein, um zu erahnen, dass sie mit Ein-Penny-Münzen gefüllt waren.

Aus alledem wurde klar, Shakespeare nahm es mit der Ordnung nicht so genau. Und noch etwas fiel mir bei der

Begutachtung der Stube auf. Der Benutzer war dem Alkohol nicht abgeneigt. Sowohl auf der Tischplatte, die auf zwei grob gezimmerten Böcken ruhte, als auch auf den Hockern und sogar in der unverglasten Fensteröffnung lagen oder standen leere Flaschen herum. Der Geruch, den sie verströmten, sprach für sich, genau wie die Becher, die an den unpassendsten Stellen abgestellt worden waren. Und wie das Chaos, das einem auf Schritt und Tritt begegnete.

Auffällig, präziser gesagt irritierend, war jedoch etwas anderes. Unter den Dokumenten, Schriftstücken und Notizen, die nach Belieben und ohne erkennbare Ordnung deponiert worden waren, fand sich kein einziger Foliant, keine Lesemappe und auch nicht ein Textbuch, das ein Drama des derzeit gefeiertsten Autors von England enthielt.

Kein Hinweis darauf, nicht die geringste Spur.

Doch damit nicht genug. Bei genauerer Betrachtung musste ich feststellen, dass kein einziges – ich betone: kein einziges – Werk vorhanden war, das sich mit den schönen Künsten, Literatur im Allgemeinen und Poesie im Besonderen beschäftigte. Je länger ich mich umsah, desto unbehaglicher war mir zumute, aus gutem Grund, wie mir schlagartig bewusst wurde. Dieser Ort sah wie das Hinterzimmer einer Taverne aus – und keinesfalls wie das Refugium eines Poeten, dessen Werke das Publikum zu Begeisterungsstürmen hinrissen. An dieser Erkenntnis, so oberflächlich sie auch sein mochte, kam ich nicht vorbei.

»Darf man fragen, was Ihr hier zu suchen habt?«

Der barsche Tonfall, den meine Anwesenheit hervorrief, jagte mir einen kurzen Schreck ein. »Master Shakespeare, nehme ich an?«, war alles, was ich als Antwort parat hatte, wohl wissend, dass ich keine gute Figur abgab. »Wenn Ihr erlaubt, würde ich gern ein paar Worte mit Euch re…«

»Ich erlaube Euch überhaupt nichts!«, fuhr mich der allenfalls mittelgroße, nicht übermäßig attraktive und mit nur wenigen, aber immerhin langen Haaren und einer gewölbten Stirn gestrafte Mittdreißiger an, schlug die Tür zu und eilte an den Tisch, um die dort abgestellten Keramikdosen zu zählen. »Da habt Ihr aber Glück gehabt, sonst würde ich Euch die Hölle heißmachen.«

»Wieso?«

Die Antwort bestand aus einem schrillen Lachen. »Weil ich es auf den Tod nicht ausstehen kann, wenn ich beklaut werde«, entgegnete der Mann, dessen Werke die Zuschauer allabendlich in Staunen versetzten. »Ihr doch wohl auch nicht, oder?« Das Lachen erstarb so rasch, wie es hervorkatapultiert worden war. »Und jetzt sagt mir endlich, wer Ihr seid, ich muss schleunigst auf die Bühne.«

»Mein Name ist Percival«, antwortete ich mit Bedacht und ließ mein Gegenüber, der eine angebrochene Weinflasche an die Lippen setzte, nicht aus den Augen. »Clayton Percival.«

»Und meiner Gaius Cassius Longinus«, lästerte Shakespeare und zupfte einen Staubfaden aus seinem Wams, das mit Verzierungen, geschlitzten Ärmeln und Knöpfen mit Silberüberzug versehen war. »Na, was will uns der Name sagen?«

Da ein Gentleman stets die Form wahren sollte, ließ ich mir meinen Unmut nicht anmerken. Und verwendete die korrekte Anrede, wenngleich ich mich dafür hasste. »Mehr als Ihr ahnt, *Master* Shakespeare.«

Die Betonung ließ die erhoffte Wirkung vermissen. »Was seid Ihr überhaupt – ein Gelehrter?«, blaffte der

Angesprochene und nahm einen abermaligen Schluck, dem er ein Rülpsen und ein gekünsteltes Aufatmen folgen ließ. »Jetzt macht schon, ich habe meine Zeit nicht gestohlen.«

»Ich bin Rechtsanwalt.«

»Londoner?«

»*Ur*-Londoner«, betonte ich und machte mir sogleich Vorwürfe, weil Ironie in dieser Situation unangebracht war. Ein Selbsttadel, der vermutlich nicht von Dauer sein würde. »Und das bereits seit 27 Jahren. Solltet Ihr jemals in Schwierigkeiten geraten, meine Kanzlei befindet sich in der Thames Street.«

»Was Ihr nicht sagt«, entgegnete Shakespeare, ein argwöhnisches Blinzeln im ovalen und mit Bartstoppeln übersäten Gesicht, stellte die Flasche ab und umrundete den Tisch, um mich näher in Augenschein zu nehmen. »Und was verschafft mir die Ehre Eures Besuchs?«

»Schönes Kostüm«, antwortete ich und tat so, als hätte ich den drohenden Unterton nicht bemerkt. »So also sah ein echter Römer aus, endlich weiß ich Bescheid.«

»Kleiner Schlauberger, hab ich recht?«

Der Gentleman in mir haderte mit sich selbst, blieb jedoch seinen Prinzipien treu. »Darf ich Euch etwas fragen, *Master* Shakespeare?«

Der Angesprochene verzog keine Miene.

»Wart Ihr schon einmal in Italien?«

»Jetzt kommt schon, Master …«

»Percival.«

»Wie auch immer, Ihr seid doch nicht hierhergekommen, um mich das zu fragen?«

»Nein«, warf ich mit Entschiedenheit ein und blockierte den Weg zur Tür, den mein Kontrahent gerade einschlagen wollte. »Ich bin hier, um einen Mord aufzuklären.«

»Einen Mord, so, so«, echote Shakespeare, in einem Tonfall, hinter dem sich eine gehörige Portion Argwohn verbarg. »Und an wem?«

»An einer Halbweltgröße namens Cranston.«

»Nie gehört.«

»Wirklich nicht?«

»Nur so aus Interesse«, gab Shakespeare zurück, der es demonstrativ verschmähte, auf meine Frage einzugehen. »Ist es nicht Sache des Chief Constable, ein Verbrechen aufzuklären?«

»Sagen wir mal so, wir ergänzen uns bestens.«

»Und was, bitte schön, habe *ich* mit der Angelegenheit zu tun?«

»Eine Menge«, erwiderte ich knapp und machte einen Schritt nach vorn. »Was sagt Euch der Name ›Norton‹, Master Shakespeare?«

Die Lippen aufeinandergepresst, verharrte mein Kontrahent auf der Stelle.

Und verfiel in trotziges Schweigen.

»Wann habt Ihr James Norton zum letzten Mal gesehen, Shakespeare?«

»Das geht Euch einen feuchten Kehricht an«, knurrte der Angesprochene und trat so nah an mich heran, dass ich seinen weindurchtränkten Atem riechen konnte. »Und jetzt raus hier, sonst setzt es eine Abreibung!«

Ein Poet, der in einem Atemzug mit Marlowe genannt wurde. Und zugleich ein Rüpel, der das Wort »Anstand« nur vom Hörensagen kannte. Das also war William Shakespeare, der Mann, von dem ganz London sprach. »Ihr kennt doch den Black Swan, hab ich recht?«

»Scher dich zum Teufel, du …«

»Nach Euch, Shakespeare, ich habe es nicht eilig«, hielt

ich ohne mit der Wimper zu zucken dagegen, und das, obwohl ich Pöbeleien nicht ausstehen kann. »Um es kurz zu machen: Nach Aussage des Wirts, der Zeuge des gestrigen Geschehens wurde, seid Ihr erst kurz vor Mitternacht aufgetaucht und habt Euch an den Tisch Eures früheren Weggefährten gesetzt. Aber nicht, um über die alten Zeiten zu plaudern.«

»Sondern?«

»Gute Frage, Shakespeare. Genau das möchte ich von Euch wissen.«

»Wollen kann man viel.«

»Jetzt hört mir mal gut zu«, entgegnete ich, mit der Geduld definitiv am Ende. »Nach meiner Einschätzung bleiben Euch zwei Möglichkeiten: Entweder Ihr gebt Eure Hinhaltetaktik auf und sagt aus, worüber es in Eurem Disput mit dem ehemaligen Weggefährten ging, oder ich sehe mich gezwungen, den Chief Constable über Euer Verhalten in Kenntnis zu setzen. Welche Konsequenzen das nach sich ziehen wird, überlasse ich Eurer Fantasie.«

»Was Norton und ich zu bereden hatten, geht niemanden etwas an.«

»Da gebe ich Euch recht.«

»Na also, wo liegt dann das Problem?«

»Das Problem, Shakespeare, liegt darin, dass Norton auf dem Heimweg attackiert worden ist.«

Der Angesprochene verzog keine Miene. Auf den Rängen brandete Beifall auf, und während ich nach draußen lauschte, flog ein Grinsen über Shakespeares Gesicht. »Und was, bitte schön, soll daran Besonderes sein?«, höhnte er und baute sich mit verschränkten Armen vor mir auf. »Jedes Kind weiß, dass man sich nachts nicht mehr vor die Tür wagen sollte. Zum einen, um keinen Verweis wegen Missachtung der Sperrstunde zu kassieren, und zum anderen, weil es leicht passieren kann, dass man ...«

»Von einem gedungenen Meuchelmörder ins Jenseits befördert wird, Ihr sagt es.«

»Wurde ich aber nicht, wie Ihr seht.«

»Wir reden hier nicht von Euch, Shakespeare – ausnahmsweise.« Die Hände an den Hüften, legte ich eine kurze Pause ein. »Ich hoffe, Euer Ego hält das aus.«

»Moment mal.« Das Grinsen auf dem geröteten Gesicht verblasste. »Wollt Ihr damit sagen, ich hätte etwas mit dem Mord zu tun?«

»Sagen wir mal so, sämtliche Indizien sprechen dafür«, entgegnete ich mit ostentativer Kühle, kurz davor, meinem Unmut freien Lauf zu lassen. »An Eurer Stelle würde ich reinen Tisch machen, Shakespeare. Sonst macht Ihr es nur noch schlimmer.«

»Hättet Ihr wohl gern, was? Nehmt es mir nicht krumm, aber ich muss Euch leider enttäuschen.«

»Laut Aussage des Wirts habt Ihr gesagt, Norton sei das größte Dreckschwein, das in London herumlaufe. Und das war noch nicht alles. Wenn er so weitermache, dürfe sich Euer Busenfreund von einst nicht wundern, wenn er die Quittung präsentiert bekomme. Klare Worte, findet Ihr nicht auch?«

»Klar, aber unter Geschäftspartnern nicht unüblich.«

»Seht Ihr, jetzt kommen wir der Sache schon näher.« Ein Lächeln auf den Lippen, legte ich eine weitere Kunstpause ein. »Weiterhin gab der Wirt zu Protokoll, Ihr hättet Norton als Habenichts bezeichnet, und Ihr hättet geäußert, Ihr dächtet nicht daran, Euch von ihm erpressen zu lassen. Wenn Norton denke, er könne Euch über den Tisch ziehen, ginge es ihm an den Kragen.«

»Träumt weiter, dazu fällt mir nichts mehr ein.«

»Aber mir. Der Wirt sagt, Norton habe sich das nicht bieten lassen, sei aufgesprungen, habe Euch am Schlafittchen gepackt und gesagt, wenn er mit Euch fertig sei, könntet Ihr Euren Laden – sprich, dieses florierende Theater – dichtmachen. Dann wüssten alle, dass Ihr ganz London zum Narren gehalten hättet. Falls dies geschähe, könntet Ihr von Glück sagen, wenn Ihr vom Publikum nicht in Stücke gerissen würdet.« Die Hände in den Taschen, verlagerte ich das Gewicht auf meinen linken Fuß. »Es geht doch nichts über wahre Freundschaft, hab ich recht?«

»Raus hier, und zwar sofort.«

»Nur eine Frage noch, Shakespeare«, antwortete ich mit schneidender Stimme, hob die Hand und stellte mich meinem Kontrahenten in den Weg. »Wusstet Ihr, dass Norton tot ist?«

Die Reaktion auf meine Frage fiel anders aus als erwartet. »Ja, stellt Euch vor«, erwiderte Shakespeare, kurz davor, mich zur Seite zu stoßen. Und knurrte, die Augen zusammengekniffen: »Wenn Ihr denkt, ich habe ihn auf dem Gewissen, seid Ihr schief gewickelt. London ist eben ein Dorf, so etwas spricht sich schneller herum, wie man eine Hure vögeln kann.«

»*Als*, mein lieber Shakespeare, es heißt ›schneller als‹.«

»Elender Klugscheißer! Halt dich zurück, du Winkeladvokat, sonst kannst du dein Testament machen.«

»Hier spricht der Dichter von Rang, es ist nicht zu überhören.«

»Ich will dir mal was sagen, du Paragrafenreiter«, schäumte Shakespeare, während ein Speichelfaden aus seinem rechten Mundwinkel rann. »Entweder du …«

»Wie heißt es doch gleich?«, fuhr ich dazwischen und wandte mich zum Gehen, da ich es für unter meiner Würde hielt, mich mit einem Halunken vom Schlage dieses Cholerikers zu prügeln. »Hunde, die bellen, beißen nicht. Sieht so aus, als müsste ich den Chief Constable über unseren freundschaftlichen Plausch in Kenntnis setzen. Mit anderen Worten, wenn Ihr denkt, man könne Euch nichts nachweisen, begeht Ihr einen Irrtum. Ich werde nicht eher ruhen, bis ich Euch hinter Gitter gebracht habe. Und dann, Verehrtester, werden wir feststellen, wer von uns beiden den längeren Atem hat. Wir sehen uns wieder, Shakespeare, verlasst Euch darauf.«

Wieder zurück im Freien, atmete ich tief durch. Ich muss zugeben, ich hatte mir die Sache einfacher vorgestellt. Erheblich einfacher sogar. Vorläufiges Fazit: James Norton hatte den ehemaligen Weggefährten in der Hand gehabt, das stand unwiderruflich fest. Und hatte versucht, Kapital daraus zu schlagen.

Auch das war nicht von der Hand zu weisen.

Stichwort »Kapital«. Dass Norton knapp bei Kasse gewesen war, konnte man gut nachvollziehen. Reiche Gönner gab es mit Sicherheit genug, aber ob das ausreichte, um seinen Lebenswandel zu finanzieren, wagte ich zu bezweifeln. Hätte er genug auf der hohen Kante gehabt, wäre Norton noch am Leben. Davon konnte ich getrost ausgehen. So aber hatte das Ex-Mitglied der Lord Chamberlain's Men keinen Ausweg mehr gesehen und versucht, Shakespeare um eine größere Summe zu erpressen. Normalerweise schaltete man bei so etwas den Chief Constable ein, nicht so der Betroffene, der die Dinge selbst in die Hand genommen hatte. Nun ja, das stimmte nicht ganz. Da er sich nicht die Hände schmutzig machen wollte, hatte

Shakespeare eine stadtbekannte Halbweltgröße angeheuert, die nach der Auseinandersetzung im Black Swan in Aktion getreten war. Dumm nur, dass Norton den Spieß umgedreht und bei der Messerstecherei mit Cranston die Oberhand behalten hatte. Sonst wäre der Mitwisser, von dem das Wohl und Wehe Shakespeares abhing, mundtot gemacht und das Problem ein für alle Mal beseitigt worden. Doch es war anders gekommen, anders als Cranstons Auftraggeber es sich erhofft hatte. Um das Problem endgültig zu lösen, war daraufhin ein weiterer Versuch unternommen worden. Und siehe da, der Mordanschlag war geglückt. *Wie* Shakespeare das zuwege gebracht hatte, war mir zwar schleierhaft, aber dass die Initiative von ihm ausging, stand außerhalb der Diskussion.

Cranston tot, Norton tot und obendrein kein einziger Tatzeuge, der geeignet wäre, meine Hypothese zu bekräftigen. So vielversprechend, wie sich der Kasus entwickelt zu haben schien, war er beileibe nicht, und was meinen zwischenzeitlichen Optimismus betraf, hatte ich einen herben Dämpfer erlitten.

Wut stieg in mir auf, obwohl dies eines Gentleman nicht würdig ist. Wut und der unbändige Wille, Licht in die mysteriöse Angelegenheit zu bringen. Egal, welche Schwierigkeiten sich vor mir auftürmten.

So billig, wie er es sich vorgestellt hatte, würde Shakespeare nicht davonkommen. Die geballte Faust in der Hosentasche, stieß ich einen gänzlich inakzeptablen Fluch aus, bog nach rechts und begab mich auf den Weg ins Stehparkett, um Ausschau nach meinem Freund Brendan zu halten. Er war einfach immer für eine Überraschung gut, wenngleich ich jetzt, wo ich auf der Stelle trat, liebend gern auf eine Suchaktion verzichtet hätte.

Julius Cäsar, fünfter Akt. Nach der Szene zu urteilen, die bei meinem Eintreffen im Gange war, neigte sich die Aufführung ihrem Ende zu, und obwohl ich weiß Gott andere Sorgen hatte, hielt ich inne und betrachtete das Geschehen aus der Nähe. Die Niederlage der Cäsar-Mörder war besiegelt, der Triumph von Antonius und Octavian vollkommen. Für Cassius alias William Shakespeare gab es nur noch zwei Möglichkeiten, nämlich auf Gnade oder Ungnade die Waffen zu strecken oder auf die damals übliche Art Selbstmord zu begehen, in Anwesenheit eines Sklaven, der seinem lebensmüden Herrn assistiert.

Und da, im Angesicht des sich selbst richtenden Gaius Cassius Longinus, kam es auf einmal über mich. Dieser Mann, der offenbar vor nichts zurückschreckte, dieser zwielichtige Mime, der alles andere als eine überzeugende Vorstellung bot, dieser begabte Dilettant sollte die Verse, die das Publikum förmlich in sich aufsaugte, ohne Hilfestellung zu Papier gebracht haben? Niemals. So wahr ich Clayton hieß, das konnte, das durfte einfach nicht sein.

Die Erkenntnis traf mich mit voller Wucht, wie ein Blitz aus heiterem Himmel. So heftig, dass ich die letzten Worte des Cassius nur noch am Rande registrierte: »Cäsar, du bist gerächt, / Und mit demselben Schwert, das dich getötet.«

Die Verschwörer, allen voran Cassius und Brutus, waren besiegt, der Tod Cäsars gesühnt. Auch die Ordnung in Rom war wiederhergestellt, und als die Worte des versöhnlich gestimmten Octavius verklungen waren, herrschte atemlose Stille.

Und dann, wie das Tosen der heranrollenden Brandung, brach der Beifall los. So laut, dass es in den Ohren schmerzte.

Auch ich trug meinen Teil zu den Ovationen bei, doch als die Reihe an den vermeintlichen Autor kam, wandte ich mich angewidert ab. »Na warte«, murmelte ich vor mich hin, auf dem Weg zum Ausgang, um dem allgemeinen Freudentaumel zu entfliehen. »Damit kommst du mir nicht durch, und wenn ich Himmel und Hölle in Bewegung setzen muss.«

XVI

CONFESSIO (VI)

Zeitpunkt der Niederschrift: 21. September 1599, dreieinviertel Stunden vor Mitternacht

[20.45 h]

FRENETISCHER SCHLUSSAPPLAUS, WIE sollte es anders sein. Extatisches Klatschen, anerkennende Zurufe, Trampeln, dass die Logen erbebten, und dann, als Krönung des Ganzen, stehende Ovationen von den Rängen. Schade nur, dass mein Herr nicht unter den Zuschauern weilte. Er wäre vor Freude außer sich gewesen.

Angesichts dessen, was mir in meinem Versteck hinter dem Wandschirm zu Ohren gekommen war, war Freude jedoch fehl am Platz. Mit einem Rechtsanwalt vom Schlage dieses Percival war nicht zu spaßen, das wurde mir auf Anhieb klar. Zeitgenossen wie er ließen nicht locker, und seien die Schwierigkeiten, auf die sie trafen, noch so groß.

Es sei denn, man griff zum Dolch.

Oder zu anderen Mitteln, je nachdem. Methoden, die keine Spuren hinterließen.

Je länger ich über diese Option nachdachte, desto mehr schreckte ich davor zurück. Um zu gewährleisten, dass das Pseudonym meines Herrn gewahrt blieb, musste ich Prinzipien verletzen, die mir heilig waren. Prinzipien, die ein Christenmensch nicht antasten darf.

Nie und nimmer, unter keinen Umständen.

Du sollst nicht töten. Deutlicher, als es die Heilige Schrift ausdrückte, konnte man es nicht formulieren.

Die Frage, vor der ich stand, war somit klar. Entweder der Betrug flog auf, oder der Mann, der ihn aufdecken würde, wurde aus dem Verkehr gezogen.

So einfach war das.

Cranston tot, Norton tot, Percival tot. Weiß Gott keine angenehme Vorstellung. Aber der einzige Weg, um die Bloßstellung meines Herrn abzuwenden.

Und Shakespeare? Nun, was ihn betraf, musste ich mir keine Sorgen machen. War Percival erst unschädlich gemacht, würde alles so weitergehen wie bisher. Das Pseudonym, hinter dem sich mein Herr verbarg, würde alles tun, damit unsere Verbindung keinen Schaden nahm. Pro Theaterstück würde er zwischen sechs und acht Pfund kassieren, seinen Anteil an den Einnahmen reklamieren und die Rolle, welche ihm auf den Leib geschneidert war, weiterhin zu meiner vollsten Zufriedenheit spielen. Ohne Versprecher, ohne dass irgendwer Argwohn schöpfte. William Shakespeare, der größte Poet, den England je hervorgebracht hatte. Dieser Scharlatan hatte wirklich mehr Glück als Verstand.

Ein dumpfes Grollen, unheilverkündend und bedrohlich nah, ließ mich erschrocken auffahren. So weit hatte es mit Joost de Witte, Treuester unter den Getreuen Gottes, also kommen müssen. Um einen Betrug zu vertuschen, den ich ohne fremdes Zutun ersonnen hatte, blieb mir nichts anderes übrig, als einen Mord zu begehen. Und um einen Mord zu begehen, musste ich alles, woran ich geglaubt hatte, über Bord werfen.

Hatte ich eine Wahl?

Ich glaube nicht.

XVII

DIARIUM (VII)

Zeitpunkt der Niederschrift: 21. September 1599, eine gute halbe Stunde vor Mitternacht

[23.25 h]

»Sag mal, bist du eigentlich noch ganz bei Trost?«, fuhr ich Brendan schon von Weitem an, auf dem Weg zum Anlegesteg, um mich ans Nordufer rudern zu lassen. Die Windstöße, welche mir wie Sturzwogen entgegenbrandeten, wurden immer heftiger, untermalt von einem Grollen, das wie ein unheilverkündendes Menetekel klang. Je früher ich ein schützendes Dach über dem Kopf hatte, desto besser, ob mit oder ohne meinen Freund, würde sich in Kürze zeigen. »Ich begebe mich in die Höhle des Löwen, riskiere Kopf und Kragen, um diesem Shakespeare das Handwerk zu legen – und was machst du? Du bandelst mit einer Kassiererin an, ich fasse es nicht! Falls du es vergessen haben solltest, du Schwerenöter – wir sind hier, um einen Fall zu lö…«

»Jetzt halt aber mal die Luft an, Moralapostel!«, blaffte Brendan zurück, löste sich aus der Umarmung der drallen Maid, deren Bekanntschaft wir beim Betreten des Theaters gemacht hatten, und packte mich am Arm, um unter vier Augen mit mir zu reden. »Womit ich gerade beschäftigt bin, hat mit Vergnügen nichts zu tun.«

»Mit was dann?«, erwiderte ich mit Blick auf den Anlegesteg, wo die Schlange mittlerweile so lang war, dass ich die Hoffnung auf den Platz in einem Ruderboot begraben musste. Und fügte mit gekünsteltem Lächeln hinzu: »Keine schlechte Wahl, soweit ich das von hier beurteilen kann.«

»Das hat sich Norton mit Sicherheit auch gedacht«, antwortete Brendan und trat so nah wie möglich an mich heran. »Da guckst du, was? Um in unserer Branche zu bestehen, muss man den richtigen Riecher haben – oder die richtigen Leute kennen, je nach Situation.«

»Willst du damit sagen, deine Begleiterin könne sachdienliche Hinweise …«

»Ich will damit sagen, dass Sharon und Norton gute Freunde waren, falls du verstehst, was ich damit meine.«

»Das ist nicht dein Ernst, oder?«

»Und zwar so gute Freunde, dass er vor der Unterredung mit Shakespeare einen Abstecher in die Broad Street gemacht hat. Liegt auf dem Weg zum Black Swan, warum also nicht ein paar Rosenkränze beten, bevor es ans Eingemachte geht.« Brendan stieß ein galliges Lachen aus. »Der Mann hat Nerven, das muss ihm der Neid lassen.«

»Hatte, Brendan – hatte.«

»Hör auf, mich zu verbessern, das kann ich auf den Tod nicht ausstehen«, polterte mein Freund. Dann warf er der Kassiererin einen entschuldigenden Blick zu und sagte: »Weißt du was, Wanderprediger? Ich glaube, wir sind einer Riesensauerei auf der Spur.«

»Inwiefern?«

»Gute Frage«, ließ Brendan verlauten, bevor er einen neuerlichen Blick über die Schulter warf. »Ich sag dir eins. Wenn die auspackt, dann … Hör zu, alter Knabe: Am besten, du überlässt die Dame mir. Ich weiß wenigstens, wie man mit Frauen umgeht.«

»Stimmt, wie konnte ich das vergessen.«

»Jetzt sei nicht gleich eingeschnappt, alter Knabe. Bist doch sonst nicht so. Sieh mal, um das Vertrauen einer Lady zu gewinnen, braucht man vor allem eins: Fingerspitzengefühl.«

»Im übertragenen oder wortwörtlichen Sinn?«

»Sowohl als auch, kommt ganz drauf an.« Brendan setzte ein affektiertes Lächeln auf. »Sag du noch was über mich, dein Humor ist auch nicht von schlechten Eltern.«

»Nichts für ungut, ich wollte dich nicht unterbrechen.«

»Was dir fehlt, mein Junge, ist das gewisse Etwas. Aber mach dir nichts draus. Ihr Engländer seid nun mal, wie ihr seid. Damit muss man als Mann von Welt eben leben.«

»Trink nicht so viel, das bekommt dir nicht.«

»Wie gesagt, am besten, du hältst dich erst mal raus. Du weißt doch, Percy, Frauen sind wie Wachs in meinen Händen.«

»Wie lange, denkst du, wird es dauern, bis die Lady deinem Starkbier-Charme erliegt?«

»Noch ziert sie sich, aber ich wette, der Zustand wird nicht von Dauer sein.«

»Na schön, wie du willst.« Da dies weder die richtige Zeit noch der passende Ort war, um über unser Vorgehen zu diskutieren, willigte ich widerstrebend ein. »Wann in etwa kann ich mit dir rechnen?«

»In Bälde«, erwiderte Brendan, warf der Kassiererin eine Kusshand zu und schnitt eine frohgemute Grimasse. »Immer mit der Ruhe, Percylein. Du weißt doch, wer vor der Zeit beginnt, der endigt früh. Hab Vertrauen, ich werde das Kind schon schaukeln.«

»Kennst du das Bell Inn in der Carter Lane?«

»Logisch.«

»Dumme Frage, da hast du recht«, versetzte ich und wandte mich zum Gehen, um mich vor dem drohenden Unwetter in Sicherheit zu bringen. »Dann werde ich dort auf dich warten. Nur keine unziemliche Hast, Adonis, das bekommt dir nicht.«

»Idiot!« Ein wütendes Schnauben, gefolgt von einer Geste, die zu beschreiben eines Gentleman unwürdig wäre. Und schon rauschte Brendan samt Begleiterin von dannen. »Nach Euch, schöne Frau, ich stehe zu Eurer Verfügung.«

»Na, dann mal viel Erfolg«, murmelte ich, nahm meine Beine in die Hand und reihte mich in den Strom der Passanten ein, die auf der Flucht vor dem herannahenden Unwetter waren. Das Grollen nahm immer bedrohlichere Formen an, und es schien, als stünde das Weltenende kurz bevor. »Alles, was recht ist, aber dieser Ire tötet mir den letzten Nerv.«

»Platz da, du Bohnenstange, oder ich mach dir Beine!«

Bohnenstange. Wenn es ein Prädikat gibt, das ich seit meiner Schulzeit gehasst habe, dann dieses. Vom Tonfall, den der Sänftenträger anschlug, gar nicht zu reden. »Oder ich mache *Euch* Beine«, verbesserte ich den tumben Klotz, drauf und dran, die Gebote der Höflichkeit über Bord zu werfen. »Aber macht nichts, Anstand ist nicht jedermanns Sache.«

Ich weiß, das war dumm von mir. Anstatt mich mit einem Bullterrier anzulegen, der sich in Begleitung von drei weiteren livrierten Bullterriern befand, hätte ich klein beigeben und meinen Weg ohne unnütze Widerworte fortsetzen sollen. Dass ich es nicht tat, gab mir zu denken, wiewohl es zu spät war, meinen Lapsus wiedergutzumachen.

»Was hast du gerade ge…«

»*Ihr*«, beharrte ich, umgeben von einer Menschentraube, für die das Wortgefecht eine willkommene Abwechslung darzustellen schien. »Es muss heißen: ›Was habt *Ihr* gerade gesagt?‹ Unter gebildeten Zeitgenossen redet man sich mit der Höflichkeitsform an, für den Fall, dass es sich bis zu Euch noch nicht herumgesprochen hat.«

Streng genommen hatte der Lakai zwei Möglichkeiten. Entweder er kniff den Schwanz ein und setzte seinen Weg fort oder er gab Anweisung, die Sänfte abzusetzen, um mir die in seinen Augen gebührende Lektion zu erteilen.

Unschwer zu erraten, für welche Option er sich entschied.

»Jetzt hör mir mal gut zu, du Vogelscheuche«, knurrte der Bullterrier, straffte die schwarzblau gestreifte Livree und gab seinen Begleitern ein Handzeichen, man möge ihm die vermeintlich leichte Beute überlassen. »Entweder du entschuldigst dich jetzt bei mir, oder ich verpasse dir eine Abreibung, die sich gewaschen hat.«

»Zum letzten Mal: Es heißt *Ihr*.« Ich weiß wirklich nicht, was in diesem Moment in mich gefahren war. Und ich bin mir dessen bewusst, dass ein Gentleman allzeit ruhig Blut bewahren sollte. Im Gegensatz zu sonst, wo ich mein Temperament zu zügeln verstand, ließ mich die Selbstbeherrschung jedoch im Stich. »Und jetzt tut mir den Gefallen und zieht Eures Weges, in wessen Diensten Ihr auch immer stehen mögt.«

»Nicht bevor ich dir eine Lektion erteilt habe, Bohnenstange.«

Eine Lektion, aha.

Ich hatte es geahnt.

»So, so – da bin ich aber gespannt.« Um ganz ehrlich zu sein, ich kann mich nicht entsinnen, wann genau ich mich das letzte Mal geprügelt habe. Beschönigend ausgedrückt, ich war ein wenig aus der Übung. Ein Faktum, das meine Chancen gen Null schrumpfen ließ. »Dann mal los, bringen wir es hinter uns.«

Großes Mundwerk, aber nichts dahinter, hätte Brendan vermutlich gesagt. Gerade ihn hätte ich jetzt gut brauchen können.

»Was ist los, Stanthorpe – warum geht es nicht weiter?«

Kaum war die Frauenstimme verhallt, die den Bullterrier wie von Zauberhand in ein Schoßhündchen verwandelte, da erstarrte ich zu einer Salzsäule. Vergessen war der knapp sechs Fuß große Kraftmeier, der wie ein folgsames Kind zu seiner Herrin trottete, die das verhüllte Antlitz durch das Fenster der mit Schnitzereien, Blattgold und Lilienmuster verzierten Sänfte aus poliertem Nussbaumholz steckte, vergessen die Gaffer, welche das Geschehen mit ungläubigem Staunen verfolgten, weit weg auch das Donnergrollen, welches aus nächster Nähe über die Bankside hallte. Plötzlich waren da nur noch ich, Clayton Percival, der mit schlotternden Knien auf der Stelle verharrte, und die Frau, die mich mit dem Zeigefinger heranwinkte. »Master Percival, welch ein Zufall, Euch hier zu treffen«, gurrte die dunkle Lady, noch berückender, als sie mir bei unserer Begegnung im Pembroke's erschienen war. »Ich hoffe, Ihr befindet Euch wohl?«

»Wie man's nimmt, Mylady«, erwiderte ich, darum bemüht, mich meiner Profession würdig zu erweisen. »Ihr wisst schon, hin und wieder steckt das Leben voller Tücken.«

»Wem sagt Ihr das, Herr Anwalt«, entgegnete das Objekt meiner Bewunderung, wies seine Lakaien an, wieder an die Arbeit zu gehen, und bedeutete mir, im Inneren der Sänfte Platz zu nehmen. »Bitte entschuldigt die Unannehmlichkeiten, ich verspreche Euch, es wird nicht wieder vorkommen.«

»Halb so schlimm, Mylady«, versetzte ich, verlegen wie ein schüchterner Knabe, während die Sänfte den Weg zur London Bridge einschlug. »Gott sei Dank passiert so etwas nicht alle Tage.«

»Freut mich zu hören«, erwiderte die mysteriöse Unbekannte, zurrte die Larve aus dunklem Samt zurecht und warf einen nachdenklichen Blick aus dem Fenster. »Und wie steht es mit Eurem Mandanten, wenn die Frage gestattet ist?«

»Nun ja«, wich ich aus und wusste nicht, wohin ich in meiner Not schauen sollte. »Ihr müsst wissen, Mylady, die Ermittlungen sind noch in vollem Gange, und es wäre verfrüht, etwas verlauten zu lassen, solange wir nicht hundertprozentig sicher sind, ich meine, es macht einfach keinen Sinn, sich in Spekulationen zu …« Nur gut, dass Brendan mein Gestotter nicht mitbekam. Hohn und Spott wären mir sonst nicht erspart geblieben. Mit Recht, wie ich zähneknirschend einräumen muss. »Was ich damit sagen will, ist: Wir ermitteln in alle Richtungen.«

»Wir?«

»Mein Freund Brendan und ich.«

»Kenne ich den Herrn?«

»Er ist der Chief Coroner der City of London. Ein absoluter Fachmann, wenn ich das mal so sagen darf.«

»Tatsächlich? Ja, wenn das so ist, stehen die Chancen nicht schlecht, oder?« Die Unbekannte sah mich forschend an. »Kann es sein, dass Ihr mir etwas verheimlicht, Master Percival?«

»Wie gesagt, Mylady: Wir ermitteln in alle Richtungen.«

»Könnt Ihr nicht darüber reden oder wollt Ihr nicht?«

»Na schön, wie es Euch beliebt.« Am Südende der London Bridge angelangt, drosselten die Träger das Tempo. Um diese Tageszeit, das heißt circa eine Stunde vor Toresschluss, war das Wirrwarr aus Fuhrwerken, Kutschen, Gespannen und Karren jeder Art besonders groß, und man konnte froh sein, wenn sich eine Lücke fand. Pünktlich bei Sonnenuntergang würden die Tore diesseits und jenseits der Themse geschlossen werden, und wer Pech hatte, musste bis zum nächsten Morgen warten. Oder Handsalben für den Fall der Fälle bereithalten. »Um Euch ins Bild zu setzen, könnte ich mir zwar einen geeigneteren Ort vorstellen, aber …«

»Was sein muss, das duldet keinen Aufschub, Ihr sagt es.«

»Ich muss gestehen, es ist etwas Unvorhergesehenes passiert.« Da war er wieder, mein Mangel an Fingerspitzengefühl. Brendan hatte recht gehabt. Es gab Situationen, für die ich nicht geschaffen war. Da musste ich ihm notgedrungen recht geben.

Es half nichts, ich war gezwungen, meinem Gegenüber reinen Wein einzuschenken. Die Frage war nur, wie. Und welche Reaktion ich mit meiner Hiobsbotschaft heraufbeschwören würde. »Ich fürchte, ich bringe schlechte Kunde, Mylady.«

»Ist etwas mit James?« Wie der Volksmund sagt, der Tonfall macht die Musik. Über die Natur der Beziehung zwischen James Norton und der Venus im juwelenbesetzten Cape hegte ich von da an keinerlei Zweifel mehr. Auch darüber nicht, dass es sich nicht um eine jener oberflächlichen Liebeleien handelte, wie sie in Schauspielerkreisen an der Tagesordnung sind. Das Erbleichen der Unbekannten war Beweis genug. Die Fassade der Unnahbarkeit, die sie um jeden Preis aufrechtzuerhalten versuchte, war ins Wanken geraten. Das Marmorporträt hatte Gefühle gezeigt. In aller Kürze zwar, jedoch auf vielsagende Art und Weise.

»Danke, keine weiteren Fragen.« Wäre dies eine Vernehmung gewesen, hätte ich von dieser Floskel Gebrauch gemacht. So aber erübrigte sich jeder Kommentar. Kein Zweifel, die beiden waren ein Paar, und das vermutlich nicht erst seit gestern. »So sprecht doch, Master Percival, ich flehe Euch an!«

»So leid es mir tut, Euch dies mitteilen, zu müssen – er ist … Nun, es ist so, er …«

»James ist tot, sprecht es ruhig aus.«

»Jawohl, Mylady, das ist die traurige Wahrheit.« In einem Punkt muss ich diese Frau bewundern, auch jetzt noch, da ich diese Zeilen niederschreibe. Die Unbekannte, deren Anmut über jeden Zweifel erhaben war, wusste sich zu beherrschen. Trotz der Hiobsbotschaft, die sie zweifellos schwer getroffen hatte, kam kein Wort der Klage oder der Niedergeschlagenheit über ihre Lippen. Auch Tränen, zumindest soweit ich es erkennen konnte, blieben gänzlich aus. Die dunklen Augen blickten regungslos, die Larve saß immer noch an der gleichen Stelle, die sorgsam manikürten Hände ruhten nach wie vor in ihrem Schoß, die karmesinrot geschminkten Lippen wirkten wie gemalt und auch die statueske Haltung der Anonyma war die gleiche wie zuvor. Angesichts der Kunde, die ihr offenbart worden war, eine ungewöhnliche, wenn nicht gar irritierende Reaktion. »Es schmerzt mich, Euer Leid nicht mildern zu können.«

»Das muss es nicht, Master Percival. Ich bin überzeugt, Ihr habt Euer Bestes getan.«

»Mein Bestes vielleicht, aber nicht genug, Mylady.«

Die Antwort ging im Getöse unter, welches durch das Fenster der mit scharlachroten Polstern ausstaffierten Sänfte drang. Auf dem Höhepunkt der Rushhour, wie wir Londoner das Chaos vor Toreschluss bezeichnen, kommt es immer wieder zu Auseinandersetzungen, sehr häufig wegen des Brückenzolls, den die Händler pro Wagenladung berappen müssen. Im vorliegenden Falle war der Disput zwischen einem Kaufmann und der Stadtwache in ein hitziges Wortgefecht ausgeartet, ein Spektakel so recht nach dem Geschmack der Passanten, welche einen Ring um die Streithähne gebildet hatten. Ein englischer Hellebardist und ein aufgebrachter französischer Weinhändler, die sich gegenseitig mit Obszönitäten überschütteten. So etwas ließen sich meine Landsleute nur höchst ungern entgehen. »Berichtet mir darüber, Master Percival. In aller Ausführlichkeit, ich bitte Euch darum. Und beschönigt nichts.«

»Mit Verlaub, Mylady, ich finde, das macht momentan keinen Sinn.«

»Keine Sorge, wir Frauen sind aus härterem Holz geschnitzt, als Ihr denkt.«

»Zumindest nicht, solange die Ermittlungen in vollem Gange sind«, fuhr ich unbeirrt fort, im Zweifel, ob es ratsam war, Nortons undurchsichtige Geliebte ins Bild zu setzen. »Im Übrigen habe ich nicht die geringste Ahnung, wer hinter dem Tod meines Mandan…«

Die Antwort, die mich mitten im Satz innehalten ließ, war so frappierend, dass es mir die Sprache verschlug. »Aber ich!«, trumpfte meine Gesprächspartnerin mit jäh aufflammender Bitterkeit auf, die Hände krampfartig ineinander verschlungen. »Was das betrifft, bin ich mir ziemlich sicher.«

»Und wie sicher genau?«, hakte ich mit forschender Miene nach, geraume Zeit nachdem sich die Sänfte in Bewegung gesetzt und das Brückentor in nördlicher Richtung durchquert hatte. »Ihr wisst ja, Mylady, glauben heißt nicht wissen.«

Die Anonyma schenkte meinen Worten keine Beachtung, wandte sich ab und betrachtete das Panorama, welches wie ein Tableau an ihr vorüberglitt. Frachtkähne, beladen mit Bauholz, Ziegelsteinen und Kübeln voller Mörtel, Fährboote, zum Bersten voll mit Passagieren, Prunkbarken mit verglasten Kabinen, Wappenschmuck und livriertem Deckpersonal, Überseeschiffe mit gerefften Segeln, Pinassen, Einhandsegler, Ruderboote, sie alle strebten dem Ufer zu, bevor sich das Unwetter über ihren Köpfen entladen würde.

Und dann, gerade als wir das nördliche Brückentor passierten, brach der Aufruhr der Elemente über uns herein. Der Wind frischte spürbar auf, rüttelte an den Zeltplanen der Verkaufsstände, wo die Händler in Panik ihre Waren zusammenrafften, blähte die Gewandung der Passanten auf und traktierte sie mit solcher Heftigkeit, dass sie Mühe hatten, nicht davongeweht zu werden. »Habt Dank, Master Percival«, sprach die dunkle Lady, bar jeder Regung und ohne einen Blick an den Blitz zu verschwenden, der sich unweit eines Verladekrans in die Erde bohrte. Dann zog sie eine prall gefüllte Geldbörse aus Hirschleder hervor. »Hier, für Eure Bemühungen.«

»Das ist nicht nötig, Mylady«, wehrte ich mit erhobenen Händen ab, gab ein Klopfzeichen, um die Träger zum

Innehalten aufzufordern, und erwiderte den Blick meiner mysteriösen Auftraggeberin, die mich mit hochgezogener Braue musterte. »Solange ich nichts erreicht habe, möchte ich auch kein Honorar verlangen.«

»Es steht Euch aber zu«, beharrte die dunkle Lady, fischte einen Sovereign aus der Börse und unternahm den Versuch, ihn mir zu überreichen. »Hier, nehmt, Master Percival, Ihr habt ihn Euch verdient.«

Pfirsichfarbene Haut, dazu eine samtweiche Stimme und der Geruch von Lavendelblüten, der sie wie ein unsichtbarer Schleier umgab. Um ein Haar wäre ich der Versuchung, dem Drängen der Anonyma nachzugeben, erlegen. Aber auch nur um ein Haar. »Sollte Euch etwas zu Ohren kommen, das mir bei der Aufklärung des Falles von Nutzen sein könnte, lasst es mich wissen, Lady …«

Meine Hoffnung, die Unbekannte würde ihren Namen preisgeben, sollte sich nicht erfüllen. »Da sage mal einer, Ehrenmänner stürben aus«, wechselte sie stattdessen das Thema und ließ den Sovereign wieder verschwinden. »Meine Hochachtung, Herr Anwalt, Ihr habt mich eines Besseren belehrt.«

Worte wie diese bringen mich zum Erröten, daran lässt sich bedauerlicherweise nichts ändern. »Gehabt Euch wohl, Mylady«, murmelte ich, nickte hastig mit dem Kopf und öffnete die Tür, um meine Verlegenheit zu kaschieren. Erst da, kurz nach dem Aussteigen, erblickte ich das Monogramm, welches sich auf ihrer Außenseite befand, bestehend aus einem A und einem S, kunstvoll ineinander verschlungen und ebenso kunstvoll mit Blattgold überzogen. Das gleiche Monogramm wie auf der Zierschnalle, die sie bei unserer ersten Begegnung im Pembroke's getragen hatte. »Falls Ihr Hilfe benötigt, Ihr wisst, wo Ihr mich finden könnt.«

Die Antwort, so es eine gab, ging im Tosen der Elemente unter. Auf einen Schlag war es stockdunkel, Hagelkörner so groß wie Taubeneier prasselten auf das Pflaster, die Rinnsteine auf der Bridge Street quollen binnen Augenblicken über und wahre Sturzbäche rissen alles mit, was die Umstehenden nicht schnell genug an sich nehmen konnten. Blitze zuckten, grell, furchteinflößend und Spinnenbeinen ähnelnd, erst zwei, dann drei und einen Herzschlag später mehrere zur selben Zeit, wie Peitschenhiebe, die aus nachtschwarzer Finsternis auf die Erde herniederfuhren. Ohrenbetäubendes Donnergrollen erfüllte die Luft, hundertmal so laut wie eine Geschützbatterie und bedrohlicher als der Klang einer zu Tal rollenden Lawine. Und mittendrin ich, im Bruchteil eines Augenblicks vom Haupt bis zu den Stiefeln durchnässt, den Arm schützend in die Höhe gerissen und wie von Sinnen durch das wie entfesselt tobende Inferno taumelnd. Kurz davor, die Orientierung zu verlieren. Wahrlich, ich konnte mich nicht entsinnen, jemals zuvor einen derartigen Aufruhr der Elemente erlebt zu haben. So heftig, dass ich mich am Vorabend des Jüngsten Gerichtes wähnte.

Und so wild, dass ich mich entschloss, mich auf dem schnellsten Weg in die Kanzlei zu begeben. Bis zum Bell Inn, wo ich mich mit Brendan treffen wollte, musste ich mehr als eine Meile zurücklegen, nach Hause dagegen nur 200 Yards. Dort würde ich trockene Sachen anziehen, einen kleinen Imbiss zu mir nehmen, um mich für kommende Aufgaben zu stärken, und abwarten, bis sich das Unwetter verzogen hatte. So leid es mir tat, Brendan würde sich ein wenig gedulden müssen.

Durchaus vernünftig, so zu denken, flog es mir durch den Sinn, an die Hauswand zu meiner Rechten gedrängt, um nicht noch nasser zu werden, als ich ohnehin bereits war.

Durchaus vernünftig, gewiss, aber das Falscheste, was ich hätte tun können.

XVIII

CONFESSIO (VII)

Zeitpunkt der Niederschrift: 21. September 1599, drei Stunden vor Mitternacht

[21.00 h]

»Ach, den meint Ihr!«, lallte der angetrunkene Greis, in Lumpen, alt wie Methusalem und ein Reisigbündel auf dem gebeugten Rücken, deutete auf das im Tudorstil erbaute Fachwerkhaus und blinzelte mich mit glasigen Augen an. »A… A… Also wirklich, das hättet Ihr ja gleich sagen können.«

»Hätte ich, das stimmt«, antwortete ich, blickte mich um und zog die Kapuze so tief wie möglich ins Gesicht. »Dieser Anwalt, von dem du sprichst, lebt er allein?«

»Soweit ich weiß, ja«, gab der Alte zurück, nicht nur beschwipst, sondern auch extrem kurzsichtig, wie das zusammengekniffene Augenpaar bewies. »Wieso fragt Ihr?«

»Nur so, aus keinem bestimmten Grund«, gab ich zur Antwort, murmelte ein Wort des Dankes und entfernte mich, bevor der Greis weitere Fragen stellen konnte. Das Unwetter, welches sich über mir zusammenbraute, würde sich in Kürze entladen, je eher ich mein Vorhaben in die Tat umsetzte, desto rascher würde meine Pechsträhne beendet sein.

Ich wusste nicht, wie dieser Percival aussah. Das war zweifellos ein Nachteil. An meinem Vorhaben würde dies jedoch nichts ändern. Hindernisse waren dazu da, aus dem Weg geräumt zu werden. Geschah dies nicht, geriet man auf die Verliererstraße.

So einfach war das.

Der Auftragsmörder tot, den Shakespeare auf den ehemaligen Weggefährten angesetzt hatte, Norton tot und zu guter Letzt auch der Naseweis von Anwalt tot, der mich, so ich ihn nicht daran hinderte, in erhebliche Schwierigkeiten bringen würde. Egal wie man es betrachtete, der Earl und ich würden erst dann wieder ruhig schlafen können, wenn die Gefahr, welche dieser Percival darstellte, beseitigt worden war.

Dumm nur, dass ich meinen Kontrahenten zwar belauscht, aber bislang nicht zu Gesicht bekommen hatte. Auf den Kopf gefallen, wenn ich das mal so sagen darf, schien er jedenfalls nicht zu sein. Die Art, wie er mit Shakespeare umgegangen war, ließ auf einen mit allen Wassern gewaschenen Zeitgenossen schließen. Auf einen Mann, der über einen scharfen Verstand verfügte, viel zu versiert, um sich ein X für ein U vormachen zu lassen.

An der Straßenecke angekommen, wo sich die Kanzlei meines Widersachers befand, tat ich so, als legte ich eine Verschnaufpause ein. In Wahrheit sondierte ich die Lage und warf einen kurzen Blick auf das Schild, das sich unmittelbar neben der Haustür befand. »Clayton Percival, Barrister« stand darauf zu lesen, wodurch sich die Zweifel, der Alte könne Unfug geredet haben, in Luft auflösten.

Jetzt oder nie!, fuhr es mir durch den Sinn, während ich von einem Windstoß erfasst wurde, der meinen Mantel wie ein Stück Papier in die Höhe riss. Im gleichen Moment begann es zu regnen, so heftig, dass mir die Kapuze vom Kopf gerissen wurde.

Und die Maske, die ich dringender denn je benötigte, mit dazu.

So merkwürdig dies klingt, es war mir einerlei. Wahre Kaskaden prasselten auf mich herab, vermischt mit Hagelkörnern, die einen Veitstanz vollführten, wie ich ihn noch nie gesehen hatte. Binnen Augenblicken war ich völlig durchnässt, und das, obwohl ich mich unter einen Torbogen geflüchtet hatte. Die Hand am Dolch, mit dem ich meinem Widersacher den Garaus machen wollte, stieß ich eine halblaute Verwünschung aus. Entweder ich unternahm etwas, klopfte an die Tür der Kanzlei und ging das Wagnis ein, auf unerwünschte Zeugen zu stoßen, oder ich suchte das Weite und wartete ab, bis sich das Unwetter, in das ich geraten war, wieder gelegt hatte. Morgen war schließlich auch noch ein Tag, und wer weiß, vielleicht würde ich gut daran tun, die Angelegenheit zu überdenken. Wer weiß, vielleicht würde es einen Weg geben, aus der Bredouille herauszukommen. Eine Möglichkeit, die mich davor bewahrte, einen Mord zu begehen.

Mit dem Auftauchen der Gestalt, die sich der Kanzlei mit raschen Schritten näherte, vor der Tür stehen blieb und einen Schlüssel aus der Hosentasche hervorzerrte, war diese Möglichkeit jedoch dahin. »Clayton Percival, nehme ich an?«, stieß ich schwer atmend hervor, die Hand immer noch am Dolch, auf dessen Knauf sich eine Schweißschicht gebildet hatte. »Auf ein Wort, Herr Anwalt, es wird nicht lange dauern.«

XIX

DIARIUM (VIII)

Zeitpunkt der Niederschrift: 21. September 1599, eine knappe halbe Stunde vor Mitternacht

[23.35 h]

»Auf ein Wort, Herr Anwalt, es wird nicht lange dauern.« Die Hand auf der Türklinke, fuhr mir der Schreck durch sämtliche Glieder. Aus welcher Richtung der Unbekannte gekommen war, war mir ein Rätsel, und ich fragte mich, weshalb er ausgerechnet jetzt vor meiner Kanzlei auftauchte. Niemand, der seine fünf Sinne beisammenhatte, würde sich bei solch einem Unwetter auf die Straße wagen, es sei denn, er führte etwas im Schilde. Und niemand, der ein harmloses Anliegen hatte, würde einen derartigen Tonfall anschlagen. Einen Tonfall, der Missverständnisse erst gar nicht aufkommen ließ.

Kein Zweifel, da war jemand, der mir ans Leder wollte. In wessen Auftrag, konnte ich mir denken.

Auf das Schlimmste gefasst, drehte ich mich um.

Alles hatte ich erwartet, nur diese Fratze nicht, welche sämtliche Albträume in den Schatten stellte. Um zu begreifen, dass dies ein Mensch aus Fleisch und Blut war, musste ich zweimal hinsehen, und auch dann, ein paar hastige Atemzüge später, wähnte ich mich in einem Traum. Natürlich wusste ich, was Lepra war, und mir war bekannt, dass es Krankheiten gab, durch die das menschliche Antlitz für immer verschandelt wurde. Im Vergleich mit dieser Gestalt, die mich mit erstarrter Miene musterte, kamen mir die Gesichter der Pesttoten, auf die ich als Zehnjähriger einen flüchtigen Blick erhascht hatte, wie die Familiengalerie auf dem Landsitz eines Hochadeligen vor. Das ganze Gesicht, sofern der Ausdruck überhaupt angebracht schien, war mit Pusteln, Abszessen und Eiterblasen bedeckt, und es bedurfte großer Mühe, um individuelle Züge zu entdecken. Ohne Zweifel handelte es sich hier um ein Menschenwesen, um einen Mann, dessen Tonfall nichts Gutes erahnen ließ. »Clayton Percival, wenn ich nicht irre?«

»Und mit wem habe ich das Vergnügen?«

»Ich denke, das tut nichts zur Sache.« Der Fremde begab sich in Angriffsstellung, wie ein zum Leben erwachter Wasserspeier, in dessen Fratze der Zahn der Zeit tiefe Spuren hinterlassen hat. »Ihr wisst genau, in welcher Angelegenheit ich mit Euch sprechen möchte.«

»Sagen wir mal so, ich kann es mir denken«, antwortete ich, in Gedanken bei meinem Gespräch mit Shakespeare, der in der Tat vor nichts zurückzuschrecken schien. »Wenn Ihr mir drohen wollt, macht Euch keine …«

Weiter als bis hierhin, als der Unbekannte seinen Dolch zückte und mit verkrampfter Miene zustieß, kam ich nicht. Der Schmerz, welcher mich in diesem Moment durchzuckte, ging durch Mark und Bein, lähmte meine Sinne, ließ mich erstarren, als hätte ich ein todbringendes Gift geschluckt. Das Prasseln des Regens, das Donnergrollen, die Hagelkörner, welche wie Geschosse auf die roh behauenen Pflastersteine prallten, das Keuchen des Mordbuben, der mir inmitten des Infernos aufgelauert hatte, all das nahm ich nur noch aus der Ferne wahr.

Aber noch wurde ich nicht ohnmächtig, noch war das Werk, das der Unbekannte verrichten wollte, nicht vollendet. Noch war ich am Leben, mit jeder Faser meines Daseins auf einen Gedanken konzentriert, der in diesem Moment Besitz von mir ergriff.

Irgendwo, und das vor nicht allzu langer Zeit, hatte ich den Unbekannten schon einmal gesehen.

Die Hand auf die linke Brusthälfte gepresst, hielt ich mich mit letzter Kraft auf den Beinen. Gedanken kamen und gingen, Bilder formten sich und zerplatzten so schnell, wie sie aufgetaucht waren, Wortfetzen schwirrten durch mein Gehirn, bald näher, bald so weit entfernt, dass sie sich mit dem Donnergrollen über meinem Haupt vermischten. Und über allem, im Angesicht des unmittelbar bevorstehenden Todes, die Frage, die mich davor bewahrte, mich in das mir zugedachte Schicksal zu fügen.

Wo in aller Welt hatte ich die Schreckensgestalt, welche just in diesem Moment zum todbringenden Hieb ausholte, schon einmal gesehen?

Wo nur, wo?

XX

TESTIMONIUM

Datum: 21. September 1599, Zeugenaussage protokolliert durch Brendan O'Reilly, Chief Coroner der City of London

Zeitpunkt der Niederschrift: circa eine Stunde nach Sonnenuntergang

[20.00 h]

Nachstehend die Aussage, welche Sharon Brady, Gemeindemitglied von All Hallows-on-the-Wall, wohnhaft in der Broad Street im gleichnamigen Stadtbezirk von London, in meinem Beisein zu Protokoll gab.

Die Zeugin erklärt, eine von mehreren Geliebten des am heutigen Dienstag auf noch ungeklärte Weise ums Leben gekommenen James Norton, von Beruf Schauspieler, gewesen zu sein. Des Weiteren gibt sie zu Protokoll, Norton habe sie am Vorabend kurz vor Sonnenuntergang aufgesucht, um sich den Ungemach, unter dem er litt, von der Seele zu reden. Danach, in etwa eine Stunde nach Sonnenuntergang, habe Norton ihre Behausung in einem Logierhaus in der Bridge Street wieder verlassen. Auf ihre Frage nach dem Wohin habe er geantwortet, er müsse noch in den Black Swan, auf ein Stelldichein mit einem alten Freund, das bedauerlicherweise keinen Aufschub dulde. Obwohl der Name nicht gefallen sei, habe die Zeugin Brady sofort gewusst, um wen es sich dabei handelte.

Gegenstand des Gesprächs, welches die Zeugin mit Norton geführt habe, sei wie des Öfteren ein gewisser William Shakespeare gewesen, aus Warwickshire stammend und als Schauspieler, Autor und Teilhaber am Globe Theater in Southwark tätig. Laut Aussage von Sharon Brady war es nach der Eröffnung des Globe-Theaters zwischen den ehemaligen Kollegen zum Streit über die an Norton zu zahlende Gage gekommen. Auf Drängen von Shakespeare sei Norton daraufhin aus den Reihen der Lord Chamberlain's Men ausgeschlossen und einem ungewissen Schicksal überantwortet worden. Der um Lohn und Brot Gebrachte habe seitdem von der Hand in den Mund und von den Zuwendungen reicher Gönnerinnen gelebt, mehr schlecht als recht, worauf er wiederholt hingewiesen habe.

Mit der Zeit, so die Zeugin, habe sich daher in Norton ein unbändiger Hass aufgestaut, so glühend, dass er beschlossen habe, Rache an seinem ehemaligen Weggefährten zu nehmen. Wie Norton seiner Geliebten offenbarte, handele es sich bei Shakespeare nämlich nicht um den begnadeten Poeten, als den er sich vor der Öffentlichkeit präsentiere. Bereits vor fünf Jahren, genauer gesagt am Aschermittwoch des Jahres 1594, sei er ihm nämlich per Zufall auf die Schliche gekommen. An jenem Abend, für den er mit Shakespeare zu einem Tavernenbummel verabredet gewesen sei, habe sich Shakespeare unter dem Vorwand, ein Rendezvous warte auf ihn, entschuldigt und Norton auf den nächsten Abend vertröstet. Sei es aus Neugierde oder Arg-

wohn, Norton habe sich mit der Ausrede nicht zufriedengegeben und sei dem nichtsahnenden Gefährten gefolgt.

Wie vermutet, habe sich dieser dann auch nicht zum Stelldichein mit einer Verehrerin, sondern zu den Ruinen der St Bartholomew's Priory begeben, wo zu nächtlicher Stunde ein ihm zunächst unbekannter Mann mit einer Stoffmaske gewartet habe. Norton, so versicherte die Zeugin, habe diesen Mummenschanz zunächst für einen Scherz gehalten, sei dann aber umgehend eines Besseren belehrt worden. Um wen es sich bei dem Unbekannten mit der Stoffmaske handele, könne Norton zwar nicht sagen, wie er gegenüber der Geliebten betonte. Dies treffe jedoch nicht auf den Gegenstand der Unterredung zu, so ungeheuerlich, dass es ihm die Sprache verschlagen habe.

Bei dem Unbekannten, so Norton während der gestrigen Unterredung, habe es sich allem Anschein nach um den Mittelsmann einer hochgestellten Persönlichkeit gehandelt, für die – man höre und staune! – Shakespeare als eine Art Strohmann agiere. Das heißt, Norton sei dahintergekommen, dass sein Schauspielerkollege die Stücke nicht etwa selbst geschrieben, sondern sich dazu bereit erklärt habe, als eine Art lebendes Pseudonym zu fungieren. Um ihm die Transaktion schmackhaft zu machen, habe der Mittelsmann wiederholt versichert, sein Auftraggeber knüpfe keinerlei Bedingungen daran und gestatte ihm, jedweden Nutzen aus der Übereinkunft zu ziehen.

Am Ende der geheimen Zusammenkunft, so Norton gegenüber besagter Sharon Brady, sei es dann zur Übergabe einer Reihe von Ledermappen gekommen, woraufhin Shakespeare rasch das Weite gesucht habe. Der Unbekannte tat es ihm gleich, nicht wissend, dass Norton ihm auf den Fersen war. Auf dem Rückweg in die Stadt, an einer

Abzweigung in der Nähe von St Randolph without Aldersgate, sei die mit einer Stoffmaske bekleidete Kontaktperson dann in eine Seitengasse abgebogen und wie vom Erdboden verschluckt gewesen. Erst da, nach erfolgloser Suche, sei Norton plötzlich eingefallen, wo er den Unbekannten schon einmal gesehen habe, und zwar bei einem Besuch der Mermaid Tavern, wo er mit Shakespeare ins Gespräch gekommen sei. Über den Verlauf des Gesprächs könne er aufgrund seines vorzeitigen Aufbruchs zwar nichts sagen, doch habe sich ihm die Stimme des Unbekannten so stark eingeprägt, dass eine Verwechslung so gut wie ausgeschlossen sei.

Hieraus ergibt sich, dass Norton über die Machenschaften seines Kollegen seit nunmehr fünf Jahren im Bilde war. Aus wessen Feder die Theaterstücke stammten, habe er jedoch laut Aussage seiner Geliebten trotz vielfältiger Bemühungen nicht in Erfahrung bringen können. Nach reiflicher Überlegung sei er deshalb zu dem Schluss gelangt, fürs Erste Stillschweigen zu bewahren. Auf die Reputation der Lord Chamberlain's Men und die daraus resultierenden Einkünfte habe sich das mit Shakespeare geschmiedete Komplott überaus positiv ausgewirkt, wie die seit jener Zeit als Kassiererin tätige Zeugin bestätigte. Die Teilhaber, allen voran Shakespeare, seien geradezu in Geld geschwommen, wodurch Norton zu der Überzeugung gelangte, es sei mehr recht als billig, wenn er als Zugpferd der Truppe von dem unerwarteten Segen profitiere. Diesbezüglich sei er bei Shakespeare jedoch auf taube Ohren gestoßen, weshalb es kurz nach Saisonbeginn zu einem heftigen Disput und in dessen Gefolge zu Nortons unerwarteter Entlassung gekommen sei.

Anfang September, auf den Tag genau vor zwei Wochen, habe dessen Schicksal jedoch eine unvorhergesehene Wen-

dung genommen. Auf dem Nachhauseweg von einer Taverne, so die Angaben der Zeugin, sei Norton genau jenem Mann begegnet, dessen Spur er vor nunmehr fünf Jahren verloren habe. Anders als damals sei es ihm gelungen, die Verfolgung aufzunehmen und dem Unbekannten bis zu einem an der Cheapside gelegenen Haus zu folgen, in dessen Erdgeschoss sich ein alteingesessenes Tuchwarengeschäft befindet.

Laut Angaben der Befragten habe Norton daraufhin sämtliche Hebel in Bewegung gesetzt, um Näheres über die Identität des mysteriösen Mittelsmannes zu erfahren. Vor drei Tagen sei ihm dies auch gelungen, auf welche Weise, darüber habe sich Norton ausgeschwiegen. Auf die Frage, ob er wisse, in wessen Auftrag der Unbekannte tätig gewesen sei, habe er mit einem vielsagenden Lächeln und der Bemerkung reagiert, es genüge, wenn nur er darüber Bescheid wisse. Auf die Art, so Norton, werde es ihm gelingen, möglichst viel Kapital aus seinem Wissen um die Hintergründe des Shakespeare-Komplotts zu schlagen. Manchmal, so Norton, sei es besser, über gewisse Dinge nicht im Bilde zu sein. Dann lebe es sich nämlich leichter – und gefahrloser.

Auf die Frage des Protokollanten, wann und aus wessen Mund die Zeugin Brady vom Tod ihres Geliebten erfahren habe, gab diese an, die Nachricht habe unmittelbar vor Beginn der heutigen Aufführung die Runde unter dem Ensemble und den Bediensteten des Globe-Theaters gemacht. Shakespeare selbst habe keinerlei Regung gezeigt, was allgemein mit Unverständnis aufgenommen worden sei. Sie selbst, in Kenntnis des wahren Sachverhalts, sei zunächst wie gelähmt gewesen, habe sich dann aber insoweit gefangen, um ihre Schlüsse aus den Geschehnissen zu *ziehen. Gefragt, wer ihrer Meinung nach für den jähen Tod ihres Geliebten verantwortlich sei, hielt die Zeugin mit ihrer Meinung hinter dem Berg. Aus welchen Gründen, braucht nicht eigens betont zu werden.*

Gez. Brendan O'Reilly, Chief Coroner der City of London

XXI

DIARIUM (IX)

Zeitpunkt der Niederschrift: 21. September 1599, eine Viertelstunde vor Mitternacht

[23.45 h]

»JETZT STELL DICH nicht so an, Clayton«, stauchte Margie mich zusammen, betupfte meine Wunde mit Johanniskrautöl und schüttelte unwirsch den Kopf. »So schlimm, wie du tust, kann es nicht gewesen sein. Wie sagt mein Pflegekind doch immer: ›Knapp daneben ist auch vorbei.‹ Halt einfach still, beiße die Zähne zusammen und danke dem Herrn auf den Knien, dass er seine schützende Hand über dich gehalten hat. Das ist doch wohl nicht zu viel verlangt, oder?«

»Du hast leicht reden, Margie«, gab ich mit mattem Lächeln zurück, einen Geruch in der Nase, auf den ich nicht gefasst gewesen war. »Igitt, was ist denn das für eine Mixtur?«

»Eine *Spezial*-Mixtur«, flötete der gute Geist meiner Kanzlei, ohne Rücksicht auf das Aroma, das sich im Nu in der ganzen Küche verbreitete. Ich schluckte. Nichts gegen Margies Tinkturen, Wundermittel und Kräuterelixiere, aber was die Wundsalbe anging, die sie gerade auf dem Herd erhitzte, drehte es einem glatt den Magen um. »Aus Käseschimmel, Schafdung und Honig, falls du es genau wissen willst.«

»Auch wenn es Pferde-Urin ist, Hauptsache, es hilft.« Eins musste man Margie lassen: Egal, um welches Gebrechen es sich handelte, meine Ersatzmutter hatte immer die passende Medizin parat. Ringelblumensalbe zur Bekämpfung von Hautleiden, eine Mischung aus Schweineschmalz, Ei und Wacholder zwecks Linderung von Brandwunden oder Spezialsalbe aus eigener Produktion, bestehend aus Olivenöl, Eigelb sowie Wachs und zerlassenen Speckstreifen. »Du wirst schon wissen, was du tust.«

»Wenn hier jemand weiß, was dir guttut, dann bin ich es, Clayton Percival«, tat Margie im Brustton der Überzeugung kund. Sie verteilte die Salbe auf der linken Brusthälfte und tönte: »Oder bist du etwa anderer Meinung?«

»I wo! Wo denkst du hin!« Es gibt Augenblicke im Leben, wo es sich ziemt, Zurückhaltung zu üben. Einer dieser Augenblicke war jetzt gekommen. »Du weißt doch, ich habe vollstes Vertrauen zu dir.«

»Schön wär's.« Die Alte gab ein skeptisches Brummen von sich. »Und du willst mir wirklich nicht sagen, hinter wem du her bist?«

»Lieber nicht.«

»Solltest du aber.«

»Lust darauf, mit einem Dolch bedroht zu werden?«

»Das soll sich mal einer trauen«, schimpfte meine Haushälterin, das Kinn wie eine Waffe in die Höhe gereckt. »Ich garantiere dir, der Hundsfott würde sein blaues Wunder erleben.«

»Davon bin ich überzeugt, Margie.«

»Du hast Glück gehabt, weißt du das?« Als habe sie ihr Lebtag nichts anderes getan, entrollte Margie eine Leinenbinde, beträufelte sie mit Spitzwegerichsaft und wickelte sie mir um die Brust. Dann fügte sie mit besorgtem Unterton hinzu: »Mehr Glück als Verstand.«

»Schon möglich.«

»Und einen Schutzengel.«

Da meine Fantasie diesbezüglich überfordert war, deutete ich ein Nicken an.

»Und du willst mir wirklich nicht sagen, wen du im Ver…«

»Was ich brauche, Margie, sind Beweise. Ein bloßer Verdacht reicht bedauerlicherweise nicht aus.« Beweise, genau das war der Punkt. Um dem Drahtzieher der Messerattacke auf die Spur zu kommen, musste ich mir etwas einfallen lassen. »Aber woher nehmen, das ist die Frage.«

»Hauptsache, der Herr ist auf deiner Seite. Und das ist er ja wohl.« Die Hände an den ausladenden Hüften, prüfte Margie den Verband und sagte: »Alles andere, Clayton, ergibt sich wie von selbst.«

»Amen.«

»Hör auf zu lästern, Clayton Percival, sonst bekommst du es mit mir zu tun«, drohte Margie mit erhobenem Zeigefinger, wild entschlossen, ihren Worten Taten folgen zu lassen. »Das war knapp, sehr knapp sogar.«

»Ich weiß, Margie, ich weiß.« Ich hatte Glück gehabt, mehr Glück als Verstand. In diesem Punkt musste ich Margie recht geben. Trotzdem fragte ich mich, warum mein Widersacher die Zeit bis zu Margies Auftauchen nicht genutzt und mir endgültig den Garaus gemacht hatte. Hätte er es getan, wäre dies das Ende von Clayton Percival gewesen, göttlicher Beistand hin oder her. »Den schnappen wir uns, verlass dich drauf.«

»Wir?«

»Brendan und ich, um es genau zu sagen.«

»Da hast du dir ja den richtigen Helfer ausgesucht«, nörgelte Margie, half mir in mein Hemd und strafte mich mit einem Blick, der vor Missbilligung nur so sprühte. »Es gibt drei Sorten von Menschen, denen man nicht trauen kann«, verkündete sie im Stile eines Dorfpfarrers, der seinen Schutzbefohlenen ins Gewissen redet. »Franzosen, Schotten und …«

»Iren, ich weiß«, vollendete ich, schraubte mich mit zusammengebissenen Zähnen in die Höhe und griff nach meinem Wams, das mit Dutzenden von Blutflecken besprenkelt war. An der Stelle, wo die Dolchspitze ihre Spuren hinterlassen hatte, klaffte ein knapp drei Zoll langer Riss, so nah an der Herzgegend, dass man von Glück eigentlich nicht mehr reden konnte. »Du siehst, ich habe meine Lektion gelernt.«

»Anscheinend nicht!«, zeterte Margie und heftete sich an meine Fersen, um mich vom Verlassen der Kanzlei abzuhalten. »Sonst würdest du nämlich zu Hause bleiben.«

»Das ganz bestimmt nicht!«, rief ich aus, um Haaresbreite schneller an der Tür als meine Wohltäterin, die mit hochrotem Gesicht hinter mir herstapfte. »Ich kann Brendan jetzt nicht hängenlassen.«

Die Reaktion vonseiten der Alten blieb nicht aus. Margie wäre nicht Margie gewesen, wenn sie nicht sämtliche Register gezogen hätte, um mich von meinem Vorhaben abzubringen. Dass dazu auch Unmutsäußerungen gehörten, dic eine Frau nicht in den Mund nehmen sollte, verstand sich von selbst. Je größer die Sorge um mich, desto drastischer die Wortwahl. An dieses Szenario war ich seit frühester Jugend gewöhnt.

Überhaupt nicht gewöhnt hatte ich mich dagegen an die Wunde, die mich zwang, nach wenigen Schritten zu pausieren. Bis zum Bell Inn, eine halbe Wegstunde von meiner Kanzlei entfernt, würde sich dies etliche Male wiederholen, und ich fragte mich, ob es nicht besser sei, Margies Ratschläge zu beherzigen.

Unnütz zu erwähnen, welche Entscheidung ich traf. Ich bin nun einmal so, wie ich bin, auf halbem Weg stehen bleiben, liegt mir nicht. Ein Gentleman muss immer sein Bestes geben, sonst ist er es nicht wert, dieses Prädikat zu tragen.

So einfach ist das, Master Percival.

London bei Nacht. Ein Labyrinth aus verwinkelten Gassen, baufälligen Häusern und Hinterhöfen, in die auch tagsüber kein Sonnenstrahl dringt. Überfüllt, voller Unrat, voller Ungeziefer und aus allen Nähten platzend, ein Wirrwarr aus Baustellen, Klosterruinen und prunkvollen Palästen, ein Nebeneinander von Kirchen, billigen Bordellen und Kaschemmen mit zweifelhaftem Ruf, ein Schmelztiegel, wie es ihn nirgendwo sonst in England gibt. Eine Stadt, in der Reich und Arm, Hoch und Niedrig, Wohlhabend und Mittellos Tür an Tür lebt, wo Rechtgläubige und Häretiker einander bis aufs Messer bekämpfen, wo Abenteurer und Entwurzelte ihr Glück suchen und wo Rechtschaffene und Kriminelle gleichermaßen den Ton angeben. Man muss es erlebt haben, um zu begreifen, warum diese Stadt eine derartige Faszination ausübt, im Guten und zum Leidwesen der Betroffenen auch im Schlechten.

Wo wir gerade von Kriminalität sprechen, laut Gesetz ist es nur in Ausnahmefällen gestattet, das Haus nach Sonnenuntergang zu verlassen. Aber das gilt nur in der Theorie. Jeden Abend, egal wo, das gleiche Bild: Kaum hat die Ausgangssperre begonnen, machen sich die Stadtknechte, Konstabler und Wachtmeister aus dem Staub. Dies ist die Stunde der Halbwelt, die Stunde der Straßenräuber, Schmuggler und Diebe. Wer wie ich die Verhältnisse wie seine Westentasche kennt, der weiß, wovon ich rede. In London, so die weitverbreitete Meinung, gibt es nichts, was es nicht gibt, und das bedeutet, dass es auch kein Verbrechen gibt, das dort nicht schon begangen worden wäre. Ein Blick auf die Liste der Vergehen, die mit dem Tod bestraft werden, und man weiß Bescheid. Bei Mord, Totschlag, Hochverrat, Straßenraub, Vergewaltigung und Sodomie darf man ebenso wenig auf Gnade hoffen wie beim Diebstahl von Jagdfalken oder bei Hexerei, Desertion im Feld und dem Ablassen von Fischteichen. Und als wäre der Tod am Galgen nicht genug, wird bei Giftmischern, Rekusanten und Häretikern insofern eine Ausnahme gemacht, als dass sie auf ungleich qualvollere Weise ins Jenseits befördert werden. Die mit Abstand barbarischste Form der Bestrafung ist in meinen Augen aber immer noch der Tod auf dem Scheiterhaufen, stünde es in meiner Macht, ich würde sie verbieten.

Eine weitere Verschnaufpause, die vierte, wie ich zu meinem Missfallen einräumen muss. An die Stelle des Unwetters, das die Bewohner in Angst und Schrecken versetzt hatte, war der für unsere Breiten typische Nieselregen getreten. Manchmal gießt es hier tagelang, und dann kann man die Uhr danach stellen, bis die Themse über die Ufer tritt. Die Bewohner der Thames Street sind davon besonders hart betroffen, wie oft meine Kanzlei unter Wasser stand, kann ich beim besten Willen nicht sagen.

Es half alles nichts, ich musste meinen Weg fortsetzen. Das Windlicht in der Linken, schleppte ich mich weiter, vorbei am sogenannten Stahlhof, einer Niederlassung deutscher Kaufleute mit eigenem Versammlungshaus. Tagsüber wird hier mit allem gehandelt, womit man Profit machen kann, in erster Linie mit Getreide, Tuchwaren oder deutschem Wein. Bei Nacht, genauer gesagt eineinhalb Stunden nach Sonnenuntergang, herrscht auf dem Anwesen am Themseufer jedoch Totenstille, genau wie im Zunfthaus der Tischler, das ich auf meinem Weg zum Bell Inn passierte. Es folgte die Versammlungsstätte der Färber, unter den Anwohnern auch Old Dyers' Hall genannt, und St Mary Somerset, wo Margie ihre Taufe erhalten hatte. Ansonsten reihte sich ein Kontor ans andere, Verladekai folgte auf Verladekai, gefolgt von Trockendocks, aus denen Dutzende von Masten in den Nachthimmel ragten, dazwischen Werften, Anlegestellen, Schuppen mit Taurollen, Werkstätten und eine nicht enden wollende Reihe von Lagerhäusern, aus denen der Geruch von Bauholz drang.

Na endlich. In Sichtweite von Baynard's Castle, einer Trutzburg aus der Normannenzeit, wandte ich mich nach rechts, nahm meine ganze Kraft zusammen und erklomm den Pawles Wharfes Hill, hinter dem sich die Umrisse von St Paul's abzeichneten. Dort angekommen, bog ich nach links in die Carter Lane, in Sichtweite des Wirtshausschilds, auf dem eine goldfarbene Glocke abgebildet war.

Mit der Kraft am Ende, nahm ich den Klopfring in die Hand und gab das vereinbarte Zeichen. Stammgäste wie ich, die nach Beginn der Sperrstunde im Bell Inn eintreffen, müssen nämlich nicht darben und dürfen so lange dort verweilen, wie es ihnen beliebt. Ich weiß, es klingt merkwürdig, wenn ein Rechtsanwalt mit solchen Tricks arbeitet, aber wenn es um Ermittlungen geht, kenne ich nichts.

Kurz darauf öffnete sich die Tür. Der Wirt, ein Spielkamerad aus Kindheitstagen, hieß mich mit einem Schulterklopfen willkommen, schob den Riegel vor und lauschte, ob sich draußen etwas Verdächtiges regte. Doch da war nichts, was er mit einem erleichterten Aufatmen quittierte.

In der Gaststube, bis auf Brendan und die Zeugin gähnend leer, wurde ich bereits erwartet. »Na, auch schon da?«, fragte mein Freund, der sich im Beisein der jungen Frau überaus wohlzufühlen schien. »Schieß los, Percy, was gibt's Neues?«

»Eine Menge«, erwiderte ich, betastete meinen Verband und ließ mich neben Brendan nieder. »Du wirst es nicht glauben, mein Freund, das garantiere ich dir.«

Um es vorwegzunehmen, der Coroner war sprachlos. Auch dann noch, als ich meine Erlebnisse zum wiederholten Mal geschildert hatte. Am Ende meiner Schilderung angelangt, konnte ich mir ein Schmunzeln nicht verkneifen. Brendan O'Reilly, schlagkräftig, energisch und um pointierte Kommentare nie verlegen, rang nach Worten.

Ein Wunder war geschehen.

Ein Wunder allerdings, das nur von kurzer Dauer war. »Sieht so aus, als sei die Sache geritzt«, ließ mein Freund mit lässiger Gebärde verlauten, nachdem er einen vielsagenden Blick mit seiner Begleiterin gewechselt und ein zusammengefaltetes Blatt aus seinem Wams hervorgeholt hatte. »Was ist, warum guckst du denn so skeptisch aus der Wäsche?«

»Weil ich deinen Optimismus nicht teile, darum.«

»Nur keine Sorge, du Überlebenskünstler, das wird sich legen«, erwiderte Brendan und bedeutete dem Wirt, seinen Humpen bis zum Rand zu füllen. Dann breitete er das Schriftstück aus und begann es laut vorzulesen. »Na, hab ich dir zu viel versprochen?«

»Nein, hast du nicht«, erwiderte ich, als Brendan mit zufriedener Miene geendet hatte. Und fügte mit Blick auf mein blutverschmiertes Wams hinzu: »Na, dann mal los, mein Freund, wir haben noch eine Rechnung zu begleichen.«

XXII

CONFESSIO (VIII)

Zeitpunkt der Niederschrift: 21. September 1599, zweidreiviertel Stunden vor Mitternacht

[21.15 h]

AM ANFANG WAR der Betrug, und am Ende des Weges, den ich vor sechs Jahren beschritt, stand der Versuch, einen Menschen auf heimtückische Art zu ermorden. Damit kann und will ich nicht leben, und so gehe ich daran, meinem Dasein ein Ende zu setzen.

Ob oder wann die Häscher mir auf die Spur kommen werden, vermag ich nicht zu sagen, wohl aber, dass ich entschlossen bin, einen Schritt zu tun, den ich schon längst hätte tun müssen. Ich habe gesündigt, nicht einmal oder zweimal, sondern so oft, dass ich nicht mehr weiterleben kann. Vor allem aber habe ich den Mann hinters Licht geführt, dem ich mehr als jedem andern Menschen zu verdanken habe. Das war unverzeihlich, eines Christenmenschen, als den ich mich immer noch betrachte, nicht würdig.

Wer Wind sät, der wird Sturm ernten, und wer eine ruchlose Tat begeht, der wird für seine Untaten büßen. Darum werde ich jetzt tun, was getan werden muss, darum werde ich die Bögen, auf denen ich mich dazu bekannt habe, meiner Schwester zur Verwahrung übergeben. Sie ist in meine Pläne eingeweiht, inwieweit und wann sie von meinen Aufzeichnungen Gebrauch machen wird, hängt davon ab, ob meine betrügerischen Machenschaften aufgedeckt werden. Wird dies nicht der Fall sein, hat sie strikte Anweisung, die Papiere an einem sicheren Ort zu verwahren und kein Wort darüber verlauten zu lassen. Außer ihr, der Vertrauten aus Kindheitstagen, weiß niemand über mein Vorhaben Bescheid, auch ihr Mann nicht, der das Tuchgeschäft meines Vaters weitergeführt hat.

Dass ich genau dort mein Leben aushauchen werde, wo ich einen Großteil meiner Jugend verbracht habe, erfüllt mich mit Schmerz, war es doch mein Herr, der es mir ermöglichte, dass ich dieser Dachkammer den Rücken kehren konnte. 30 Jahre in Diensten eines Mannes, dessen Werke man mit Fug und Recht als unübertrefflich bezeichnen kann. Das war mehr, als ich vom Leben erwarten konnte – und mehr, als ich angesichts meiner Machenschaften verdient hatte.

Nicht mehr lange, und ich werde jenes unentdeckte Land betreten, »von des Bezirk« – um mit den Worten eines der berühmtesten Charaktere meines Herrn zu reden – »kein Wandrer wiederkehrt«. Ich werde die Phiole zur Hand nehmen, die auf meinem Schreibpult steht, werde mich auf meiner Bettstatt niederlassen und werde warten, bis mich der Tod in seine Arme schließt.

Sterben – schlafen – nichts weiter!

Doch horch! Was ist das, wer klopft da mitten in der Nacht an unsere …

DRITTES BUCH

ANONYMUS

Die ganze Welt ist eine Bühne,
Und alle Frau'n und Männer bloße Spieler.

All the world's a stage,
And all the men and women merely players.

Wie es euch gefällt II,7

XXIII

MEMORANDUM

Zeitpunkt der Niederschrift: London, 22. September 1599, kurz vor Mittag

[11.45]

DER TOD, SAGT man, sei unser stetiger Begleiter, und wo immer wir auf Erden wandeln, weile er unter uns. Wie wahr. Wenn ich auf mein Leben zurückblicke, kann ich mich dem nur anschließen, war es doch sein Atem, den ich auf Schritt und Tritt im Nacken spürte.

Ich war zwölf, als mein geliebter Vater starb, der einzige Mensch, zu dem ich je aufgeblickt habe. Er war alles für mich, und ich übertreibe nicht, wenn ich sage, dass mich der Verlust in abgrundtiefe Verzweiflung stürzte. Vater war immer für mich da, wenn ich ihn brauchte, er brachte mir das Reiten bei, unterwies mich in der Kunst des Bogenschießens, zeigte mir, wie man Jagdfalken abrichtet und führte mir vor Augen, was es heißt, der Erbe des 16. Earl of Oxford zu sein. Es bedeutete, mit Stolz auf die Vergangenheit unserer Familie zurückzublicken, eine der wenigen, die keinen Vergleich zu scheuen brauchen.

Heute weiß ich, dass, wenn überhaupt, nur wenig Anlass dazu bestand. Dass Vater umfangreiche Ländereien besaß, ließ sich zwar nicht bestreiten, aber es ließ sich ebenso wenig bestreiten, dass seine Mittel nicht ausreichten, um mehrere Dutzend Burgen, Schlösser und Herrensitze instand zu halten. So viel zum Thema Stolz, und so viel auch zum Thema schöner Schein. Nüchtern betrachtet, die Familie meines Vaters verfügte zwar über großes Ansehen, aber was das nötige Kleingeld betraf, fehlte es an sämtlichen Ecken und Enden.

Was auch geschieht, ich werde den Tag, an dem Vaters Leichnam in Hedingham Castle zur letzten Ruhe gebettet wurde, nicht vergessen. Noch immer sehe ich den Katafalk vor mir, umgeben von übermannshohen Kerzen, die den Geruch von Oleander verströmten. Und ich erinnere mich an das Antlitz des Dahingeschiedenen, hager, hohlwangig und von wächserner Blässe, erst Mitte 40, doch ausgezehrt wie ein 80-jähriger Greis. Mir war, als blickte ich auf einen Fremden herab, sooft ich mir die Szene ins Gedächtnis rufe, kann ich mich eines Fröstelns nicht erwehren. Und so nahm ich Abschied, der Erste in einer langen Warteschlange von Trauernden, die an dem Leichnam des 16. Earl von Oxford vorbeidefilierten. Familienmitglieder, der Friedensrichter, Standesgenossen, Freunde, Verwandte, Pachtbauern aus Nah und Fern, alle waren sie gekommen, um Vater die letzte Ehre zu erweisen. Es war der Tag, an dem ich meine größte Stütze verlor – und der Tag, an dem meine Kindheit ein jähes Ende fand.

Der Tiefpunkt, auf dem ich mich wähnte, war jedoch noch nicht erreicht. Als sei dies alles nicht schon schmerzlich genug, wurde verfügt, dass ich unter Vormundschaft zu stellen sei. Das war der Moment, als Lord Burghley in mein Leben trat, einer der mächtigsten, wenn nicht gar der mächtigste Mann im Land. Jeglicher Widerstand wäre somit zwecklos gewesen, mir blieb nichts weiter übrig, als den Familienbesitz in Essex zu verlassen und Kurs auf eine ungewisse Zukunft in London zu nehmen. Zurück blieben meine Jugenderinnerungen, eine Tochter meines Vaters aus erster Ehe, meine Schwester Mary und meine Mutter, die sich über den Verlust des Gatten rasch hinweg-tröstete. Schwachheit, dein Name ist Weib, mehr bleibt mir da nicht zu sagen. Noch schonungsloser formuliert, es kümmerte mich nicht, als ich sechs Jahre später Nachricht erhielt, sie sei meinem Vater ins Grab nachgefolgt. Media in vita morte sumus, an dieser Tatsache, so schmerzlich sie bisweilen sein mag, führt nun einmal kein Weg vorbei.

Ich muss gestehen, auch ich habe getötet. Ich war 17, als es geschah, immer noch unter der Knechtschaft meines Vormundes, der in beträchtlichem Maße davon profitierte. Und immer noch so hitzköpfig, wie ich es von Kindheit an gewesen war. Um es vorwegzunehmen, es lag nicht in meiner Absicht, den Koch meines Vormundes zu töten, auch wenn es eine Menge Getuschel gab. Der Unglückliche, erwiesenermaßen sturzbetrunken, erdreistete sich, meinen Gefährten und mich bei unseren Fechtübungen im Garten von Burghley House zu stören, worauf ich beschloss, ihm eine Lektion in Form eines Hiebs mit der flachen Seite meiner Klinge zu erteilen. Der Zufall wollte es, dass der Unglücksrabe just in diesem Moment eine unkontrollierte Bewegung machte – und dass meine Klinge die Schlagader seines linken Oberschenkels durchbohrte. Sosehr ich mich bemühte, sein Leben zu retten, ich konnte nichts mehr für ihn tun.

Alles Reden half nicht, mein Ruf war ruiniert. Ansonsten konnte ich von Glück sagen, dass ich nicht am Galgen endete. Dazu gefehlt hätte nämlich nicht mehr viel. Ich sage es zwar ungern, aber es war Lord Burghley zu verdanken, dass ich mit einem blauen Auge davonkam. Auf

Mord steht die Todesstrafe, das ist allgemein bekannt, und wenn man Pech hat, kann es einen auch bei Totschlag treffen. Um meinen Kopf zu retten, ließ sich mein Vormund etwas Besonderes einfallen, eine Finte, die zeigte, dass sein Ruf nicht von ungefähr kam. Dank seines Einfallsreichtums gelang es ihm, meine Tat als Akt der Selbstverteidigung darzustellen, eine glatte Lüge zwar, aber meine Rettung.

Zum Jubeln bestand freilich kein Anlass. Trotz Freispruch, der hinter vorgehaltener Hand als Skandal betrachtet wurde, war mein Ruf ein für alle Mal ruiniert. Agnes Bricknell, die Witwe des Getöteten, erhielt zwar eine Dotation, doch reichte diese nicht aus, um die Einkünfte ihres Gatten wettzumachen. Die Verachtung, welche mir entgegenschlug, war deutlich zu spüren, ein Dilemma, an dem meine Gewissensbisse nicht das Geringste änderten.

Es versteht sich von selbst, dass ich fortan unter genauer Beobachtung stand. Nicht nur seitens des Personals, das begreiflicherweise einen Bogen um mich machte, sondern vor allem durch die Schnüffler meines Vormunds, ohne die ich keinen unbeobachteten Schritt tun konnte. Was immer ich auch tat und wo immer ich mich auch aufhielt, ein Aufpasser war immer in der Nähe. Und das volle vier Jahre lang, bis zu dem Tag, an dem ich meine Volljährigkeit erlangte.

Dass es einem aufs Gemüt schlägt, wenn man auf Schritt und Tritt überwacht wird, liegt auf der Hand. Aber wenn mein Vormund gedacht hatte, er bekäme mich unter Kontrolle, hatte er sich geirrt. Einen de Vere kann man nicht bändigen. Wenn er so gerissen gewesen wäre, wie man es ihm nachsagte, hätte Polonius alias Lord Burghley das eingesehen.

Gerissen oder nicht, um mich an ihn zu ketten, war dem Baron jedwedes Mittel recht. Zuerst half er mir aus der Bredouille, und dann, wenige Monate später, wurde mir die Rechnung präsentiert. Da eine Hand bekanntlich die andere wasche, ließ er mich in einem Vieraugengespräch wissen, sei die Reihe an mir, mich für die erwiesenen Wohltaten erkenntlich zu zeigen.

In welcher Form, sollte ich kurz darauf erfahren.

Eins musste man Lord Burghley lassen, er schreckte vor nichts zurück. Auch davor nicht, mich bis aufs Hemd auszuplündern. Meine Ausgaben wurden dagegen minutiös notiert und mir bei passender Gelegenheit unter die Nase gerieben. So ließen mich Ihre Lordschaft wissen, sie habe während der ersten vier Jahre meiner Vormundschaft 625 Pfund für Kleidung berappen müssen, wozu unter anderem eine Satteldecke, ein Cape, drei Wämser, eine schwarze Samthose, zehn Paar spanische Lederschuhe, drei Paar Halbschuhe, Taschentücher und ein Stoßdegen samt Dolch und Gürtel zu zählen gewesen seien.

625 Pfund in vier Jahren, zweifellos eine Menge Geld. Aber nicht annähernd so viel, wie Gleichaltrige in meinen Kreisen unters Volk zu streuen pflegten. Und noch etwas. Sollte ich in Lumpen gehen, während sich mein Vormund an der Hinterlassenschaft meines Vaters schadlos hielt? Sollte ich tatenlos mit ansehen, wie das Vermögen meiner Familie in fremde Hände geriet?

Ein bisschen viel verlangt, oder?

Doch zurück zu den Machenschaften, welche mein allmächtiger Vormund strickte. Wie um den Beweis zu liefern, dass er vor nichts haltmachte, ließ er mich kurz vor meinem 21. Geburtstag zu sich rufen. Mit allem hatte ich gerechnet, nur mit den im Stil eines Ultimatums gehaltenen Ausführungen nicht. Es sei an der Zeit, in den Stand der Ehe zu treten, ließ mich der zum Baron aufgestiegene Ränkeschmied wissen. Auf meinen Einwand, ich sei alt genug, selbst zu entscheiden, wann ich heiraten wolle, reagierte er mit einem milden Lächeln. Ich sei mir hoffentlich im Klaren, fuhr der Wolf im Schafspelz fort, welche Ehre es sei, wenn er mir seine Tochter zur Frau gebe, ein Lächeln im Gesicht, das ich nie vergessen werde. Nur ein Narr sei so töricht, sich seinem Willen zu widersetzen, je früher ich das begreife, desto besser.

Man stelle sich vor: ein Mann in der Blüte seiner Jahre, verheiratet mit einem 15-jährigen Mädchen, für das er auch nicht die Spur einer Empfindung hegte. Als Gegenleistung für erwiesene Gefälligkeiten, um es im Jargon der Halbwelt auszudrücken. Das grenzte an Erpressung, wenn nicht gar an Perfidie.

Was Lord Burghley nicht wusste: Ich war unsterblich verliebt. Es geschah im Sommer des Jahres 1571, während eines Stadtbummels, in dessen Verlauf ich einen kurzen Abstecher in die St Paul's Cathedral machte. Nicht etwa, um stille Einkehr zu halten, sondern um den Bücherständen im Seitenschiff einen Besuch abzustatten. Bücher sind und waren nun einmal meine Leidenschaft, und es gab Zeiten, in denen ich Unsummen aufwandte, um meiner Leidenschaft zu frönen.

Wie gesagt, es geschah an einem drückend schwülen Junitag, zwei Monate nach Erlangung meiner Volljährigkeit. Erfahrungen mit Frauen hatte ich bereits gesammelt, zumeist Hofdamen, die nach einer guten Partie Ausschau hielten. An jenem Tag indes wurde auf einmal alles anders, und ich fragte mich allen Ernstes, ob ich noch Herr meiner fünf Sinne war.

All das ist beinahe 30 Jahre her. Doch es verging kein Tag, an dem ich die Begegnung in St Paul's nicht vor Augen hatte. Wohin ich auch ging, wo immer ich auch weilte, was auch immer ich tat, der Augenblick, in dem ich mich in die Tochter eines Buchhändlers verliebte, ging mir nicht mehr aus dem Sinn. Jeder Versuch, ihren Liebreiz zu beschreiben, war von vornherein zum Scheitern verurteilt, warum also nicht ein Sonett verfassen, sagte ich mir, um meinen Empfindungen Ausdruck zu verleihen: »Soll ich dich einem Sommertag vergleichen? / Er ist wie du so lieblich nicht und lind; / Nach kurzer Dauer muss sein Glanz verbleichen, / Und selbst in Maienknospen tobt der Wind. / Oft blickt zu heiß des Himmels Auge nieder, / Oft ist verdunkelt seine goldne Bahn, / Denn alle Schönheit blüht und schwindet wieder, / Ist wechselndem Geschicke untertan. / Dein ew'ger Sommer doch soll nie verrinnen, / Nie fliehn die Schönheit, die dir eigen ist, / Nie kann der Tod Macht über dich gewinnen, / Wenn du in meinem Lied unsterblich bist.«

Allein, unser Glück war nicht von Dauer. Anfang September, als ich mich im siebten Himmel wähnte, geschah das für mich Unbegreifliche. Mary eröffnete mir, ihr Vater sei hinter unser Geheimnis gekommen und sei darüber so erzürnt gewesen, dass er sie aufgefordert habe, die Liaison mit mir zu beenden. Falls sie ihm nicht gehorche, werde er dafür sorgen, dass sie einen Mann seiner Wahl heirate. Die Entscheidung liege bei ihr, das sei sein allerletztes Wort.

Und so verschwand Mary aus meinem Leben, wie ein Komet, der nach kurzem Aufleuchten verglühte. Ich war untröstlich, kurz davor, Hand an mich zu legen. Es war mir gleich, wie viel Geld ich verspielte, wie oft ich mich bis zur Besinnungslosigkeit betrank und wie viele Duelle ich ausfocht, weil ich mich danebenbenommen hatte. Und ich scherte mich nicht darum, wenn meine Standesgenossen hinter meinem Rücken zu tuscheln begannen oder wenn mein Vormund mir die Leviten las. Einfach alles, sogar Mahnworte seitens der Königin, prallte an mir ab.

Die Tatsache, dass ich in den Stand der Ehe treten musste, mit eingeschlossen.

Erst viel später erfuhr ich, was der wahre Grund für die Trennung von meiner großen und einzigen Liebe meines Lebens war. Aber da, elf Jahre nach unserem qualvollen Lebewohl, war es bereits zu spät. Mary lebte nicht mehr, wie so viele, die von der Pest dahingerafft worden waren. Doch was auch geschieht, ich werde immer an sie denken, auch dann, wenn ich zu meiner letzten Reise aufbreche.

Lord Burghley konnte sich gratulieren. Ich streckte die Waffen. Ohne Mary hatte das Leben keinen Sinn mehr, und es war mir gleichgültig, wen ich heiratete. Ich weiß, das klingt niederschmetternd, aber es war nun einmal so, dass mein Interesse am weiblichen Geschlecht auf dem Tiefpunkt angelangt war. Hätte es Lady Anne nicht gegeben, wäre eben eine andere des Weges gekommen, mit welchen Qualitäten, spielte keine Rolle mehr. Gerade einmal 21, war ich der Damenwelt überdrüssig geworden, es fehlte nicht viel, und ich hätte mich in eine Einsiedelei zurückgezogen.

Und so kam es, dass Lady Anne und ich ein Paar wurden, zur Freude meines Schwiegervaters, der glaubte, er habe mich von nun an in der Hand. Um es mit den Worten eines meiner Charaktere auszudrücken: »Der Narr hält sich für weise, aber der Weise weiß, dass er ein Narr ist.«

Mein Ex-Vormund hätte es besser wissen müssen. Edward de Vere, 17. Earl of Oxford und Lord Great

Chamberlain von England, würde einen Teufel tun und weiterhin nach seiner Pfeife tanzen. Er würde tun, was ihm beliebte, trotz Suite im Savoy, trotz luxuriösem Ambiente und trotz Aussicht auf die Themse, um die er von jedermann beneidet wurde. Er würde weiterhin auf Fasanenjagd gehen, an Turnieren, Parforcejagden und Fechtwettkämpfen teilnehmen, würde Galadiners, Feuerwerke und Tennisturniere frequentieren, wann und wo auch immer sich die Gelegenheit dazu bot. Kurzum, er dachte nicht daran, sich Vorschriften machen zu lassen.

Wenn, ja wenn da nicht seine immensen Schulden gewesen wären.

Wer mich kennt, der weiß, dass ich zwei Laster habe. Primum: Ich kann nicht mit Geld umgehen. Deinde: Ich neige zum Jähzorn. Zu Punkt eins wäre zu bemerken, die Gefangenschaft im unsichtbaren Käfig setzte mir dermaßen zu, dass ich das Geld regelrecht zum Fenster hinauswarf. Besonders mein Schwiegervater hielt mir dies immer wieder vor Augen, unterstützt von seiner Tochter, die ich insgeheim als »Die dumme Göre« bezeichnete. Ich gebe zu, 6.000 Pfund waren keine Kleinigkeit, aber was soll man machen, wenn man außer der Suite im Savoy noch ein Stadthaus in bester Lage zu unterhalten hat. Mit anderen Worten, meine Schulden, die in meinem 25. Lebensjahr auf 9.000 Pfund angewachsen waren, fraßen mich auf. Von meinem Eheleben, das sich als Hölle auf Erden erwies, nicht zu reden.

Kein Wunder, dass Lord Burghley sich zum Eingreifen genötigt sah. Die Botschaft seiner Standpauke, die ich mit ohnmächtiger Wut hinnahm, ließ denn auch an Deutlichkeit nichts zu wünschen übrig. Entweder ich sei bereit, mein Lotterleben aufzugeben, oder er werde dafür sorgen, dass ich keinen Fuß mehr auf den Boden bekäme.

Fügsamkeit oder Ruin, das war die Frage.

Um es kurz zu machen, weder das eine noch das andere kam für mich infrage. Ich entschied mich fürs Theaterspielen, will heißen: Ich gaukelte meiner Gattin etwas vor. »Dem Anschein nach Ehrenmann, in Wahrheit Lebemann.« So lautete die Parole, die ich ausgegeben hatte.

Allein, das war leichter gesagt als getan. Wenn sich ein Mensch nicht so geben darf, wie er möchte, kann es geschehen, dass seine Seele Schaden nimmt. Genauso kann es geschehen, dass er Schaden nimmt, wenn er so tut, als sei er mit sich und seinem Leben im Reinen. Genau dies galt es zu verhindern, mit allen Mitteln, die mir zur Verfügung standen.

Und dann, urplötzlich und gleichsam aus dem Nichts, kam es über mich.

Ich begann, Theaterstücke zu schreiben. Komödien, Tragödien und Historien, ein Drama nach dem andern. Assistiert von meinem Privatsekretär, dem einzigen Menschen, den ich ins Vertrauen zog.

Dieser war ein Mensch, der mir mehr gab, als ich zurückzahlen konnte. Der beste Freund, den ich jemals hatte.

Ich sagte »hatte«, nicht etwa aus Versehen, sondern weil es gerade einmal drei Stunden her ist, dass mich die Nachricht von seinem Tod erreichte.

Tod durch Gift, aus einer Phiole stammend, die er bis zur Neige geleert hatte. Kein Zufall, kein Versehen und allem Anschein nach auch keine Verzweiflungstat.

Sondern volle Absicht, von langer Hand geplant.

Calvin war nicht mehr. Der Schmerz saß tief, genauso tief wie an dem Tag, als mein Vater aus dem irdischen Leben schied. Und fast so tief wie vor 17 Jahren, als Lord Burghley mich davon in Kenntnis setzte, dass er Nachricht erhalten habe, eine gewisse Mary Percival sei an der Pest gestorben, Mutter eines zehnjährigen Knaben, der den Namen Clayton trage.

Und der einer Liaison mit seinem nichtsnutzigen Schwiegersohn entstamme.

»Mein Name ist Percival, Clayton Percival.« Noch immer klingen mir die Worte des hochgewachsenen und ohne Scheu vor großen Namen auftretenden Anwalts in den Ohren, der darum bat, mit mir unter vier Augen sprechen zu dürfen. 27 Jahre alt, unprätentiös gekleidet, glatt rasiert, einprägsame, aber dennoch weiche Gesichtszüge, hellblaue Augen, schmaler Mund, ungebärdiges Haar von rotblonder Farbe und eine auffällige Blässe im Gesicht, was, wie ich im Verlauf unserer Unterredung erfuhr, auf eine Verwundung in der linken Schulter zurückzuführen war. So trat mir Marys Sohn gegenüber.

So trat mir *mein* Sohn gegenüber, dem Großvater mütterlicherseits wie aus dem Gesicht geschnitten.

»Ich hätte da ein paar Fragen an Euch, Mylord.«

»Fragt, junger Mann, ich stehe zu Eurer Verfügung«, entgegnete ich, kehrte die Handfläche nach oben und deutete auf die rechte Hälfte der Marmorbank, welche sich im Herzen meines von Herbstdüften durchwehten Gartenlabyrinths befand. Der Geruch von Anemonen, Baumheide und Christrosen lag in der Luft, vermischt mit dem Odem des Herbstes, der sich über dem Park von King's Hall ausgebreitet hatte. »Um was geht es, Master Percival?«

»Um den Freitod Eures Privatsekretärs«, erklärte der unerwartete Besucher und nahm nach kurzem Zögern Platz. Dann räusperte er sich, circa zwei Dutzend eng beschriebene Blätter in der Hand, die er der mitgeführten Mappe entnommen hatte. Um wessen Aufzeichnungen es sich handelte, fiel mir sofort ins Auge, waren die fein geschwungenen Lettern doch unverwechselbar. »Hier, lest – und lasst Euch durch mich nicht stören.«

Ich tat, wie mir geheißen.

Und erbebte bis in die Grundfesten meiner Seele.

»Und was sagt Ihr dazu, Mylord?«, fragte mein Nebenmann in gedämpftem Ton, nachdem ich meine Lektüre beendet und geraume Zeit wie betäubt ins Leere gestarrt hatte. »Oder verweigert Ihr die Aussage?«

»Keinesfalls, mein lieber Clayton«, erwiderte ich, stand auf und wandte mich meinem sichtlich verdutzten Besucher zu. »Ich schlage vor, wir nehmen einen kleinen Imbiss zu uns – dabei redet es sich ja wohl besser.«

»Und wie komme ich zu der Ehre, dass Ihr mich duzt?«

»Keine Sorge«, versetzte ich, gab die Blätter zurück und bedeutete meinem Gast, mir zum Hauptgebäude zu folgen. »Auch das wirst du in Kürze erfahren.« Und fügte mit nachdenklicher Miene hinzu: »Einstweilen nur so viel. Ob du mit dem, was du aus meinem Mund erfahren wirst, an die Öffentlichkeit gehst, liegt an dir – schuldig oder nicht schuldig, das ist hier die Frage!«

XXIV

SECRETUM

Robert Cecil, 1. Earl von Salisbury, an Ihre Majestät Königin Elizabeth I., von Gottes Gnaden Königin von England, Frankreich und Irland, Verteidigerin des Glaubens etc.

Privatissime!

Zeitpunkt der Niederschrift: 22. September 1599, kurz vor Mittag

[11.45 h]

Durchlauchtigste Majestät!

Im Folgenden ein kurzer Bericht über eine Angelegenheit, die für den Fortbestand unseres Staates von nicht zu unterschätzender Bedeutung ist. Bei allem Respekt muss ich Eure Majestät untertänigst bitten, diesbezüglich niemanden ins Vertrauen zu ziehen und bis auf Weiteres absolutes Stillschweigen zu bewahren. Im Zuge der Geheimhaltung, die wir in den spanischen Angelegenheiten pflegen, scheint dies unerlässlich, und ich bin sicher, Eure Majestät wird mir darin beipflichten.

Wie während der letzten Sitzung des Kronrats in Abwesenheit Eurer Majestät besprochen, ist es vor eineinhalb

Tagen zu einer Messerstecherei zwischen einem einschlägig bekannten Gelegenheitsverbrecher und einem ehemaligen Mitglied der Lord Chamberlain's Men gekommen, welche sich glücklich schätzen dürfen, in Eurer Majestät Gunst zu stehen. An sich ist es die Episode nicht wert, dass ich Euch damit behellige, wären da nicht die Erkenntnisse, auf die meine Agenten gestoßen sind. Erkenntnisse, die den Mord in einem völlig neuen Licht erscheinen lassen.

Doch der Reihe nach. Wie mir mein Vertrauensmann, der als Inspizient am Globe-Theater tätig ist, auf Anfrage mitteilte, handelte es sich bei dem mutmaßlichen Mörder um einen gewissen James Norton, bis vor Kurzem Mitglied der Lord Chamberlain's Men. Wie in diesem Milieu üblich, scheint besagter Norton Beziehungen zu mehreren Frauen unterhalten zu haben, unter anderem zu Agnes Somerville, Gattin des Earl of Dorset. Wie Eure Majestät wissen, ist mir dieser untadelige Ehrenmann seit frühester Jugend bekannt, einer der wenigen, für den ich die Hand ins Feuer legen würde. Auch und vor allem, was dessen Ergebenheit gegenüber seiner Königin betrifft.

Das Schicksal wollte es, dass der Earl am gestrigen Dienstag um eine Unterredung unter vier Augen bat. Eine Unterredung, die es wahrhaftig in sich hatte.

Um die Geduld Eurer Majestät nicht über Gebühr zu strapazieren, der Earl gestand unter Tränen, per Zufall dahintergekommen zu sein, dass seine Frau ihn mit Norton betrüge. Außer sich vor Zorn, habe er daraufhin beschlossen, den Nebenbuhler aus dem Weg zu räumen. Um sich nicht selbst die Hände schmutzig zu machen, sei er per Mittelsmann an eine stadtbekannte Halbweltgröße herangetreten, dafür berüchtigt, dass sie solche Fälle für Geld erledigt. Zur Überraschung meines Jugendfreundes, der die

Angelegenheit so schnell wie möglich ad acta legen wollte, kam es jedoch anders. Es scheint, als habe sich Norton als ebenso versierter wie auch skrupelloser Gegner erwiesen, war es doch der gedungene Mordbube, der bei der mitternächtlichen Messerstecherei auf der Strecke blieb. Norton hingegen wurde auf frischer Tat ertappt und auf Befehl des Chief Constable ins Newgate-Gefängnis verbracht. Wie in solchen Fällen üblich, wurde ich von Letzterem über die Einzelheiten der Bluttat in Kenntnis gesetzt. Der dazugehörige Bericht des Chief Coroner liegt mir ebenfalls vor.

Um keinen Skandal zu verursachen und um einer Entscheidung seitens Eurer Majestät nicht vorzugreifen, entschied ich, das Geständnis des Earl vertraulich zu behandeln, auch deshalb, weil er sich aus freien Stücken offenbarte. Es liegt jedoch in der Natur der Sache, dass ich Befehl gab, Näheres über Norton in Erfahrung zu bringen – ein Entschluss, den ich nicht bereuen sollte.

Wie die Durchsuchung seines Zimmers in der Foster Lane ergab, handelte es sich nämlich bei Norton um einen Schurken, welcher unter Eurer Majestät Untertanen seinesgleichen sucht. Fanden sich dort doch Dokumente, die den Verdacht nahelegen, er sei im Sold des spanischen Botschafters gestanden. Sofern Majestät dies wünschen, werde ich sie Euch umgehend vorlegen, damit Ihr Euch ein Bild von der Verruchtheit dieses Subjekts machen könnt. Einstweilen nur so viel: Besagter Norton befand sich im Besitz von mehreren Karten, unter anderem von den Isle of Wight, Southampton und der Gegend um Bournemouth. Ich muss nicht aussprechen, welcher Verdacht in mir emporkeimte, der Grund, weshalb ich mich zum sofortigen Handeln genötigt sah.

Als Erstes gab ich Befehl, den Hochverräter vom Newgate-Gefängnis in den Tower verlegen zu lassen. Des Wei-

teren wurde das Gefängnispersonal angewiesen, kein Wort verlauten und jedermann wissen zu lassen, Norton sei unerwartet verstorben. Angesichts der Tatsache, dass ein Anwalt namens Percival die Verteidigung des Hochverräters übernommen hat, schien mir die Maßnahme denn auch dringend geboten. Auch und vor allem im Sinne der Geheimhaltung, der Fälle von solcher Tragweite unterliegen.

Zum Stand der Dinge wäre zu bemerken, dass Norton unter schärfster Bewachung steht und von Agenten meines Vertrauens verhört wird, sooft sie es für nötig halten. Um den Delinquenten möglichst rasch zu bewegen, die Namen seiner Hintermänner und weiterer Spione preiszugeben, habe ich meinen Untergebenen vor Ort freie Hand gelassen, insbesondere was die Wahl der Verhörmethoden betrifft. Ich selbst werde mich noch heute in den Tower begeben, erscheint es doch mehr denn je geboten, die Ränke der spanischen Krone zu unterbinden.

Aus diesem Grund schlage ich vor, Norton so lange in Haft zu belassen, bis er sämtliche Informationen preisgegeben hat, über die er verfügt. Weiterhin schlage ich vor, bis zum Abschluss der Causa Norton absolutes Stillschweigen zu bewahren und den spanischen Botschafter im Glauben zu lassen, seine Spionagetätigkeit werde den gewünschten Effekt erzielen. Hat der Verräter seinen Zweck erfüllt, ist es an Eurer Majestät, über das weitere Vorgehen zu entscheiden. In Anbetracht der Schwere des von ihm begangenen Verrats bin ich jedoch der Meinung, wir täten gut daran, Norton ein für alle Mal unschädlich zu machen. Eine Kreatur, der offenbar nichts heilig ist, hat meiner Ansicht nach nichts Besseres verdient, und es wäre töricht, ihn auch nur eine Stunde länger als nötig am Leben zu lassen. Um Spa-

nien in die Schranken zu weisen, dürfen wir uns keine Blöße geben – und dürfen weder rasten noch ruhen, bis die Gefahr, in der unser Land schwebt, für immer ausgetilgt ist.

Gott schütze England, und Gott schütze Eure Majestät!

Gez. Euer gehorsamer Diener Robert Cecil, 1. Earl von Salisbury

A. D. 1616

EPILOG

O welch ein edler Geist ist hier zerstört.

O, what a noble mind is here o'erthrown!

Hamlet III,1

XXV

POST MORTEM (II)

Stratford-upon-Avon, 25. April 1616

Es ist vollbracht, liebe Schwester, mein Martyrium hat ein Ende.

Ich habe die Komödie mitgespielt, weiß Gott nicht um des verstorbenen Gatten, sondern um meiner Töchter willen, deren Wohl mir stets am Herzen lag. Williams Wunsch entsprechend wurde sein Leichnam mit der gebotenen Sorgfalt einbalsamiert, um danach mit Frühlingsblumen und Kräutern drapiert und auf der Bettstatt, wo er sein Leben aushauchte, aufgebahrt zu werden. Bis zur Beisetzung, welche am heutigen Montag stattfand, hielten Freunde und Verwandte an der Bahre Wache, und wem danach war, der erhielt Gelegenheit, Abschied von dem Dahingeschiedenen zu nehmen.

Du siehst, ich habe mir nichts anmerken lassen. Und Du kannst darauf vertrauen, dass ich mir auch weiterhin nichts anmerken lassen werde. Es ziemt sich nicht, Gleiches mit Gleichem zu vergelten, gerade dann nicht, wenn Du mit Argusaugen begutachtet wirst. Klatsch und Tratsch hat es während der vergangenen drei Dezennien genug gegeben, wozu also Öl ins Feuer gießen, wenn das Haus Deines Widersachers niedergebrannt ist. Und wozu Vergeltung üben, wenn Du weißt, dass er in Bälde vor den Richterstuhl des Allmächtigen zitiert werden wird. Die Rache ist mein, spricht der Herr, und ich will vergelten. Ich denke, dem ist nichts hinzuzufügen.

Bevor ich es vergesse: Um auch hier seinem Wunsch zu entsprechen, habe ich Sorge dafür getragen, dass William im Altarraum der Holy Trinity Church zur letzten Ruhe gebettet wurde, an jenem Ort also, wo er vor 52 Jahren die Taufe erhielt. Und damit alles wunschgemäß vonstattengeht, habe ich einen Handwerker aufgetrieben, der sich die Mühe machte, ein aus Williams Feder stammendes Epitaph in Stein zu meißeln. Nicht gerade das, was man als gelungene Poesie betrachten würde, aber was tut man nicht alles, um den letzten Willen eines Dahingeschiedenen zu erfüllen.

Das Epitaph lautet:

GOOD FREND FOR IESUS SAKE FORBEARE;
TOO DIGG THE DVST ENCLOSED HEARE!
BLEST BE YE MAN YT SPARES THES STONES,
AND CRVRST BE HE YT MOVES MY BONES.

O guter Freund, um Jesu Willen grabe nicht
im Staube, der hier eingeschlossen liegt.
Gesegnet sei, wer schonet diese Steine,
verflucht sei, wer bewegt meine Gebeine.

Und so sitze ich vor dem Kamin in unserer Stube, frierend und mutterseelenallein, während die Trauernden ins Haus meiner Ältesten strömen. Dort wird in Kürze der Leichenschmaus stattfinden, und Susannah wäre nicht Susannah, wenn sie nicht das Beste auftischen würde, was Küche und

Keller hergeben. Auf dass es denjenigen, welche William die letzte Ehre erwiesen haben, an nichts fehle.

Ehre. Ein hehrer Begriff. Missbraucht, verdreht und schon so oft ins Gegenteil verkehrt, dass es sich verbietet, ihn andauernd in den Mund zu nehmen. Ein Wort, das mein zu Gott berufener Gatte nur vom Hörensagen kannte. Aber auch ein Wort, das in den Manuskripten, die ich während der vergangenen zwei Tage studiert habe, eine ungemein große Rolle spielt. Du gestattest, dass ich zitiere: »O Teure› / Schenk' deine beste Liebe dem, der ihr / Den besten Schutz verheißt. Die Ehre missen, / Heißt alles missen. Besser, nicht der Deine, / Als dein so schmuckberaubt.« Antonius und Cleopatra, dritter Akt, vierte Szene.

Autor: unbekannt.

If I lose mine honour, I lose myself. Die Ehre missen, heißt alles missen. Wie wahr. Zu wahr, um aus der Feder meines Gemahls zu stammen.

Und so sitze ich hier, liebe Schwester, in einen Umhang gehüllt und darüber rätselnd, von wem die Zeilen stammen, von denen ich meinen Blick nicht abwenden kann. Darüber nachgrübelnd, wie mein Gatte in ihren Besitz gelangte. Zutiefst betroffen, auf welch schäbige Weise er zu Ruhm und Ansehen gelangte.

Täuschen wir uns nicht, liebe Schwester. Betrüger wie William, die ihren Mitmenschen etwas vorgaukeln, gibt es zuhauf. Für solche Leute zählt nur der Profit, und sie verschwenden keinen Gedanken daran, ob das, was sie tun, rechtens ist. Das Beste ist, man findet sich mit dieser Tatsache ab, mag die Vorstellung, Tür an Tür mit einem abgefeimten Schuft zu leben, auch noch so unerträglich sein. Es sind die Halunken, die in unserer Welt den Ton angeben, nicht etwa Leute wie Du oder ich, denen Rechtschaffenheit über alles geht. Auch mit dieser Tatsache, fürchte ich, gilt es sich abzufinden.

If I lose mine honour, I lose myself. Es ist an der Zeit, reinen Tisch zu machen, auch und gerade um meiner Ehre willen. Mögen meine Töchter ihren Nutzen aus der Hinterlassenschaft meines Mannes ziehen, ich dagegen werde einen anderen Weg beschreiten. Einen Weg ohne Mühsal, ohne Relikte der Vergangenheit, die einem das Vorankommen erschweren.

Ich weiß nicht, ob noch genug Kraft in mir steckt, um die Geister der Vergangenheit zu bannen. Aber ich weiß, dass ich das Wagnis eingehen und etwas tun muss, was ich bereits vor 30 Jahren hätte tun müssen. Bitte hadere nicht mit mir, liebe Schwester, ich bin mir sicher, es ist der einzig richtige Weg.

Ich werde einen Schlussstrich ziehen, je zeitiger, desto leichter wird mir nach getaner Arbeit sein.

Einen Neuanfang wagen oder unter der Last der Vergangenheit zusammenbrechen, das ist hier die Frage.

Verzeih mir, Anonymus, der Du diese Zeilen schriebst, so vollkommen, dass es mir Schmerz bereitet, wenn ich daran denke, wie viel Herzblut in ihnen steckt. Verzeih mir, dass ich es nicht übers Herz bringe, etwas zu besitzen, was mir nicht gehört und was mich an einen Mann erinnert, an den ich nicht erinnert werden will. Und verzeih mir, wenn ich jetzt tue, was getan werden muss.

»Wär's abgetan, so wie's getan ist, dann wär's gut, / Man tät es eilig.« Ich denke, dem ist nichts hinzuzufügen.

Und darum ans Werk, bevor ich von meinem Entschluss abweiche.

Und ins Feuer mit allem, was mir nicht gehört.

Sei gegrüßt und umarmt, liebste Schwester, ich weiß, Du wirst mein Handeln billigen.

Anne Hathaway

IN MEMORIAM

Edward de Vere, 17. Earl of Oxford, starb am 24. Juni 1604, knapp 12 Jahre vor dem umtriebigen Mimen, dem er zur Unsterblichkeit verhalf. Zwölf Tage später, am 6. Juli, wurde der laut zeitgenössischen Berichten von der Pest dahingeraffte Poet in aller Heimlichkeit von seinem Landsitz zur Pfarrkirche St Augustine in Hackney gebracht, der Ort, wo er nach einem Leben voller Höhen und Tiefen seine letzte Ruhestätte fand. Außer dem Glockenturm, im heutigen London unter dem Namen St Augustine's Tower bekannt, sind von der Pfarrkirche aus elisabethanischer Zeit keine Reste mehr vorhanden.

Wo genau Edward de Vere bestattet wurde, lässt sich nicht mehr feststellen.

Ein Grabmal oder eine Inschrift sind nicht erhalten.

Sic transit gloria mundi.
So vergeht der Ruhm der Welt.

ENDE

DRAMATIS PERSONAE (II)

Außer Anne Shakespeare, geb. Hathaway (1556–1623), William Cecil, 1. Baron Burghley (1521–1598), William Shakespeare (1564–1616) und Anonymus (1550–1604) sind sämtliche Figuren des Romans frei erfunden. Das Gleiche gilt für seine Handlung.

AUTORENSCHAFT

»Kurzum, mit einem selektiven Augenzukneifen kann man sich vorstellen, dass alle Kandidaten zum Schreiben der Stücke Shakespeares die notwendige Zeit, das notwendige Talent und einen Grund hatten, anonym zu bleiben. Doch bisher ist nicht der winzigste Bruchteil eines Beweises vorgelegt worden, aus dem hervorgeht, dass sie die Autoren sind. Auf jeden Fall müssen sie nicht nur unglaublich talentiert gewesen sein, um in ihrer Freizeit das größte je in Englisch geschaffene literarische Werk hervorzubringen, und zwar in einer Stimme, die offenkundig nicht die ihre ist, sondern obendrein auch so gerissen, dass sie buchstäblich alle Leute in ihrer Lebenszeit und den 400 Jahren danach hinters Licht führen konnten. Ja, mehr noch – der Earl of Oxford muss außerdem seinen eigenen Tod vorausgesehen und einen solchen Packen an Werken hinterlassen haben, dass der regelmäßige Ausstoß neuer Stücke gewährleistet war, bis Shakespeare ungefähr ein Jahrzehnt später so weit war, ins Grab zu sinken. Das nenne ich genial.«

Aus: Bill Bryson, *Shakespeare – wie ich ihn sehe*, München 2008, S. 197 f.

AUSWAHLBIBLIOGRAFIE

Textausgabe:

William Shakespeare, *Sämtliche Werke in vier Bänden, komplett und neu kommentiert*, hrsg. u. komment. v. Günther Klotz, aus d. Engl. v. August W. Schlegel, Dorothea Tieck, Wolf Graf Baudissin u. a., Berlin 2009

Sekundärliteratur:

Peter Ackroyd, *Shakespeare. Die Biographie*, München 2008

Peter Ackroyd, *The History of England. Volume II. Tudors*, London 2012

Mark Anderson, *Shakespeare by Another Name. The Life of Edward de Vere, Earl of Oxford, the Man Who Was Shakespeare*, New York 2005

Catherine Arnold, *Globe. Life in Shakespeare's London*, London 2015

Hans-Dieter Gelfert, *Shakespeare*, München 2014

British Historic Towns Trust (Autor), *A Map of Tudor London 1520*, Verlag: Old House

Simon Jenkins, *A Short History of England*, London 2011

Dietrich Klose (Hrsg.), *Shakespeare zum Vergnügen: »Habt Ihr auch genug Schnupftücher bei euch?«*, Stuttgart 1999

Kurt Kluxen, *Geschichte Englands*, Stuttgart 1991

Kurt Kreiler, *Der Mann, der Shakespeare erfand. Edward de Vere, Earl of Oxford*, Frankfurt am Main und Leipzig 2009

Neil MacGregor, *Shakespeares ruhelose Welt*, München 2013

Neil MacGregor, *Shakespeare's Restless World. An Unexpected History in Twenty Objects*. London 2014

Urs Jenny, *Der Dichter und sein Doppelgänger*. In: Der SPIEGEL 47/2009

Michael Maurer, *Kleine Geschichte Englands*, Stuttgart 2007

John Michell, *Wer schrieb Shakespeare?*, Frankfurt am Main 2001

John Michell, *Who Wrote Shakespeare?*, New York 1999

Ian Mortimer, *The Time Travellers's Guide to Elizabethan England*, London 2013

Ian Mortimer, *Im Mittelalter. Handbuch für Zeitreisende*, München 2014

Liza Picard, *Elizabeth's London, Everyday Life in Elizabethan London*, London 2004

Nicholas Robbins, *Walking Shakespeare's London*, Northampton, Massachusetts 2005

Stephen Porter, *Shakespeare's London. Everday Life in London 1580–1616*, Stroud, Gloucestershire 2011

Stefana Sabin, *Shakespeare auf 100 Seiten*, Stuttgart 2014

Richard Tames, *Shakespeare's London für 5 Schilling am Tag. Eine Stadt in der Renaissance*, München 2009

Richard Tames, *Shakespeare's London on Five Groats a Day*, London 2009

UWE KLAUSNER
Die Fährte der Wölfe

978-3-8392-1649-1 (Paperback)
978-3-8392-4575-0 (pdf)
978-3-8392-4574-3 (epub)

»Das war kein gewöhnlicher Wolf, Berengar. Das war eine Bestie, eine Ausgeburt der Hölle.«

Dezember 1423. Eigentlich wollte Bruder Hilpert, Bibliothekar und Kriminalist aus Leidenschaft, dem Kloster Bronnbach nur einen kurzen Besuch abstatten. Doch dann wird Arnold von Stettenberg, Herr über die Gamburg im Taubertal, schwer verletzt aufgefunden. Sein Freund Berengar bittet Bruder Hilpert um Hilfe. Dieser willigt ein, nicht ahnend, dass etwas Schreckliches auf ihn zukommen wird …

GMEINER SPANNUNG

WWW.GMEINER-VERLAG.DE
Wir machen's spannend

UWE KLAUSNER
Die Stunde der Gladiatoren

978-3-8392-1464-0 (Paperback)
978-3-8392-4241-4 (pdf)
978-3-8392-4240-7 (epub)

»Ein Muss für alle, die sich für Deutschlands römische Vergangenheit interessieren!«

Das spätantike Trier, 313 n. Chr. Ausgerechnet während der Feierlichkeiten zum Thronjubiläum von Kaiser Konstantin wird der Gladiator Niger, Publikumsliebling im Amphitheater, tot aufgefunden. Die Mächtigen zeigen jedoch keinerlei Interesse an dem Fall, sehr zum Ärger von Gaius Aurelius Varro, Anwalt, Autor und vermögender Aristokrat. Erbost über die Gleichgültigkeit gegenüber dem Schicksal des dunkelhäutigen Gladiators, beginnt Varro auf eigene Faust zu ermitteln.

UWE KLAUSNE

Die Bräute des Satans

978-3-8392-1072-7 (Paperback)
978-3-8392-3507-2 (pdf)
978-3-8392-3506-5 (epub)

»Ein klassisches, historisch profund recherchiertes Krimikonzept«

Das Kloster Maulbronn, im Jahre 1417. Die Hennen legen nicht, die Kühe geben kaum Milch, der Wein schmeckt wie Essig. Und als das Bauernmädchen Mechthild der Zauberei verdächtigt wird, ist die Krise perfekt. Bruder Hilpert, der erst vor ein paar Wochen ins Kloster heimgekehrte Bibliothekar, tut alles, um die Gemüter zu besänftigen. Doch das Unheil nimmt seinen Lauf. Kaum hat er mit seinen Ermittlungen begonnen, wird der verkohlte Leichnam eines Mitbruders gefunden. Vom Täter, der auf einem Pergamentröllchen die Buchstaben EST hinterlassen hat, fehlt dagegen jede Spur …

UWE KLAUSNER
Pilger des Zorns

978-3-8392-1019-2 (Paperback)
978-3-8392-3405-1 (pdf)
978-3-8392-3404-4 (epub)

»Aus einer Pilgerfahrt wird eine Reise ins Ungewisse!«

Mainfranken 1416. Auf der Suche nach Ruhe und Kontemplation macht sich Zisterziensermönch Hilpert von Maulbronn per Schiff auf den Weg von Würzburg in das weit entfernte Kloster Himmerod in der Eifel. Kaum an Bord, muss Bruder Hilpert die Hoffnung auf eine geruhsame Reise begraben. Anscheinend gibt es keinen Passagier auf der »Charon«, der nicht irgendetwas zu verbergen hätte, und so kommt es, dass die Kette mysteriöser Vorfälle an Bord des Zweimasters einfach nicht abreißen will.

Hilpert wäre nicht Hilpert, wenn er sich damit zufriedengeben würde. Schon bald beschleicht ihn das Gefühl, dass sich auf dem Main eine Katastrophe anbahnt …

GMEINER SPANNUNG

WWW.GMEINER-VERLAG.DE
Wir machen's spannend

UWE KLAUSNER
Die Kiliansverschwörung

978-3-89977-768-0 (Paperback)
978-3-8392-3025-1 (pdf)
978-3-8392-3024-4 (epub)

»Der Raub der Kiliansreliquien«

Würzburg am Main, Anno Domini 1416. Ein unglaublicher Frevel erschüttert die Stadt: Ausgerechnet fünf Tage vor Kiliani, dem höchsten Feiertag der Diözese, werden die Reliquien der drei Frankenapostel Kilian, Kolonat und Totnan gestohlen. Und tausende von Pilgern befinden sich bereits in der Stadt. Die Lage droht zu eskalieren, sollten die Reliquien nicht bis zum Fest des heiligen Kilian am 8. Juli wieder auftauchen.

Berengar von Gamburg, der Vogt des Grafen von Wertheim wird mit der Lösung des Falls beauftragt. Dabei kann er sich der Unterstützung eines ebenso treuen wie scharfsinnigen Freundes gewiss sein: Bruder Hilpert, Bibliothekarius zu Maulbronn und einer der führenden Köpfe des Zisterzienserordens.

Das Neueste aus der Gmeiner-Bibliothek

Unser Lesermagazin

Bestellen Sie das kostenlose Krimi-Journal in Ihrer Buchhandlung oder unter www.gmeiner-verlag.de

Informieren Sie sich …

www … auf unserer Homepage: www.gmeiner-verlag.de

@ … über unseren Newsletter: Melden Sie sich für unseren Newsletter an unter www.gmeiner-verlag.de/newsletter

f … werden Sie Fan auf Facebook: www.facebook.com/gmeiner.verlag

Mitmachen und gewinnen!

Schicken Sie uns Ihre Meinung zu unseren Büchern per Mail an gewinnspiel@gmeiner-verlag.de und nehmen Sie automatisch an unserem Jahresgewinnspiel mit »mörderisch guten« Preisen teil!

GMEINER SPANNUNG

The Globe